C. L. Potter

Geheimnis einer Zofe

Ein Fall für Maud und Lady Christabel

Das Buch

Südengland, Winter 1912. Es kommt Lady Christabel vor wie ein vorgezogenes Weihnachtsgeschenk: Ihre Lieblingsautorin Winifred Ruteledge besucht das Herrenhaus Carrack Manor. Lady Christabel gelingt es, für sich und Maud eine Einladung dorthin zu erhalten. Doch ihr Glück währt nicht lange. Lavendelblaue Briefe, in denen dunkle Geheimnisse angedeutet werden, vergiften die Atmosphäre im Herrenhaus. Bevor Maud und Lady Christabel herausfinden können, wer die Schreiben verfasst hat, geschieht ein Mord.

Als der Inspector von Scotland Yard ihr deutlich zu verstehen gibt, wie wenig er von Amateurdetektiven hält, fordert das Lady Christabel heraus. Pech nur, dass sie sich nicht auf Maud verlassen kann, denn die Zofe muss sich ihrer Vergangenheit stellen.

Die Autorin

C. L. Potter ist das Pseudonym von Christiane Lind, unter dem sie Landhauskrimis schreibt. Seitdem Christiane das erste Mal nach Südengland reiste, ist sie Herrenhäusern und deren Geheimnissen verfallen.

C.L. POTTER

Ein Fall für Maud & Lady Christabel

Geheimnis einer Zofe

COSY-CRIME

Impressum

Berliner Straße 52, 34292 Ahnatal
www.cl-potter.de

Originalausgabe Oktober 2020

ISBN: 978-3-96698-637-3

Buchcoverdesign: Marie-Katharina Becker, www.wolkenart.com unter Verwendung von Bildmaterial von © shutterstock

Lektorat: Katrin Rodeit, www.julia-rodeit.de
Erstes Korrektorat: Claudia Heinen, www.sks-heinen.de
Zweites Korrektorat: Regina Merkel
E-Book und Satz: Marie-Katharina Becker, www.wolkenart.com

Vertrieb: NOVA MD GmbH, Vachendorf
Herstellung und Druck:
Mazowieckie Centrum Poligrafii
Mikołaja Ciurlionisa Strasse 4
05-270 Marki, Polen

Figuren

Lentune Hall

Maud Gulliver, Zofe

Christabel Mowgray, Ladyschaft von Maud

Upstairs

Rosalind Mowgray, Countess of Waldeford, Christabels Mutter

Alastair Mowgray, Earl of Waldeford, Christabels Vater

Dahlia Mowgray, Christabels Schwester

Basil Mowgray, Christabels Bruder

Lavinia Mowgray, Christabels unverheiratete Tante

Downstairs

Harold Rowe, Butler

Jessamine Eggerton, Hausdame

Nellie Cramton, Köchin

Rupert Kendall, Chauffeur

Harold Knight, Lakai

Gladys Bannerman, Hausmädchen

Enid Gillinham, Hausmädchen

Lucy-Anne Buxton, Küchenhilfe

Carrack Manor

Upstairs

Clifford Montgomery, Viscount of Hillmere

Gwendolen Montgomery, Viscountess of Hillmere

Edna Blackmore, Viscountess of Covenbrough

Winifred Ruteledge, Schriftstellerin

Gerald Warren, Verleger

Hedley Sinclair, Earl of Allenmere

Downstairs

William Fitzwilliam, Butler und Kammerdiener

Hilda Terrell, Köchin und Hausdame

Timothy Vaughan, Lakai, Chauffeur und Kutscher

Ruby Hodge, Hausmädchen und Zofe

Polly Linfield, Küchenmädchen

Adeline Spranklin, Gesellschafterin von Lady Blackmore

Catriona Gallach, Schottin in Manchester

Finlay Gallach, Schotte in Manchester

Charles Norman, Inspector der Metropolitan Police (Scotland Yard)

Leslie Fudge, Constable

Kapitel 1

Manchester, drei Jahre zuvor

Obwohl es noch nicht einmal Teezeit war, zeigte der Himmel über Manchester ein düsteres Grau, als wäre die Sonne für immer verschwunden. Feiner Nieselregen sammelte sich auf Catrionas Hut und tropfte ihr in den Nacken. Gedankenverloren wischte sie die Nässe mit der Hand beiseite.

»Es wird schon gut gehen.« Finlay ergriff Catrionas Hand und drückte sie fest. »Nur noch diese beiden und wir können nach Hause zurückkehren.«

Traurigkeit und Freude mischten sich bei seinen Worten, sodass sie nur nicken konnte. Jeder Versuch, etwas zu antworten, hätte zu Tränen geführt. »Nach Hause« – das sagte sich so leicht. Für sie würde es nie wieder Glück und ein Heim geben, nicht nachdem ihre kleine Glenys für immer von ihr gegangen war.

Finlay versuchte, beruhigend zu lächeln, aber seine schmalen Lippen schienen dazu nicht mehr fähig zu sein. Catriona erschrak, wie stark die Trauer sich in seinem geliebten Gesicht eingegraben hatte. Zwischen den eng stehenden grünen Augen zeigte sich eine scharfe Falte, die ihn älter aussehen ließ als die knapp dreißig Jahre, die er zählte. In das struppige Braun seiner Haare hatte sich in den letzten Monaten Grau eingeschlichen.

Sie hob die Hand, um seine eingefallene Wange zu streicheln, aber er schüttelte den Kopf.

Genau wie Catriona ertrug Finlay nichts, was weich und liebevoll war. Gemeinsam hatten sie sich eine Aufgabe gesucht, bei der sie hart sein mussten. Nur so konnten sie ihre Traurigkeit überwinden und weiterleben.

»Geh«, wisperte sie. »Niemand darf uns zusammen sehen.«

Er nickte und drehte sich um. Sie nahm sich die Zeit, seiner hochgewachsenen, hageren Gestalt nachzusehen, bis er um die nächste Straßenecke verschwand.

Ich kann das tun. Es ist nicht das erste Mal, sprach sie sich Mut zu, aber sie schauderte, denn heute war es anders. Dieses Mal hatte man Finlay und sie gerufen. Noch immer war Catriona nicht vollends davon überzeugt, dass sie nicht einem perfiden Trick aufsitzen würden. Doch selbst wenn es so sein sollte, es war ihr gleichgültig. Nichts war mehr wirklich von Bedeutung.

Nachdem sie tief eingeatmet und die Tränen abgewischt hatte, ging sie auf das elegante Haus zu. Von außen sah es mit seinen roten Backsteinen und den beiden Erkern aus wie die anderen gutbürgerlichen Häuser in der Straße. Niemand würde vermuten, was sich in seinem Inneren abspielte.

Ohne zu zögern, öffnete sie das schmiedeeiserne Tor und ging mit festen Schritten auf die Haustür zu. Dort angekommen, richtete sie ihren Hut, strich noch einmal den Regen aus Gesicht und Nacken und klingelte. Vielleicht lag es an dem, was sie erwartete, aber der Butler, der Catriona die Tür öffnete, erschien ihr düster und bedrohlich.

»Sie wünschen, Mylady?« Dunkle Augen unter grauen

Brauen musterten sie, als wüssten sie von Catrionas Geheimnis. Noch konnte sie zurück, aber seit Glenys' Tod hatte sie die Furcht verloren.

»Ich habe eine Einladung.« Sie kramte in ihrer Tasche, wo sie eben noch den kurzen Brief gesehen hatte. Sollte sie ihn etwa verloren haben? »Einen Moment, bitte.«

Dort, da entdeckte sie endlich das vermaledeite Stück Papier. Unter Aufbietung ihres gesamten Mutes gelang es ihr, dem Butler den Brief zu überreichen, ohne dass ihre Hände flatterten wie ein gefangener Spatz.

»Willkommen.« Ein Lächeln huschte über das hagere Gesicht, um sofort wieder zu verschwinden. Der Butler trat zur Seite, um Catriona einzulassen. »Gehen Sie geradeaus in den Salon. Er ist nicht zu verfehlen.«

Täuschte sie sich oder schwang da ein Hauch Verachtung im Tonfall mit?

»Danke«, sagte Catriona dennoch und ging wie magisch angezogen weiter. Der Geruch verbrannten Salbeis zeigte ihr, dass sie sich im richtigen Haus befand. Einmal tief Luft holen, den Rücken strecken und hineingehen.

Halt, das passte nicht zu ihrer Rolle. Also blieb sie stehen, ließ die Schultern nach vorne fallen und senkte den Kopf. Mit schlurfenden Schritten betrat sie den Raum und murmelte: »Guten Tag.«

»Herzlich willkommen, Mrs Donegal.« Der Mann, der sie begrüßte, war auffallend gut aussehend: Ein dunkler Typ mit markanten Gesichtszügen und einem verwegenen Blick in den blauen Augen. »Ich bin Reverend Sempell. Sie haben die richtige Entscheidung getroffen. Wir können Ihnen gewiss helfen.«

»Danke«, flüsterte sie und hielt den Blick weiter gesenkt. »Ich … Sie sind meine letzte Hoffnung.«

»Kommen Sie. Ich führe Sie zu Ihrem Platz.«

Nachdem sie auf dem unbequemen Lehnstuhl Platz genommen hatte, sah Catriona sich unter halb gesenkten Lidern um. Vor ihr stand eine schwarze Kerze in einer Kreidezeichnung eines magischen Symbols. Vor allen Menschen, außer ihr noch sechs Personen, befanden sich Kerzen in diesen Zeichen. Sie drehte den Kopf, um die anderen Gäste zu mustern: Ihr gegenüber saßen der vorgebliche Reverend, flankiert von zweien seiner Leute: Der eine trug einen braunen Anzug, der andere eine Uniform.

Links neben Catriona saß eine alte Dame, in deren Gesicht das Leben und die Trauer tiefe Spuren hinterlassen hatten; auf der anderen Seite die hochaufgeschossene Gestalt einer jüngeren Frau, die einmal laut aufschluchzte.

Doch Catriona konzentrierte ihre Aufmerksamkeit auf die Frau in Schwarz am Kopfende des Tisches, deren Gesicht hinter einem Gazeschleier nur schemenhaft zu erkennen war. Schmale Hände mit Sommersprossen ragten aus den spitzenbesetzten Ärmeln des Kleides. Sie hielt den Kopf gesenkt und leicht schräg, als lauschte sie auf Stimmen, die nur sie wahrnehmen konnte.

»Lassen Sie uns beginnen.« Kaum hatte der Reverend den Satz beendet, flackerten die Kerzen in einem Luftzug, obwohl alle Fenster geschlossen waren. »Bitte ergreifen Sie einander bei den Händen. Um Ihrer unsterblichen Seelen willen flehe ich Sie an, den Kreis während der Sitzung nicht zu durchbrechen. Haben Sie mich verstanden?«

»Ja«, murmelte Catriona, ebenso wie alle anderen am Tisch. Der Reverend musterte sie aus dunklen Augen so intensiv, dass sie fürchtete, er würde ihre wahre Absicht erkennen. Sie wagte ein schüchternes Lächeln, das er mit einem Kopfnicken beantwortete.

»Sobald Mrs Modesty den Kontakt zu ihrem spirituellen Führer aufgenommen hat, bitte ich um absolute Ruhe.«

Forschend sah Catriona sich um. Zu ihrer Überraschung hatte der Spiritist alle anderen Gäste in seinen Bann gezogen. Sie starrten ihn an und schienen jedes Wort in sich aufzusaugen. Wie verzweifelt die armen Menschen sein mussten. Nur zu gut erinnerte Catriona sich an Zeiten, in denen sie ebenso untröstlich gewesen war und alles getan hätte, nur um Glenys wiederzusehen.

»Bitte, verehrte Mrs Modesty, lüften Sie den Schleier zwischen den Welten.« Die Stimme des Reverends klang so volltönend, dass Catriona ihn sich gut auf einer Kanzel vorstellen konnte. »Helfen Sie uns, mit den lieben Verblichenen in Kontakt zu treten.«

Das Medium nickte und legte den schwarzen Gazeschleier ab. Die Brust der Frau hob und senkte sich. Langsam öffnete Mystic Modesty, eine Dame von wohl Mitte dreißig, mit Sorgenfalten auf der Stirn und tiefen Furchen um den vollen Mund, die Augen. Nun wusste Catriona, dass sie die Richtige war. Diese hellbraunen Augen verrieten, wer sich hinter dem schwarzen Gazeschleier und der geschickten Schminke, die sie älter aussehen ließ, verbarg.

»Ich bitte Sie«, bat das Medium mit einer überraschend dunklen Stimme, »platzieren Sie das Bild des geliebten

Verstorbenen und Ihr Andenken an ihn vor sich, damit sich mein spiritueller Führer im Geisterreich daran orientieren kann.«

Wie kann sie das sagen, ohne in Lachen auszubrechen? Wie können alle hier daran glauben, dass diese Frau ihnen helfen kann? Merkt denn niemand außer mir, was für ein böses Spiel hier getrieben wird?

Am liebsten hätte Catriona diese Gedanken laut ausgesprochen, nein, sogar hinausgeschrien, aber das hätte ihren Plan zerstört. Also atmete sie tief ein und griff in ihre Handtasche. Mit zitternden Fingern holte sie das Bild von Glenys hervor. Das Foto ihrer kleinen Tochter, das sie nach deren Tod hatte erstellen lassen. Selbst in ihren traurigsten Momenten hatte sie niemals gedacht, dass Glenys auf dem Bild aussah, wie sich Catriona an sie erinnerte. Die sepiafarbene Fotografie zeigte etwas, was eher wie eine Porzellanpuppe wirkte als wie ihr geliebtes kleines Mädchen.

Nachdem sie das Foto vor sich auf den Tisch gelegt hatte, holte Catriona das vorgebliche Andenken hervor, eine Stoffpuppe, die sie gestern einem Händler in Manchester abgekauft hatte. Sollte Mystic Modesty wahrhaftig mit der Geisterwelt kommunizieren können, würde sie erkennen, dass diese Puppe niemals Glenys gehört hatte. Catriona und Finlay hatten das Spielzeug mit Teeblättern künstlich altern lassen, damit ihr Betrug nicht sofort auffiel. Obwohl Catriona sicher war, dass das Medium ein Scharlatan war, schlug ihr das Herz bis zum Hals, als sie die Puppe vor sich auf den Tisch legte.

»Mein Sohn ist ebenfalls viel zu früh von mir gegangen«, erklang eine erstickte Stimme neben ihr. Catriona wandte den

Kopf. Rechts von ihr saß eine zierliche Dame mit eingefallenen Wangen und dunklen Ringen unter den blauen Augen. Anzeichen einer tiefen Trauer, wie Catriona nur zu gut wusste. Sie drückte kurz die Hand der Lady, woraufhin diese sie überrascht ansah.

»Erinnert die Toten«, begann der Reverend zu intonieren. »Erinnert die Toten.«

Die Männer an seiner Seite fielen in den Gesang ein, nach kurzem Zögern begannen auch die Ladys neben Catriona mit dem Singsang, der etwas Hypnotisierendes an sich hatte. Selbst Catriona bewegte die Lippen, ohne jedoch die Worte auszusprechen.

»Ich rufe die spirituelle Welt«, erklang die klare Stimme von Mystic Modesty. Obwohl das Medium leise sprach, konnte Catriona es gut verstehen. »Sucht jemand Eingang, um zu sprechen?«

Die Lady rechts neben Catriona zuckte zusammen und verkrampfte ihre Finger um Catrionas Hand, während die an ihrer linken Seite sich überhaupt nicht regte. Gern hätte sie die Frau beruhigt, aber das war nicht ihr Auftrag.

»Erinnert die Toten! Erinnert die Toten!« Der monotone Gesang wurde leiser und leiser, bis er ganz verstummte. Erneut zog ein Windstoß durchs Zimmer und die Kerzenflammen flackerten. Plötzlich erlosch die vor der Lady mit der Fotografie des kleinen Jungen. Ein hoher Ton erklang, gefolgt vom süßlichen Geruch brennenden Weihrauchs. Ein leises Seufzen kam aus dem Mund des Mediums, es klang seltsam hohl und fern. Obwohl sie Ähnliches schon oft erlebt hatte, zuckte Catriona zusammen.

»Hier ist jemand sehr jung, sehr verwirrt.« Erneut legte Mystic Modesty den Kopf schief und schien zu lauschen. »Ein Knabe, vor Kurzem erst auf die andere Ebene gewechselt.«

»Lawrence«, schluchzte die Lady. »Er ist mir vor drei Wochen genommen worden.«

Auch wenn sie aus anderen Gründen hier war, verspürte Catriona ein tiefes Mitgefühl und drückte erneut die Hand der Frau. Sie kannte deren Verzweiflung nur zu gut und wünschte, sie könnte ihr das Folgende ersparen.

Erneut erklang der geisterhafte Ton, während Mystic Modestys Kopf zur Seite rollte und ihre Augen sich verdrehten, bis nur noch das Weiße in ihnen zu sehen war.

Das Medium zuckte zweimal und setzte sich dann wieder auf. Auf einmal wirkte die Frau schlaksig und unbeholfen wie ein Kind.

»Mama, Mamsy, wo bist du?«, fragte das Medium in einer kindlich hellen Stimme. »Ich vermisse dich.«

Die Lady schluchzte auf. »Mamsy, so hat er mich immer genannt. Lawrence, mein Herz, wie geht es dir?«

Bevor das Medium antworten konnte, tauchte ein geisterhaft schimmerndes Bild eines Knaben über dem Tisch auf. Der Mann in Uniform stieß einen erschreckten Schrei aus und wollte seine Hand aus der des Reverends lösen.

»Unterbrechen Sie niemals den Kreis!«, rief der Reverend mit sich überschlagender Stimme. »Sonst sind wir alle verdammt.«

Das war der Moment, auf den Catriona gewartet hatte. Mit einer ruckartigen Bewegung nestelte sie die Pfeife unter ihrer Bluse hervor und pustete hinein. Der durchdringende Ton wurde von außen mit mehreren Pfiffen gleicher Lautstärke beantwortet.

»Was? Wie?« Der Reverend starrte sie aus großen Augen an. »Wie kann das sein?«

»Sie sind nicht der Einzige mit Tricks.« Catriona erhob sich so schnell, dass ihre falsche Hand in der ihrer Nachbarin zurückblieb, was bei dieser zu einem durchdringenden Kreischen führte. Nun sprangen alle auf.

Der Reverend, das Medium und ihre Spießgesellen versuchten, die Tür zu erreichen, doch dort warteten bereits Finlay und uniformierte Polizisten auf sie, um sie in Gewahrsam zu nehmen. Catriona eilte zu den hohen Fenstern und zog die Vorhänge auf, sodass jeder den Butler sehen konnte, der eine Trompete in der Hand hielt, mit der er die geisterhaften Töne fabriziert hatte. Das graue Licht des Nachmittags entlarvte auch den Stock, an dessen Ende das Bild des toten Jungen über dem Tisch schwebte.

»Es … es war alles nur ein Trick«, flüsterte dessen Mutter. Ihre Hände verkrampften sich um die Fotografie. »Sie hat nicht mit meinem Lawrence gesprochen?«

»Es tut mir unendlich leid.« Catriona tätschelte ihr sanft den Rücken. »Nachdem meine Tochter gestorben war, habe ich auch Hilfe bei Geistersehern gesucht.«

Sie schwieg und musste sich sammeln bei der Erinnerung an die Verzweiflung und Trauer, die sie damals dazu gebracht hatte, einen Scharlatan nach dem nächsten aufzusuchen.

»Niemals hat mir jemand helfen können, aber ich habe begonnen, die Lügner und Betrüger zu hassen.« Ihre Stimme wurde hart. »Seitdem verfolge ich sie und entlarve sie mit aller Kraft.«

»Dann werde ich Lawrence nie wiedersehen?«

»Wenn Sie an ein Leben nach dem Tod glauben, wartet Ihr kleiner Junge auf Sie. Aber fallen Sie nicht mehr auf Medien und spiritistische Sitzungen herein.«

Die Lady musterte sie durchdringend und Catriona erkannte, dass sie ihr nicht glaubte, sondern weiter nach einer Möglichkeit suchen würde, den Tod zu überwinden.

»Catriona, komm.« Auf leisen Sohlen war Finlay neben sie getreten. Er wirkte erschöpft und müde, so wie sie sich fühlte. »Unsere Arbeit hier ist getan. Lass uns nach Hause fahren.«

Kapitel 2

Obwohl sich im Westen dunkle Wolken ballten, ein Zeichen drohenden Regens, ließ sich Christabel nicht davon abhalten, den Tag mit einem Ausritt zu beginnen. Seitdem Maud und sie von Blackwell Castle zurückgekehrt waren, hatte Christabel keinen morgendlichen Ritt versäumt. Sie würde es weder ihrer Zofe noch sich selbst eingestehen, aber durch die wilden Galoppaden versuchte sie, die Erinnerung an die Geschehnisse abzuschütteln.

Christabel fröstelte trotz ihrer wattierten Jacke, als sie aus der Haustür trat und sich auf den Weg zu den Ställen begab. Ein eisiger Wind trieb Blätter vor sich her, bis sie auf dem Kiesweg liegen blieben. So früh am Morgen wirkte es, als wäre sie allein auf Lentune Hall. Sicher, im Haus waren die Dienstboten bereits eifrig dabei, das Frühstück vorzubereiten und die Zimmer zu säubern, aber Ställe und Garten waren ruhig und friedlich. Das liebte Christabel an ihren Ausritten.

Außerdem – und das erschien ihr den Preis des überaus frühen Aufstehens wert – hatte sie durch ihre Ausritte eine Ausrede, warum sie nicht mit den anderen Mitgliedern ihrer Familie frühstückte. Christabel saß viel lieber auf dem Rücken eines edlen Vollblüters als sich die Lobpreisungen ihrer Schwester Dahlia über den Verlobten anhören zu müssen. Wenn man Dahlia glaubte, stand der Earl of Runchhaven kurz davor, übers Wasser gehen zu können.

Schlimmer noch als Dahlias Lobhudeleien waren für Christabel jedoch die Blicke ihrer Mutter zu ertragen. Lady Rosalind Mowgray war viel zu vornehm, als dass sie ausgesprochen hätte, wie enttäuscht sie darüber war, dass ihre älteste Tochter immer noch unverheiratet war. Glücklicherweise weilten sie nicht mehr in London, was es Christabel ersparte, jeden Nachmittag zu einer anderen Familie zu Besuch getrieben zu werden – alles in der vergeblichen Hoffnung, dort den passenden Gemahl für sie zu finden.

Christabel seufzte. Es war nicht so, dass es ihr an Gelegenheiten oder Gentlemen gemangelt hätte. Sie konnte sich nur nicht vorstellen, ein Leben als Ehefrau zu führen. Ein Leben voller Mahlzeiten, Besuche und langweiligen Gesprächen. Nein, sie wollte mehr und anderes. Hätte sie Maud nicht versprochen, das Detektivspielen aufzugeben, hätte Christabel vielleicht eine Detektei aufgemacht. Das fehlte in London gewiss: Weibliche Ermittler, die Frauen in Not beistanden, so wie Maud und sie Lady Althea Haddington geholfen hatten.

Aber leider, leider musste sie ihr Versprechen Maud gegenüber halten, denn ihre Zofe war auf Blackwell Castle die Hauptverdächtige in einem Mordfall gewesen. Auch wenn Christabel verstehen konnte, warum Maud sich weigerte, noch einmal Nachforschungen anzustellen, so vermisste sie den Nervenkitzel, den ihre Detektivarbeit mit sich gebracht hatte.

Der Kies knirschte unter ihren Reitstiefeln, als sie in Gedanken versunken weiterschlenderte. Ihr langes Reitkleid wischte über den Weg und schwang um ihre Beine. Als es in der Hecke neben ihr raschelte, schreckte Christabel zusammen. Doch es war nur ein Vogel, der sich zwischen den Zweigen wohl Schutz vor der Morgenkühle erhoffte.

Warum nur hatte sie Maud ihr Ehrenwort gegeben? Zornig stieß Christabel mit der Stiefelspitze gegen einen Stein. Über Verbrechensaufklärung zu schreiben, erwies sich als nicht annähernd so aufregend, wie eigene Ermittlungen anzustellen. Außerdem hatte »The Strand Magazine« Christabels Geschichte über eine Lady, die das perfekte Verbrechen begangen hatte, abgelehnt. Gewiss saßen dort nur ältere Gentlemen in der Entscheidungsrunde, in deren Weltbild es nicht passte, dass eine Lady ihren Ehemann ermordete – und davonkam.

Nun gut, dann würde Christabel eben eine neue Geschichte schreiben und noch eine und noch eine. So lange, bis sich entweder »The Strand Magazine« ihrer erbarmte oder aber – und der Gedanke raubte ihr schier den Atem – sich ein Verleger fand, dem sie eine Sammlung ihrer Geschichten anbieten konnte.

Als sie sich den Stallungen näherte, war das sanfte Schnauben der Pferde zu hören, die ihre Morgenmahlzeit fraßen. Christabels Herz wurde leichter und sie beschleunigte ihre Schritte. Von der Seite her kam ein Schatten gesprungen und schmiegte sich an ihre Beine.

»Wie geht es dir, meine Hübsche?« Christabel ging in die Knie, um die braun getigerte Katze unterm Kinn zu kraulen. »Bist du immer noch der Schrecken der Stallkatzen?«

Bastet würdigte sie keiner Antwort, sondern humpelte davon.

»Was für ein wunderschöner Morgen, Mylady.« Evan, der Stallbursche, hatte Noble Lady bereits gesattelt. »Sie ist heute ein wenig angespannt, weil sie drei Tage gestanden hat. Aber für Sie ist das gewiss kein Problem.«

Die Rappstute schnaubte und zerrte am Zügel, als wollte sie die Worte des Stallburschen unterstreichen. Nervös scharrte sie mit den Vorderhufen.

»Danke.« Christabel ließ sich von Evan in den Sattel helfen und nahm die Zügel auf. Noble Lady wehrte sich und schlug mit dem Kopf. »Ich werde das Wetter nutzen und bis zum Waldsee reiten.«

»Soll ich Sie begleiten?« Der Stallbursche musterte Reiterin und Pferd aus verengten Augen. »Nicht, dass ich Ihnen nicht vertraue, aber Noble Lady ist heute nicht sie selbst.«

»Nein, ich komme schon mit ihr zurecht.« Christabel wendete die Stute und ritt in Richtung des Waldes. Der Herbst hatte die Blätter rot und gelb gefärbt, die Stürme der vergangenen Tage hatten die Bäume der meisten Blätter entkleidet. Die Luft war kalt und man spürte bereits, dass der Winter Einzug gehalten hatte.

Der Hufschlag, gedämpft durch das hohe Gras auf dem Weg, war das einzige Geräusch, das Christabels Morgenritt begleitete. Die Vögel waren wohl in den Süden gezogen oder hatten sich an diesem kalten Novembermorgen noch nicht aus ihren Nestern gewagt.

»Was für ein großartiger Tag«, jubilierte Christabel und trieb ihre Stute in den Galopp. »Ich bin mir sicher, er wird wunderbar!«

Zwei Stunden später kehrte sie nach Lentune Hall zurück, die Wangen vom kalten Wind gerötet, mit klammen Fingern, aber glücklich. Ganz gleich, wie trüb ihre Stimmung war, sobald sie Zeit auf dem Pferderücken verbrachte, war sie wieder mit sich und der Welt im Einklang. Nachdem sie Noble Lady dem Stallburschen übergeben hatte, kehrte sie ins Haus zurück.

»Mylady, Ihre Post.« Mr Rowe, der Butler auf Lentune Hall, hielt ihr ein Silbertablett mit drei Briefen und dem »The Strand Magazine« entgegen. »Ich hoffe, Sie hatten einen angenehmen Ritt?«

»Danke.« Christabel nickte ihm zu. Obwohl er schon zwölf Jahre auf Lentune Hall diente, hatte sie sich nicht mit ihm anfreunden können. Möglicherweise lag es daran, dass sie mit Morris Fernside aufgewachsen war und immer noch nicht verwunden hatte, dass der Butler sang- und klanglos verschwunden war.

»Lady Mowgray wünscht, Sie noch vor dem Mittagessen zu sehen.« Mr Rowe neigte seinen Kopf, was Christabel die Gelegenheit gab, zu entdecken, wie sehr die kahle Stelle an seinem Hinterkopf gewachsen war.

Das wird Maud bestimmt freuen. Ob sie es bereits bemerkt hat oder soll ich es ihr mitteilen?

Ihre Zofe führte eine Fehde mit dem Butler und behauptete, Mr Rowe wäre nur so ein Ekel, weil er ein kleiner Kerl mit großer Glatze war. Etwas, an das Christabel immer denken musste, wenn sie den Butler sah. Manchmal hatte sie den Eindruck, Mr Rowe könnte ihr die Gedanken vom Gesicht ablesen. Jedenfalls schaute er sie aus seinen braunen Augen an, als wüsste er, wie wenig sie von ihm hielt.

»Sagen Sie meiner Mutter, ich werde sie in einer halben Stunde aufsuchen. Ich muss mich noch frisch machen und umkleiden.« Warum sagte sie ihm das? Als erfahrener Butler wusste Mr Rowe, dass Christabel ihrer Mutter niemals in Reitkleidung gegenübertreten würde. »Sagen Sie auch Maud Bescheid, dass ich sie brauche.«

»Ich weiß nicht, ob Gulliver …«, als er Mauds Nachnamen aussprach, kräuselten sich seine Lippen verächtlich, »wieder im Haus ist. Sie wollte ins Dorf.«

»Falls Maud …«, Christabel betonte den Vornamen ihrer Zofe und konnte sehen, wie sehr Mr Rowe sich darüber ärgerte, »unterwegs ist, senden Sie mir eines der Hausmädchen, damit es mir beim Umkleiden hilft.«

»Sehr wohl, Mylady.« Der Butler wandte sich um und stolzierte davon. Christabel musste sich das Lachen verkneifen, als sie sich daran erinnerte, wie Maud diesen Gang immer nannte: das Stock-im-Allerwertesten-Gehabe.

Eilig griff sie nach ihrer Post und lief in ihr Zimmer, um vor dem Treffen mit ihrer Mutter wenigstens zu erfahren, wer ihr geschrieben hatte. Nachdem sie die Tür hinter sich geschlossen hatte, zog sie ihr Reitkleid aus und ließ es auf dem Boden liegen.

Im Unterrock setzte sie sich an ihren Schreibtisch und öffnete die Umschläge mit ihrem silbernen Brieföffner. Das erste Schreiben war eine Einladung von einer Familie, die einen unverheirateten Sohn hatte. Christabel warf es in den Papierkorb und hoffte, dass ihre Mutter nicht ebenfalls diesen Brief erhalten hatte.

Das zweite Schreiben war von ihrem guten Freund Ernest

Pemborough, der mit seiner Verlobten Beryl Banfour nach Venedig gereist war. Selbstverständlich begleitet von einer Anstandsdame, die in diesem Fall Beryls Mutter war. Christabel gruselte sich bei der Vorstellung, mit ihrer Mutter und einem Mann gemeinsam auf Reisen zu gehen. Ernest jedoch schien glücklich zu sein, was sie ihm von Herzen gönnte.

Bevor sie sich die Freude des »The Strand Magazine« gönnte, angelte sie die Einladung aus dem Papierkorb. Selbst wenn sie es nicht in Betracht zog, diese anzunehmen, gebot es die Höflichkeit, eine freundliche Absage zu formulieren. Allerdings schrieb ihr das gute Benehmen nicht vor, sofort zu antworten. Daher legte Christabel den Brief zu den anderen, die auf eine Antwort warteten.

Wo Maud nur blieb? Wenn ihre Zofe nicht bald aus dem Dorf zurückkäme, würde Lady Christabel den Termin mit ihrer Mutter nicht einhalten können – und Lady Rosalind Mowgray war niemand, den man warten ließ. Warum sandte ihr Rowe kein Hausmädchen? Einen Moment überlegte Christabel, ob sie sich ein Kleid aussuchen sollte, aber »The Strand Magazine« war zu verlockend, selbst wenn es ihre Geschichte nicht angenommen hatte.

Beim Durchblättern blieb ihr Blick kurz an einer Meldung hängen, dann blätterte sie weiter, nur um einen Moment später hektisch nach der Nachricht zu suchen. Ja, sie hatte sich nicht verlesen. Vor Freude stieß sie einen undamenhaften Juchzer aus. Natürlich trat in diesem Moment Maud zur Tür herein.

»Maud! Maud! Maud!« Christabel schwenkte »The Strand Magazine« wie eine Fahne. »Du wirst es nicht glauben.«

»Haben Sie wieder eine Geschichte veröffentlicht?«

»Nicht in dieser Ausgabe.« Einen Moment war Christabel abgelenkt, voller Stolz, dass die Zeitschrift, in der die Sherlock-Holmes-Geschichten erschienen waren, auch etwas von ihr abdruckte. »Nein, viel besser.«

»Besser als eine Veröffentlichung?« Nun hatte sie Mauds Aufmerksamkeit. »Sie haben geerbt?«

»Von wem denn? Es ist doch niemand gestorben.« Christabel schüttelte den Kopf. »Nein, es ist viel unglaublicher.«

Obwohl sie beinahe platzte, die Neuigkeit zu verkünden, presste sie die Lippen zusammen, um die Spannung zu steigern. Aber Maud kannte sie wohl zu gut und fiel nicht darauf herein.

»Ihre Mutter möchte, dass Sie sie heute bei ihren Besuchen begleiten.«

»Maud!« Beinahe hätte Christabel vor Verzweiflung mit dem Fuß aufgestampft, aber das erschien ihr zu kindisch. »Bist du denn überhaupt nicht neugierig?«

»Nun sagen Sie es schon, bevor es Sie umbringt.« Erst nachdem sie die Worte ausgesprochen hatte, erfasste Maud wohl deren Sinn und wurde blass. Noch immer hatte ihre Zofe nicht überwunden, dass sie eine Mordverdächtige gewesen war. »Es hat etwas mit Kriminalgeschichten zu tun, sonst würden Sie nicht mit ›The Strand‹ herumwedeln.«

»Winifred Ruteledge besucht Carrack Manor. Ist das nicht großartig?«

Christabel ging in ihrem Zimmer auf und ab. Am liebsten wäre sie gehüpft vor lauter Freude. Die von ihr hochverehrte Autorin galt als Einsiedlerin, die ihr Domizil an der Riviera so gut wie nie verließ. Und nun wollte die Königin der Spannungsliteratur nicht nur nach England kommen, sondern sogar in ihre Nähe. Egal wie, Christabel *musste* eine Einladung nach Carrack Manor erhalten. Vor ihrem geistigen Auge sah sie es bereits vor sich, wie Mrs Ruteledge und sie über die besten Gegenspieler für eine gelungene Kriminalgeschichte philosophierten.

»Mylady?« Maud hatte ihre Stimme erhoben, wohl weil Christabel zu sehr in ihrer Fantasiewelt versunken war.

»Du sollst mich nicht Mylady nennen.«

»Wie soll ich Sie stattdessen ansprechen?« Ihre Zofe zuckte mit den Schultern. »Ob ich ›Mylady‹ sage oder ›Lady Christabel‹– macht das wirklich einen Unterschied?«

»Macht es einen, ob ich dich Gulliver oder Maud nenne?«

»Sie haben gewonnen.« Üblicherweise gab Maud niemals so schnell nach. Seit ihrer Rückkehr von Blackwell Castle wirkte die Zofe zerstreut und nervös. Einerseits konnte Christabel das gut verstehen, andererseits hätte sie erwartet, dass Maud sich schneller erholte. Ihre Zofe war ihr immer äußerst robust vorgekommen.

»Wir müssen unbedingt eine Einladung erhalten. Ich *muss* Mrs Ruteledge kennenlernen.«

»Da werden Sie gewiss nicht die Einzige sein.«

Mauds Worte wirkten wie eine eisige Dusche. Daran hatte Christabel bisher nicht gedacht: Natürlich würden unglaublich viele Kriminalromanleser die Notiz im »The Strand Magazine« lesen und ebenfalls planen, endlich ihre verehrte Autorin zu treffen.

»Dann muss ich eben schneller sein.« Christabel eilte zum Schrank und suchte nach dem passenden Kleid. »Maud, spute dich. Wir müssen eine Einladung für uns ergattern.«

Kapitel 3

»Soll ich das roséfarbene Kleid mitnehmen?« Lady Christabel trommelte mit ihren langen schlanken Fingern an ihre Wange. »Oder lässt mich das zu mädchenhaft aussehen? Ich will einen guten Eindruck auf Mrs Ruteledge machen.«

»Das Kleid steht Ihnen ausgezeichnet. Das wissen Sie.« Maud war es langsam müde, dabei zuzusehen, wie ihre Ladyschaft ein Kleidungsstück nach dem anderen aus dem Schrank zerrte, damit vor den Spiegel trat und es dann achtlos aufs Bett warf. Denn eines war sicher: Maud wäre diejenige, die alles aufräumen musste – und zwar so schnell wie möglich, denn der Zug wartete nicht auf sie.

»Ich weiß, dass ich mich beeilen muss«, sagte Lady Christabel mit resigniertem Unterton, »aber es ist so schwer, eine Entscheidung zu treffen.«

»Das liegt wohl daran, dass die Auswahl zu groß ist.« Maud blickte zu dem Haufen lindgrünen, taubenblauen, zartgelben und roséfarbenen Stoffs, der auf dem Bett lag. »Wählen Sie lieber Blautöne als etwas Rotes, lieber Grün als Gelb.«

Die kühleren Farben standen ihrer Ladyschaft besser, sie schmeichelten ihrer hellen Haut und den graublauen Augen. Maud hatte nie verstanden, warum Lady Christabel überhaupt roséfarbene Stoffe ausgesucht hatte. In dem Kleid wirkte ihre Ladyschaft blass und unscheinbar, ihre dunkelblonden Haare sahen zu dem hellen Rotton nahezu aschblond aus, keine schmeichelnde Farbe.

»Du hast recht. Ich hätte dich gleich fragen sollen.« Lady Christabel wählte die Nachmittagskleider, die Abendgarderobe und entschied sich schließlich noch für die Kleidung, die sie am Morgen tragen wollte. Außerdem plante sie, Zeit auf dem Pferderücken zu verbringen. Daher musste Maud auch noch die Reitkleidung ihrer Ladyschaft verpacken. Gar nicht zu reden von den Schuhen und Stiefeln und den Unaussprechlichen.

Während Maud sich mit einem mittelgroßen Koffer begnügte, benötigte Lady Christabel zwei große Koffer und eine elegante Reisetasche, damit sie sich an den drei Tagen ihres Besuches auf Carrack Manor angemessen gekleidet präsentieren konnte. Glücklicherweise musste Maud sich nicht mit dem Gepäck abplagen. Dafür gab es die Lakaien und den Chauffeur, der sie nicht nur zum Bahnhof fuhr, sondern auch ihre Koffer angemessen verstaute.

~

Unglaublich, wie es Lady Christabel immer wieder gelingt, ihren Willen durchzusetzen. Ich hätte geschworen, dass wir niemals eine Einladung nach Carrack Manor erhalten. Ich muss nur aufpassen, dass sie mir meine Erleichterung, Lentune Hall zu verlassen, nicht anmerkt.

Mauds Gedanken rasten, während sie vorgab, aus dem Zugfenster zu schauen und die Landschaft zu bewundern. Bevor Lady Christabel und sie abgereist waren, hatte Maud die

Hausdame und die Köchin beschworen, niemandem zu verraten, wohin die Reise sie führte. Zu ihrer Überraschung hatten beide sofort zugesagt, ohne Maud zu fragen, warum sie heimlich verreisen wollte.

»Maud?« Lady Christabel ließ ihren Roman, »Eine nicht ganz so ehrenwerte Lady«, natürlich von Winifred Ruteledge, sinken. »Meinst du, sie wird mich als Autorin ernst nehmen, obwohl ich erst wenige Kurzgeschichten veröffentlicht habe?«

Das war eine Frage, die Maud nur falsch beantworten konnte. Falls sie widersprach und Mrs Ruteledge entpuppte sich als arrogante Besserwisserin, würde Lady Christabel darüber enttäuscht sein. Falls sie Lady Christabels Befürchtungen bestätigte, würde die gesamte Reise sehr, sehr anstrengend werden.

»Ich weiß es nicht«, entschloss sich Maud zu einem dritten Weg. »Bisher habe ich noch keine Schriftstellerin kennengelernt. Aber ich wage zu sagen, dass Mrs Ruteledge sicher erfreut sein wird zu hören, wie sehr Sie ihre Romane lieben.«

»Du meinst also, ich sollte mich erst einmal nur als Leserin vorstellen?«

So hatte Maud das nicht gemeint, aber wenn ihre Ladyschaft ihre Worte so auffassen sollte, dann passte es schon.

»Warten Sie erst einmal ab, was für ein Mensch die Dame ist.«

Maud konnte ein Lied davon singen, wie groß die Enttäuschung oft war, wenn man jemanden traf, den man zuvor auf ein Podest gestellt hatte.

»Jemand, der so großartige Romane schreibt, muss einfach eine ansprechende Persönlichkeit sein.«

»Lassen wir uns überraschen.«

»Wie gut, dass ich mich daran erinnert habe, dass mein Vater und Lord Montgomery zusammen in Oxford studiert haben.« Bestätigend nickte Lady Christabel mit dem Kopf, sodass die blaue Feder auf ihrem ausladenden Hut im Takt wippte. »Noch besser, wie geschickt es mir gelungen ist, Vater dazu zu überreden, für mich eine Einladung zu bekommen.«

»Sie haben mir noch nicht erzählt, wie Sie das geschafft haben.«

Nicht, dass es Maud wirklich interessierte, aber wenn Lady Christabel plauderte, konnte Maud ihren Gedanken nachhängen und sich fragen, wer ihr wohl vor einigen Wochen die Einladung zu einer Séance bei Mystic Modesty geschickt hatte. Seitdem fürchtete sie jeden Tag, erneut so einen Brief zu erhalten, aber bisher war kein Schreiben mehr gekommen.

»Das Übliche.« Lady Christabel seufzte. »Ich habe ihm versprochen, mich um Dudley Gillet zu kümmern, sollte Vater ihn nach Lentune Hall einladen.«

Obwohl Maud nur halb zugehört hatte, horchte sie nun auf.

»Lord Gillet ist immer noch nicht bereit, Sie aufzugeben? Er muss Sie wirklich lieben.«

Seit Lady Christabels Debüt vor ein paar Jahren warb Dudley Gillet um sie, obwohl sie sehr deutlich gesagt hatte, dass sie ihn für einen Langweiler hielt.

Ihre Ladyschaft stieß ein gänzlich undamenhaftes Schnauben aus.

»Ich kann mir nicht vorstellen, dass Dudley zu tiefen Gefühlen fähig ist.« Sie zuckte mit den Schultern. »Wahrscheinlich hat er sich damals auf mich festgelegt und ist nicht flexibel genug, von dieser Richtung abzuweichen.«

»Lady Dahlia hätte ihn sofort genommen. Sie mag ihn sehr.«

Lady Christabels Schwester versuchte stets, das zu bekommen, was ihre Ladyschaft sich wünschte. Meistens mit geringem Erfolg. Doch nun hatte sie Christabel übertrumpft: Während Christabel immer noch unverheiratet war, würde Lady Dahlia Weihnachten ihre Verlobung feiern.

»Dahlia hat äußerst geringe Ansprüche, wenn es um den zukünftigen Ehemann geht.« Lady Christabel verzog das Gesicht, als hätte sie in eine Zitrone gebissen. »Er muss nur aus guter Familie stammen und äußerlich präsentabel sein. Ihr Verlobter ist dafür das beste Beispiel.«

Bevor Maud antworten konnte, sprang Lady Christabel auf. »Wir sind gleich da. Ach, Maud, ich bin so aufgeregt.«

Nachdem sie einen Gepäckträger gefunden hatte, der unter der Last von Lady Christabels Koffern ächzte, sah Maud sich suchend um. Gewiss würde jemand von Carrack Manor zum Bahnhof gekommen sein, um sie abzuholen, denn sie hatten ihre Ankunftszeit telegrafiert.

Doch auf dem Bahnhofsvorplatz wartete weder ein Automobil noch eine elegante Kutsche. Das einzige Gefährt war ein heruntergekommen aussehender Einspänner. Allerdings passte der in einen schwarzen Anzug gekleidete gut aussehende Mann nicht zu seinem Fahrzeug.

Als hätte er Mauds Blick gespürt, sah er von der Zeitung auf, in die er vertieft gewesen war. Sein Hals rötete sich und er sprang elegant vom Kutschbock und eilte auf sie zu.

»Lady Mowgray?« Nachdem ihre Ladyschaft genickt hatte, lächelte er sie an. »Herzlich willkommen. Ich bin Timothy und werde Sie nach Carrack Manor bringen.«

Er befreite den Gepäckträger von den Koffern, die er in der Kutsche verstaute.

»Könnte ein bisschen eng werden«, sagte er mit einem entschuldigenden Achselzucken, bevor er wieder auf den Kutschbock kletterte. »Aber nach Carrack Manor ist es nicht weit.«

Maud konnte Lady Christabel ansehen, wie enttäuscht sie war. Sicher, sie war keine Marchioness oder Duchess, aber ein annehmbareres Gefährt konnte ihre Ladyschaft schon erwarten. Der Einspänner sah aus, als hätte er jahrelang unbenutzt im Stall gestanden und wäre nur schnell gesäubert und abgewaschen worden, bevor man ihn zur Eisenbahn schickte. Das dunkelbraune Pferd ließ müde den Kopf hängen und wirkte ebenfalls, als hätte es seine besten Tage schon lange hinter sich.

»Nun gut«, sagte ihre Ladyschaft mit einem Seufzen. »Wir werden schon Platz finden.«

Sie kletterte in die Kutsche und setzte sich. Der Rock ihres Kleides bauschte sich auf einem der Koffer. Maud suchte sich ebenfalls einen Platz und stieß mit dem Schienbein gegen den zweiten Koffer. Und gleich noch einmal, als das Pferd sich zuckelnd in Bewegung setzte.

»Gleich sind wir da«, rief der Kutscher ihnen zu.

Sie mussten sich weit aus dem Fenster beugen, um einen Blick auf das Herrenhaus zu erhaschen, denn eine hohe Mauer aus graubraunem Sandstein verbarg das Herrenhaus vor neugierigen Blicken. Zwei Türme mit jeweils drei Zinnen verstärkten den Eindruck von Wehrhaftigkeit. In die Türme waren kleine Schlitze eingelassen, aus denen in kriegerischen Zeiten wohl Kugeln auf die Angreifer eingeprasselt waren. Heute schienen sie ohne Funktion zu sein. Vier Treppenstufen führten zu einer eisernen Tür. Zu Mauds Überraschung fuhr der Kutscher daran vorbei.

»Wir nutzen den hinteren Eingang. Da kann ich mit dem Fuhrwerk halten«, antwortete er, bevor sie ihre Frage ausgesprochen hatte. Schon bald endete die Mauer an einem breiten Tor, das früher gewiss mit einem eisernen Gatter versehen gewesen war, nun jedoch schutzlos dastand. Ein gepflasterter Weg führte sie zur Rückseite des Landsitzes.

Das Erste, was ihr an Carrack Manors Hinteransicht ins Auge stach, war der rot gefärbte Efeu, der sich über die gesamte rechte Seite des Gemäuers zog und das Herrenhaus wie Dornröschens Schloss wirken ließ. Außerdem lenkten die Pflanzen davon ab, wie dunkel der früher wohl hellgraue Sandstein verfärbt war. Auf der linken Seite des Landsitzes rankte sich abgestorbener Efeu unregelmäßig an dem hohen Turm mit dem großen Fenster und dem halbrunden Vorsprung empor. Ein wenig sah es aus, als trüge das Haus einen zauseligen Bart.

Auch sonst bemerkte Maud deutliche Zeichen des Verfalls: Zwischen den Steinen der Auffahrt wucherte das Unkraut und die Buchsbäume vor der großen Treppe benötigten dringend einen Schnitt. Man konnte nicht mehr erkennen, ob ihre Form eine Kugel oder ein Kegel gewesen war.

Nun gingen die Steine in einen Kiesweg über, der dringend

geharkt werden müsste. Die Räder der Kutsche knirschten auf den hellen Kieseln. Gewaltige Fenster mit dunklen Rahmen durchbrachen das Mauerwerk. Innen musste es sicher hell sein. Aber ob es auch warm würde, fragte sie sich, denn die Fenster boten gewiss nur unzureichend Schutz gegen die winterliche Kälte, die Maud zittern ließ.

Endlich erreichten sie den Hintereingang. Graue Treppenstufen führten zu einer Tür, deren gotischer Bogen eher an eine Kapelle als an ein Herrenhaus erinnerte.

»Warten Sie, ich hole den Butler.« Der Kutscher sprang vom Bock und schlenderte zur Tür. Obwohl er nur eine dünne Jacke trug, schien die Kälte ihm nichts auszumachen.

Doch statt des Butlers erwarteten sie eine Dame und ein Hausmädchen in schwarzem Kleid mit weißer Schürze.

»Herzlich willkommen auf Carrack Manor«, sagte die Lady. Obwohl sie ohnehin klein war, hielt sie ihre Schultern vorgebeugt, als wollte sie sich unsichtbar machen. »Das ist Ruby. Sie wird Ihre Zofe zu deren Kammer geleiten. Ich freue mich sehr, Sie zu sehen, Lady Christabel.«

»Herzlichen Dank für die Einladung«, antwortete ihre Ladyschaft.

»Kommen Sie«, sagte das Hausmädchen zu Maud und setzte sich in Bewegung.

Etwas ungewöhnlich war es schon, dass man erst Maud in ihre Kammer führte, bevor Lady Christabel in ihre Räume gebracht wurde. Aber möglicherweise wollte Lady Montgomery etwas mit Lady Christabel besprechen und hatte daher das Hausmädchen gebeten, Maud zu ihrer Kammer zu bringen.

Rubys Gesicht erinnerte Maud an eine Porzellanpuppe mit

großen blauen Augen und einem breiten Schmollmund sowie dem Wust dunkelbrauner Haare, die sich widerspenstig aus der Frisur lösten.

»Es sind alle in der Küche. Wollen Sie sie erst kennenlernen oder soll ich Ihnen Ihr Zimmer zeigen?«

Da die Reise nicht sehr lang gedauert hatte, entschied sich Maud für die erste Alternative.

»Wundern Sie sich nicht«, flüsterte Ruby ihr zu. »Wir sind nur ein paar und müssen die ganze Arbeit machen.«

Bevor Maud sich überlegen konnte, was das Hausmädchen ihr damit sagen wollte, hatte Ruby bereits die grünbespannte Tür aufgestoßen und eilte nun so schnell eine Treppe hinab, dass Maud sich beeilen musste, ihr nachzukommen.

Bald erreichten sie die Küche, die weniger gepflegt aussah, als Maud es erwartet hatte. Sicher, auch hier gab es einen blank polierten Holztisch in der Mitte des Raumes, an dem die meiste Arbeit gemacht wurde. Auch in dieser Küche bullerte ein Herd und verbreitete wohlige Wärme. Allerdings hätte es Nellie Cramton, die Köchin auf Lentune Hall, niemals zugelassen, dass die Töpfe und Pfannen aufgehängt wurden, obwohl sie noch angelaufene Stellen zeigten.

Nachdem sie alles mit einem schnellen Blick erfasst hatte, wandte Maud ihre Aufmerksamkeit den Menschen zu, die auf einer Bank nahe dem Herd saßen und sie neugierig ansahen.

»Mr Fitzwilliam, Mrs Terrell.« Ruby lächelte den Butler und die Köchin scheu an. »Das ist Miss Gulliver, die Zofe von Lady Christabel Mowgray.«

»Und ich bin Polly«, sagte ein Mädchen, das Tee auf einem Tablett balancierte. »Das Küchenmädchen.«

»Polly, man stellt sich nicht selbst vor«, erwiderte der Butler mit sonorem Tonfall. Warum war er nicht zur Tür gekommen? Maud nickte und murmelte Begrüßungsworte.

»Willkommen auf Carrack Manor.« Mr Fitzwilliam starrte Maud an. »Ich hoffe, Sie wissen sich in einen fremden Haushalt einzufügen und machen mir keinen Ärger.«

Hölle und Hinkebein! Das nenne ich eine Begrüßung. Gegen diesen Kerl ist Rowe ein richtiges Herzchen.

Der Butler war ein paar Zentimeter kleiner als Maud und hielt sich sehr gerade, als wollte er seine geringe Größe durch Haltung ausgleichen. Seine breiten Hände sprachen von einem Leben voller Arbeit, ebenso wie sein zerknautschtes Gesicht. Obwohl sein Anzug perfekt gebügelt und die Schuhe blank poliert waren, kam es Maud vor, als trüge er eine Verkleidung.

Seine hellbraunen Haare waren ein wenig zu lang und von grauen Strähnen durchzogen. Sein Kinn stand deutlich hervor wie das eines Nussknackers.

»Danke, ich freue mich darauf, Sie alle kennenzulernen.« Maud lächelte. »Bisher habe ich mich in allen Häusern, die wir besuchten, zurechtgefunden.«

Damit dehnte sie die Wahrheit ein wenig, da ihre Ladyschaft und sie bei den letzten beiden Besuchen Morde aufgeklärt hatten, aber so etwas sollte man beim ersten Zusammentreffen besser nicht erzählen.

»Hier werden Sie etwas mehr arbeiten als üblich.« Mrs Terrell hob entschuldigend die Hände. Die Hausdame war Maud auf den ersten Blick sympathisch, was sicher an ihrem offenen Lächeln lag. Zwischen ihren grünblauen Augen standen zwei Sorgenfalten, was sicher durch die Belastung kam, als

Hausdame und Köchin arbeiten zu müssen. Für eine Köchin fand Maud sie zu dünn, was sie an ihren ersten Fall auf Ashburn Abbey erinnerte. Auch die dortige Köchin war sehr mager gewesen.

»Miss Gulliver, möchten Sie Tee?« Mrs Terrell sah sie fragend an und hob Tasse und Kanne hoch. Mit einer Leichtigkeit, die ihre hagere Gestalt Lügen strafte.

»Sehr gern.« Maud setzte sich an den Tisch und trank einen Schluck des leicht bitteren Getränks. »Was soll ich tun?«

Nachdem sie sich Tee eingegossen hatte, strich sich Mrs Terrell eine Strähne ihres graublonden Haars aus der Stirn.

»Sie müssen schon das Bett für Ihre Lady machen, tut mir leid.« Mrs Terrell zuckte mit den Schultern. »Sie sehen ja selbst, wie wenige wir sind. Da können wir uns nicht auch noch um Gäste kümmern, wenn die eigene Dienstboten mitbringen.«

»Selbstverständlich.« Maud würde sich gewiss nicht mit einer Hausdame streiten, die auch Köchin war. Zu gut erinnerte sie sich an die Köchin auf Ashburn Abbey, wo Maud sich geschworen hatte, sich nie mit einer von ihnen anzulegen. »Wo sind denn die anderen Dienstboten? Oder waren Sie immer so wenige?«

»Lady Montgomery behauptet, sie hätte alle in diesem Jahr in einen vorzeitigen Weihnachtsurlaub geschickt.« Mrs Terrell schnaubte laut aus. »Wer's glaubt?«

Nun war Mauds Neugier geweckt. Aber bevor sie etwas fragen konnte, kam ein junger Mann herein, der ein Bündel Briefe in der Hand hielt.

»Miss Gulliver. Das ist Timothy Vaughan, unser Lakai.« Mrs Terrell lächelte.

»Und Kutscher.« Maud nickte ihm zu. »Wir haben uns bereits gesehen.«

Timothy Vaughans hohe Gestalt, die dunklen Haare und warmen braunen Augen erinnerten Maud sehr an Damian Ellis, den Lakaien, den sie auf Blackwell Castle kennengelernt hatte. Ihr Herz wurde schwer, als sie an ihn dachte.

»Hier sind Briefe für euch«, sagte der Lakai und verteilte die Umschläge. Drei davon fielen Maud durch ihre lavendelblaue Farbe auf. Einen davon bekam Mrs Terrell, die erbleichte; den zweiten erhielt Mr Fitzwilliam, der zornig die Brauen runzelte, und den letzten schließlich übergab Timothy an Ruby. Das Hausmädchen brach in Tränen aus, sprang auf und lief davon.

»Wer zeigt mir nun mein Zimmer?«, fragte Maud in die Stille hinein, die Rubys Drama folgte. Was hatte es wohl mit diesen Briefen auf sich?

KAPITEL 4

»Schön, schön, dass Sie hier sind, liebe Lady Christabel«, sagte Lady Montgomery nun bereits zum dritten Mal. Sehnsüchtig sah Christabel Maud hinterher, die sich mit dem Hausmädchen gut zu unterhalten schien. »Wir bekommen viel zu selten Besuch.«

»Ich kann Ihnen gar nicht oft genug sagen, wie sehr mich Ihre Einladung freut.« Auch das hatte Christabel in unterschiedlichen Varianten bereits mehrfach gesagt. Warum rief die Hausherrin nicht einfach nach dem zweiten Dienstmädchen, damit es Christabel auf ihr Zimmer führte?

Da Lady Montgomery erneut ihre Freude über Christabels Besuch kundtat, sah Christabel sich um. Der Fußboden der Eingangshalle bestand aus zwei dunklen Holzarten, die ein geschickter Handwerker so angeordnet hatte, dass sie eine Sonne bildeten. Neben einer marmornen Treppe stand ein Tischchen mit einem Silbertablett für Visitenkarten der Besucher und einem hohen Lehnstuhl, auf dem wohl sonst der Lakai darauf wartete, Gästen die Tür zu öffnen. Die Treppe endete in einer Galerie, von der aus dunkle Holztüren abgingen, die zu den Zimmern der Familie und der Besucher führten.

Eine Vase mit Blumen, die ihren Zenit überschritten hatten, stand auf einer Kommode, beleuchtet von zwei Gaslampen. Während Christabel es aus anderen Häusern gewohnt war, dass sich eine Vielzahl von Ahnenbildern die Wände neben der Treppe entlang zog, erspähte sie hier vier dunkle Porträts in überbordenden Goldrahmen. Die dunkelgrüne Tapete des Treppenhauses zeigte einige auffallende, rechteckige Stellen, an denen sie heller war. Ein sicheres Zeichen dafür, dass hier einmal Bilder gehangen hatten, für eine lange Zeit gehangen hatten, denn sonst wäre der Farbunterschied nicht so deutlich zu sehen.

»Hatten Sie eine gute Reise?«, versuchte Lady Montgomery nun ein neues Thema zu beginnen. »Ich bin bisherig noch nie mit der Bahn gefahren. Clifford hält nichts davon.«

Lady Montgomery erinnerte auf fatale Weise an eine Maus, angefangen von ihrem spitzen Gesicht über ihre zierliche Figur bis hin zu ihrer piepsenden Stimme.

»Danke. Es war eine überaus angenehme Fahrt.«

Wo blieb der Lakai, der ihr Gepäck auf ihr Zimmer tragen sollte? Warum kam das zweite Hausmädchen nicht, um Christabel den Weg zu zeigen? Und wenn es denn kein zweites Hausmädchen gab, hätte Lady Montgomery sie ja zu ihrem Zimmer begleiten können. Das hätte ihnen beiden die Peinlichkeit dieses Gesprächs erspart.

Stattdessen standen sie in der Eingangshalle, wo bereits Platz für den großen Weihnachtsbaum gemacht worden war. Jedenfalls ging Christabel davon aus, dass dort ein Baum stehen würde. Während Lady Montgomery sich weiterhin über Gäste und ihre Freude darüber ausließ, sah Christabel sich weiter um. Auch die große Halle bestätigte den Eindruck, den sie bereits bei der Herfahrt gewonnen hatte.

Carrack Manor hatte seine besten Tage hinter sich. Das

Herrenhaus wirkte wie ein imposanter, in die Jahre gekommener Soldat, der sich weigerte, aufzugeben oder zuzugeben, dass er verarmt war.

Auch die Kleidung von Lady Montgomery zeigte deutliche Anzeichen versteckter Armut. Der Stoff war von erlesener Qualität, allerdings abgetragen. Christabel bemerkte die Stellen, an denen der Stoff ausgelassen und neu genäht worden war, um sich der Mode anzupassen.

Worüber konnte sie sich mit ihrer Gastgeberin unterhalten, um diese Situation nicht ganz so blamabel werden zu lassen? Obwohl sie intensiv überlegte, fiel ihr nicht viel zu den Montgomerys ein. Die Kinder, wenn sie sich recht erinnerte, ein Sohn und eine Tochter, waren deutlich älter als Christabel, sodass sich ihre Wege nur ab und zu gekreuzt hatten.

»Der alte Clifford bewegt sich so gut wie nie von seinem Landsitz weg«, hatte ihr Vater erzählt. »Ebenso selten lädt die Familie Gäste ein. Er war früher schon ein komischer Kauz.«

Nun hatte Christabel die Erklärung dafür gefunden. Wahrscheinlich war es dem Viscount und der Viscountess of Hillmere peinlich, zuzugeben, dass sie verarmt waren. Christabel spürte Mitgefühl mit Lady Montgomery, die wohl versuchte, die Zeit zu überbrücken, bis ihr einziges Hausmädchen zurückkehrte.

»Wer ist die Dame auf diesem Porträt?«, suchte sie daher nach einem möglichst unverfänglichen Gesprächsthema. Ihrer Erfahrung nach redeten die meisten Menschen sehr gern über ihre Vorfahren und deren Großtaten. »Sie sieht sehr … selbstbewusst aus.«

Während sie auf die Antwort von Lady Montgomery wartete, ging Christabel ein Stück die Treppe hinauf und näher an das Gemälde heran. Obwohl sie es ursprünglich nur als Ablenkung angesprochen hatte, musste sie nun zugeben, dass die Frau etwas Faszinierendes an sich hatte. Während die Porträtierten auf den anderen Gemälden vor roten Vorhängen, Gartenszenen oder neben Haustieren gezeigt wurden, konzentrierte sich dieses Bild ganz auf die Lady. Ihr dunkles Haar war zu einer eleganten Frisur aufgesteckt und ließ ihren Hals, der von einer schlichten Perlenreihe geschmückt war, länger wirken. Aus dunklen Augen blickte die Dame Christabel an. Ihr voller Mund zeigte nur die Spur eines Lächelns, so als wüsste sie ein Geheimnis, das sie niemandem verraten wollte. Das helle Kleid sah aus, als wäre es mit eiligen Pinselstrichen auf die Leinwand geworfen. Licht und Schatten malten den Faltenwurf des Stoffs nach, aber die Aufmerksamkeit richtete sich allein auf das ebenmäßige Gesicht.

»Da müssen Sie meinen Mann fragen.« Lady Montgomery starrte das Bild an, als hätte sie es nie zuvor gesehen. »Ich vergesse immer die Namen.«

»Es ist unsere Urgroßtante Gertrude«, erklang eine hohe, leicht bösartig klingende Stimme hinter ihnen. »Sie hat den Orient bereist. Das solltest selbst du wissen, meine liebe Gwendolen.«

»Sicher, selbstverständlich«, stammelte Lady Montgomery. Sie stolperte, als sie sich umdrehen wollte, und nur Christabels schnellem Zugriff war es zu verdanken, dass sie nicht die Treppe hinabfiel. »Entschuldigung.«

Sie flatterte vor Aufregung wie ein gefangener Vogel. Überhaupt erinnerte sie Christabel an einen Kolibri: hübsch, aber immer in Bewegung und nicht fassbar.

»Willst du mich unserem Gast nicht vorstellen?«

Wer war diese Frau, die Lady Montgomery behandelte, als wäre sie ein dummes Kind? Bewusst wandte Christabel sich sehr langsam um, bevor sie den Neuankömmling musterte. Es war eine stämmige Dame in maßgeschneidertem Reitkostüm. Links neben ihr saß ein Tier, das Christabel wegen seiner geringen Größe erst für eine Katze hielt, doch dann kläffte es sie an. Mit einer hohen Stimme und sehr ausdauernd.

»Ksch, Herbert Henry!«, brachte die Dame den Hund zur Ruhe.

»Haben Sie ihn etwa nach dem Premierminister benannt?« Christabel musste lachen, als sie das Hündchen betrachtete, das sich immer noch echauffierte und sie aus hervorquellenden braunen Augen anstarrte.

»Ja.« Dann wandte sie sich Lady Montgomery zu. »Nun, Gwendolen, muss ich mich etwa selbst vorstellen?«

»Nein, nein. Natürlich nicht.« Lady Montgomery sah aus, als wollte sie gleich in Ohnmacht fallen. »Lady Christabel Mowgray, das ist meine geliebte Schwägerin Lady Edna Blackmore.«

»Lady Blackmore, erfreut.« In ihrer Jugend mochte Lady Blackmore eine Schönheit gewesen sein. Auch heute noch zogen ihre großen blauen Augen die Blicke auf sich. Allerdings kräuselten sich ihre Lippen in einem verächtlichen Lächeln, was sie Christabel unsympathisch machte. Lady Blackmores Haare schimmerten in einem so kräftigen Rotbraun, dass Christabel wetten könnte, sie hatte der Farbe nachgeholfen.

»Sehr erfreut«, antwortete Christabel, wie es sich gehörte, aber sie hatte noch nicht entschieden, ob sie Lady Blackmore mochte oder nicht.

»Christabel Mowgray«, sagte diese. »Die älteste Tochter von Alastair, noch immer unverheiratet, wie man hört.«

Ob dieser Unverschämtheit fehlten Christabel, die sonst selten um eine Antwort verlegen war, die Worte. Wenn sie das breite Lächeln auf den schmalen Lippen Lady Blackmores richtig deutete, hatte diese genau das beabsichtigt. Diese Gewissheit gab Christabel die Schlagfertigkeit, mit der sie den hinterhältigen Angriff zu parieren gedachte.

»Sie müssen ein ausnehmend gutes Gedächtnis besitzen, dass Sie sich in Ihrem Alter an derartig unwichtige Details erinnern.«

Das Lächeln auf dem breiten Gesicht verblasste. Nun suchte Lady Blackmore nach einer Retourkutsche, aber bevor ihr etwas einfiel, kehrte das Hausmädchen zurück, sichtlich erhitzt, wohl vom Laufen aus dem Dienstbotentrakt hierher.

»Mylady, ich kann Ihnen nun Ihr Zimmer zeigen.«

»Hast du etwa zuerst die Zofe versorgt, Gwendolen?« Lady Blackmores Mundwinkel zogen sich nach unten und sie schüttelte den Kopf. »Komm, Herbert Henry. Wir sehen uns zum Tee?«

»Mit Vergnügen«, antwortete Christabel auf die Frage, die im Tonfall einer Drohung ausgesprochen worden war. Sie sah Lady Blackmore nach, die mit großen Schritten die Treppe hochmarschierte, Herbert Henry auf dem Arm. Der Hund glotzte Christabel an und es kam ihr vor, als ob er grinste.

»Gehen wir«, wandte sie sich dem Hausmädchen zu.

»Sie müssen Edna entschuldigen«, flüsterte Lady Montgomery mit ihrer sanften, aber etwas hektisch wirkenden Stimme, als wollte sie nicht allein in der Eingangshalle bleiben.

»Seitdem ihr Ehemann gestorben ist, ist sie einsam und ein wenig verbittert.«

»Sie feiert Weihnachten mit Ihnen?«

»Jedes Jahr kommt sie Mitte November und bleibt bis zum neuen Jahr.« Obwohl Lady Montgomery ihre Worte mit einem tapferen Lächeln begleitete, merkte man ihr deutlich an, wie wenig sie der Besuch ihrer Schwägerin freute. »Die arme Edna hat ja sonst niemanden.«

Christabel schauderte. Würde das auch ihr Schicksal sein? An Feiertagen als die arme unverheiratete Tante zur Familie eingeladen zu werden, um sich dort nur geduldet zu fühlen? Auch wenn sich Lady Blackmore ihr gegenüber äußerst rüde verhalten hatte, empfand sie starkes Mitgefühl mit der Frau. Christabel konnte nur hoffen, dass die Welt sich verändern und Frauen mehr Möglichkeiten bieten würde.

»Danke für Ihre Gastfreundschaft.« Christabel nickte Lady Montgomery zu, bevor sie dem Hausmädchen folgte, das mit großen Schritten die Treppe hinaufeilte.

»Tee gibt es um fünf Uhr im Salon«, rief Lady Montgomery ihr nach.

Anscheinend erwartete sie keine Antwort von Christabel, sondern verschwand hinter einer der Türen, die von der Eingangshalle abgingen. Das Hausmädchen führte Christabel durch einen langen, düsteren Flur, bis sie zu einer Tür kamen, neben der in einem Messingschild Christabels Name geschrieben stand.

»Wenn Sie etwas benötigen, klingeln Sie einfach.« Das Hausmädchen lächelte. »Aber es kann ein bisschen dauern, bis ich komme. Ich muss mich auch um Lady Blackmore und Lady Montgomery kümmern.«

»Schon gut. Ich werde Maud fragen, sollte ich etwas benötigen.«

Das Hausmädchen verabschiedete sich mit einem Knicks und schloss leise die Tür hinter sich.

Wie Christabel erwartet hatte, war es in dem Raum, der im ersten Stock lag, hell. Durch das große Fenster strömte das blasse Licht des Wintertages herein und tauchte die hellgelben Tapeten und die mit rostrotem Stoff bezogenen Sessel in einen milden Schimmer. Vorhänge in einem zarten Lindgrün waren zur Seite gerafft und wurden durch eine dunkelgrüne Kordel gehalten.

Durch den hohen, goldgerahmten Spiegel über dem weißen Kamin wirkte der kleine Raum größer, da sich das Fenster in ihm spiegelte. Christabel bemerkte, dass Sonne und Alter den Bezug der Sessel und auch die Tagesdecke über dem schmalen Bett ausgeblichen hatten.

Unter einer Rosette aus Stuck hing ein kleiner Leuchter, in dem Kerzen steckten. Christabel musste den Kopf in den Nacken legen, um zu ihm aufzusehen. Staunend fragte sie sich, wie man die Kerzen wohl entzünden wollte.

Kapitel 5

Nachdem Maud ihren Koffer ausgepackt hatte, überlegte sie, ob sie sich in die Küche aufmachen sollte, um dort nach einem Tee zu fragen. Denn ihre Kammer war weder groß noch gemütlich; auch warm konnte man sie beim besten Willen nicht nennen. Obwohl Maud sich üblicherweise nichts auf ihren Status als obere Dienstbotin einbildete, war sie mit ihrer Unterbringung auf Carrack Manor unzufrieden. Eine Zofe hatte Anspruch auf einen besseren Raum als auf eine karge und kalte Hausmädchenkammer im Dachgeschoss.

Ein Gongschlag ertönte, das Zeichen, dass bald der Nachmittagstee serviert werden würde. Auch wenn das Haus der Familie Montgomery deutliche Zeichen der Armut aufwies, hielt man wohl an der Etikette fest. Wahrscheinlich, weil es das Wenige war, was der Familie von ihrem adligen Erbe geblieben war. Maud kannte dieses beharrliche Festhalten an Traditionen und Ritualen aus ihrem Leben vor der Zeit mit Lady Christabel. Schon damals hatte Maud nicht sagen können, ob sie die Menschen bemitleidete oder beneidete für ihre Fähigkeit, die Augen vor der bitteren Wahrheit zu verschließen.

Genug mit diesen düsteren Gedanken. Wenn sie noch etwas essen wollte, bevor sie ihrer Ladyschaft beim Umkleiden half, musste sie sich beeilen. Denn die Wege auf Carrack Manor waren weit. Maud war bei den anderen Dienstboten untergebracht, was für sie bedeutete, dass sie ständig treppauf, treppab laufen musste.

Da niemand zu sehen war, rannte Maud die Stufen mit großen Schritten hinab. Erst als sie auf dem Flur des ersten Stocks angekommen war, mäßigte sie ihr Tempo. So unwahrscheinlich es auch erschien, dass sie jemandem der Familie oder einem Gast begegnete, sie wollte nichts riskieren. Zum Glück musste sie nur ein kleines Stück über den dunkelgetäfelten Flur gehen, der zur Treppe zum Dienstbotenbereich führte.

Obwohl sie es eilig hatte, blieb sie stehen, weil ein Porträt in einem verschnörkelten Goldrahmen ihre Aufmerksamkeit fesselte. Auf dem Bild war eine sitzende, weiß gekleidete Dame vor einem dunklen Hintergrund zu sehen. Das Braun ihrer Haare verschwamm mit dem Dunkel des Hintergrunds, was ihren Kopf geisterhaft wirken ließ. Sie saß auf einem Stuhl, ebenfalls von dunkler Farbe und nur an den Lehnen erkennbar, die sich von dem hellen Kleid abhoben. Die Lady hielt die Hände im Schoß verschränkt und schaute Maud direkt an. Ihre schmalen Lippen zeigten kein Lächeln, auch ihr Blick wirkte eher traurig. Selbst die beiden blassrosafarbenen Blüten, die sie als Schmuck am Ausschnitt trug, ließen die Köpfe hängen.

Gefasst, sie wirkt gefasst, als hätte sie sich mit ihrem Schicksal abgefunden. Ich kenne diesen Blick. Nein, ich kannte ihn.

Maud schauderte und wandte sich ab. Aber es fühlte sich an, als verfolgte der Blick der Lady sie, während sie den Flur hinunterging.

Alles nur Einbildung. Ich bin überspannt, seitdem mir jemand die Einladung zu der Séance gesandt hat. Wer immer das auch war, er kann nicht wissen, dass ich Lentune Hall verlassen habe.

Obwohl sie versuchte, sich an diesen tröstlichen Gedanken zu halten, fröstelte es sie – und das lag nicht nur daran, dass das Haus zu wenig beheizt war.

Auch wenn ich es Lady Christabel abgerungen habe, keine Detektivspiele mehr zu spielen, wäre mir das im Moment ganz recht. Ich brauche etwas, das mich beschäftigt und ablenkt.

Als sich Maud kurz vor der Küche befand, hörte sie zwei laute Stimmen, was sofort ihre Neugier weckte. Wenn sie sich nicht irrte, stritt das Küchenmädchen mit dem Butler. Es war äußerst verwunderlich, dass die niedrigste Dienstbotin es wagte, sich dem Haushaltsvorstand zu widersetzen. Auf leisen Sohlen schlich Maud näher an die geöffnete Tür heran und lauschte.

»Machen Sie es doch selber.« Das Küchenmädchen klang bockig wie ein kleines Kind, was nicht überraschte, war Polly doch gerade erst dem Kindesalter entwachsen. »Nur, weil ich … hier am jüngsten bin, muss ich mir nicht alles bieten lassen.«

»Polly!« Mr Fitzwilliam versuchte, seine gesamte Autorität in dem einen Wort zum Ausdruck zu bringen, aber es schien das Küchenmädchen nicht zu beeindrucken, denn mit ruhigerem Ton fuhr er fort: »Mädchen, du weißt, dass es getan werden muss.«

»Aber warum von mir?«, beharrte Polly und schniefte. Maud konnte es förmlich vor sich sehen, wie die magere Kleine sich ihre Nase am Ärmel ihres Kleids abwischte. »Timothy könnte das ebenso gut wie ich.«

»Er ist im Stall bei den Pferden. Seitdem Alfred nicht mehr bei uns ist, muss Timothy sich um die Tiere kümmern. Das weißt du.«

»Ich kann das nicht.«

»Polly, ich finde jederzeit ein Mädchen, das deine Stelle mit Kusshand nimmt.«

Stille entstand. Was war der Butler nur für ein gemeiner Kerl, das arme Küchenmädchen so zu bedrohen? Am liebsten wäre Maud dazwischengegangen, aber es würde Polly nicht helfen. Wenn die Kleine nicht lernte, ihre Kämpfe auszufechten, war sie verloren.

»Dann geben Sie schon her!« Polly klang gleichzeitig resigniert und trotzig.

Sicherheitshalber trat Maud wieder etwas zurück. Eine kluge Entscheidung, wie sich herausstellte, als Polly aus der Tür gestürmt kam. Das Küchenmädchen trug mit entsetzter Miene einen Sack vor sich her. Als Maud eine kleine Bewegung in der Tasche erspähte, trat sie aus ihrem Versteck.

»Was hast du da?« Wenn Maud je ein schuldbewusstes Gesicht gesehen hatte, dann das von Polly. Das Küchenmädchen sah aus, als wollte es gleich in Tränen ausbrechen.

»Unsere Katze.« Polly schniefte. Tränen flossen aus ihren Augen, Schnodder aus ihrer Nase. Maud suchte in der Tasche ihres Kleides nach einem sauberen Taschentuch. »Sie hat ein spätes Junges bekommen. Mr Fitzwilliam sagt, ich soll es ertränken, weil es den Winter sowieso nicht überlebt. Die Mutter ist in der Kammer hinter der Küche und schreit ganz furchtbar.«

»Hier.« Maud reichte dem Mädchen ihr Taschentuch, während sie nach dem Sack griff, den Polly nach kurzem Zögern losließ. Das Küchenmädchen schnaubte sich laut trompetend die Nase.

»Ich kann das nicht, das habe ich Mr Fitzwilliam gesagt, aber ich muss.« Polly strich sich mit den Händen die Tränen von den Wangen. »Früher hat das immer der Stallbursche gemacht, aber der ist ja weg.«

Maud schwankte, ob sie die Kleine trösten oder ihrer Neugier nachgeben sollte. Warum nicht beides? Erst einmal musste sie Polly von dem Schrecken befreien und ihr eine bessere Möglichkeit aufzeigen.

»Wir finden eine Lösung für die Katze. Das verspreche ich dir.«

»Geben Sie mir Ihr Ehrenwort?«

»Großes Ehrenwort.« Nachdem Pollys Augen aufleuchteten, wagte es Maud, ihre Frage zu stellen. »Wo ist denn der Stallbursche? Und warum hat ein Haus dieser Größe nur ein Hausmädchen?«

Pollys Körper versteifte sich. Obwohl sie jung und naiv wirkte, ließ sie sich wohl nicht so einfach von Maud aushorchen. Dass die Kleine widerspenstig und schlau war, hatte sie ja eben gehört, als Polly mit Mr Fitzwilliam gestritten hatte.

»Warum wollen Sie das wissen?« Auf einmal wirkte das magere Gesicht verschlossen und böse. »Fragen Sie doch Mr Fitzwilliam oder Mrs Terrell.«

»Ich bin neugierig. Du nicht?« Verschwörerisch senkte Maud die Stimme zu einem Flüstern. »Butler und Hausdamen mögen das meist gar nicht. Weil sie immer dafür sorgen, dass alles schön unter der Decke bleibt.«

»Da hamse recht, aber mir sagen die oberen Dienstboten nie nichts.« Das Küchenmädchen überlegte einen Moment. »Ich weiß nur, dass seine Lordschaft die gemeine Lady Blackmore immer einladen muss, weil sie viel Geld zu vererben hat.«

Geld, das hier an allen Ecken und Enden fehlt, wie man allzu deutlich sieht, dachte Maud, sprach es aber nicht aus. Stattdessen sagte sie: »Kannst du mir einen Gefallen tun und die Katze holen und zu meiner Ladyschaft ins Zimmer bringen?«

»Wirklich?« Polly verengte zweifelnd die Augen. »Was soll eine vornehme Dame mit einer ollen Hauskatze wie Mouser?«

»Mylady wird sich bestimmt freuen, der Kleinen das Leben zu retten.« Maud lächelte. »Auf Ashburn Abbey hat sie ein Kätzchen vor dem Ertrinken gerettet. Dafür ist sie mutig in einen Brunnen gesprungen.«

Was nicht dazu geführt hatte, dass Amelia Butterworth – wie ihre Ladyschaft das winzige Tier nannte – dankbar war. Das Kätzchen lebte inzwischen bei Lady Christabels Mutter und wurde dort nach Strich und Faden verwöhnt. Für Lady Christabel und Maud hatte Amelia Butterworth nicht einmal ein Schnurren übrig.

»Ehrlich?«, fragte Polly mit großen Augen. »War der Brunnen tief?«

»Ja, und das Wasser war kalt.« Maud nickte bestätigend. »Und auf Blackwell Castle hat Lady Christabel eine Stallkatze gerettet. Die hatte eine Pfote in einer Falle gequetscht.«

»Die Arme.«

»Ja, die Pfote musste amputiert, abgeschnitten werden.« Nachdem sie Pollys entsetzte Miene sah, fügte Maud hinzu: »Keine Sorge. Es geht ihr gut. Sie lebt jetzt im Stall von Lentune Hall.«

Bastet, wie die grau getigerte Katze hieß, konnte oder wollte sich nicht an das Leben im Haus gewöhnen. Obwohl sie nur dreieinhalb Beine hatte, hatte sie den ansässigen Stallkatzen schnell gezeigt, dass sie damit besser kämpfen konnte als die anderen mit vieren.

Erneut erklang der Gong, sodass Maud die Hoffnung auf etwas zu essen aufgab. Hoffentlich würde Mouser – wer hatte der Katze nur diesen Namen gegeben? – zu schätzen wissen, dass Maud für sie hungerte.

»Beeil dich, Polly.«

Kaum hatte sie ausgesprochen, rannte die Kleine davon. Maud drehte sich um und ging den Weg zurück bis in den ersten Stock, wo ein Messingschild ihr anzeigte, in welchem Raum Lady Christabel untergebracht war. Das Kätzchen hatte weder während des Gesprächs noch während des Wegs einen Laut von sich gegeben. Außerdem bewegte sich der Sack nicht mehr. Maud blieb nicht die Zeit, um hineinzusehen. Sie konnte nur hoffen, dass sie Lady Christabel nicht ein totes Kätzchen überreichte.

»Komm herein«, erklang die immer etwas ungeduldig klingende Stimme ihrer Ladyschaft, sodass Maud das Zimmer betrat. »Wo warst du so lange? Es gibt gleich Tee und Mrs Ruteledge wartet.«

»Ich habe Ihnen etwas mitgebracht.« Maud streckte ihrer Ladyschaft den Sack entgegen, der sich glücklicherweise wieder leicht bewegte. »Hier habe ich eine Rettungsaufgabe für Sie.«

»Zeig her.« Lady Christabel entriss ihr den Sack und warf einen Blick hinein. Sofort wurden ihre Gesichtszüge weich und sie lächelte. »Das ist ja gerade erst geboren.«

»Der Butler wollte es töten lassen.« Maud genoss es, wie Lady Christabels Miene sich verfinsterte. Das hatte Mr

Fitzwilliam auf jeden Fall verdient. »Das arme Küchenmädchen sollte das Kätzchen ertränken.«

»Es ist ehrenhaft, Maud, dass du die Katze retten willst, aber wie sollen wir sie ernähren?« Lady Christabel tauchte mit ihrer Hand in den Stoff und holte ein winziges Tier heraus, das herzzerreißend maunzte. »Es ist so klein, es kann bestimmt noch nicht einmal selbstständig trinken.«

Als hätte Polly nur auf ihr Stichwort gewartet, ertönte ein Klopfen. Ihre Ladyschaft sah Maud fragend an, woraufhin diese zur Tür ging.

»Hier, das ist Mouser.« Polly hielt Maud eine sichtlich verärgerte zierliche braun-weiße Katze entgegen. »Ich muss wieder in die Küche. Gleich gibt es Tee. 'Tschuldigung, Mylady.«

Mit diesen Worten drückte sie Maud die Katze in die Hand und drehte sich um. Als Mouser laut grollte, setzte Maud sie vorsichtig auf den Teppich. Die Katze schnüffelte daran und stieß dann ein hohes Miauen aus. Erst als ihre Ladyschaft das Kätzchen neben Mouser setzte, schien die Katze zufrieden zu sein.

»Nimm sie beide am besten mit zu dir.« Lady Christabel nickte Maud ermutigend zu. »Hilf mir beim Umkleiden. Ich muss gleich Mrs Ruteledge treffen. Da muss ich perfekt aussehen.«

Hölle und Hinkebein. Das habe ich nun davon, dass ich etwas Gutes getan habe. Mouser sieht nicht so aus, als würde sie freiwillig mit mir mitkommen.

Inzwischen hatte die Katze ihr Junges ins Maul genommen und war auf Lady Christabels Bett gesprungen, wo sie sich wohnlich einrichtete.

»Lady Christabel«, begann Maud, während sie das Kleid ihrer Ladyschaft zuschnürte. »Machen Sie sich nicht zu viel Hoffnungen.«

»Meinst du, ich habe mir darüber noch keine Gedanken gemacht?« Lady Christabel seufzte. »Ich bin hin- und hergerissen. Einerseits kann ich es kaum erwarten, Mrs Ruteledge endlich kennenzulernen, andererseits sorge ich mich, dass sie mich nicht mögen könnte.«

»Oder Sie können die Lady nicht leiden«, antwortete Maud gedankenverloren, während sie Lady Christabels Haare hochsteckte. »Autoren sollen nicht einfach sein.«

»Maud! Ich bin auch eine Schriftstellerin.«

»Und eine Lady«, versuchte Maud, sich zu retten. »Wer weiß, ob Mrs Ruteledge auch eine ist?«

Kapitel 6

Christabel musterte sich in dem schweren Spiegel, der einen Sprung an der linken Seite hatte. Auch der goldene Rahmen hätte dringend der kundigen Hand eines Restaurators bedurft. Doch all das war nebensächlich. Für sie zählte nur eines: Sie würde gleich ihrer Heldin, ihrem großen Vorbild, der einzigartigen Winifred Ruteledge gegenübertreten. In ihrem Zimmer hatte Christabel alle Romane liegen, die Mrs Ruteledge je veröffentlicht hatte. So sehr es sie auch drängte, erschien es Christabel doch zu vermessen, die Autorin gleich bei der ersten Begegnung um neun Autogramme zu bitten.

Mit der Hand strich sie sich eine Haarsträhne hinters Ohr, wischte sich dann die schweißfeuchten Hände an ihrem Kleid ab und atmete tief durch.

Auch Winifred Ruteledge ist nur ein Mensch. Allerdings ein Mensch mit einem wunderbaren Sinn für Sprache und Geschichten. Sobald ich mein Geschreibsel mit ihren Romanen vergleiche, fühle ich mich klein und untalentiert. Maud hat recht, ich sollte mich ihr nicht sofort als Schriftstellerin vorstellen und aufdrängen, sondern ihr meine Bewunderung als Leserin entgegenbringen.

Nachdem sie sich das vergegenwärtigt hatte, fühlte sich Christabel sicher genug, ihrer Heldin gegenüberzutreten. Zu ihrer Enttäuschung saßen nur Lady Montgomery und Lady Blackmore im Salon. Lady Blackmore fütterte ihren ohnehin schon fetten Hund mit Kuchenstückchen, was Lady Montgomery mit einer Mischung aus Ekel und Zorn beobachtete.

Man musste kein aufmerksamer Beobachter sein, um zu erkennen, wie wenig sich die Frauen verstanden. Sie saßen so weit voneinander entfernt wie nur möglich und würdigten sich keines Blicks.

»Lady Christabel, wie schön, Sie hier als Gast zu haben«, stotterte Lady Montgomery verlegen.

»Selbst ich habe dich das mindestens dreimal sagen hören«, fuhr Lady Blackmore sie an. »Du bist eine wahrhaftig schlechte Gastgeberin.«

»Entschuldigung.« Lady Montgomery senkte den Blick.

»Was für ein wundervoll angelegter Garten.« Christabel trat an eines der hohen Fenster und schaute hinaus. Sie konnte nur hoffen, dass Lady Blackmore sich ablenken ließ und nicht weiter auf der armen Lady Montgomery herumhackte. »Welcher Architekt hat ihn entworfen?«

Auch wenn der Garten für ihren Geschmack etwas zu durchdacht aufgebaut war, bewunderte sie die Eleganz seiner Formen. Die schnurgeraden Wege aus grauem Kies liefen auf ein Oval zu, in dessen Mitte eine elegante Fontäne hoch in die Luft sprühte. Die Strenge der Rasenflächen wurde durch kleine Beete, umzäunt von niedrigen Hecken, aufgebrochen. In der Ferne entdeckte sie einen Mann, der mit drei großen Jagdhunden über den Rasen streifte. Das musste wohl Lord Montgomery sein.

»Es wäre ein schöner Garten, wenn man ihn pflegte«, erklang die stets etwas zornig wirkende Stimme von Lady Blackmore. »Es ist eine Schande, dass ihr die Anlage verkommen lasst.«

»Der Gärtner hat andere Aufgaben übernommen, wie du sehr wohl weißt«, hauchte Lady Montgomery. »Daher ist das Gras etwas zu lang und auch die Hecken benötigen einen Schnitt.«

»Mir gefällt es, wenn nicht alles perfekt ist«, sagte Christabel mit einem Lächeln und wandte sich Lady Blackmore zu. »Meinen Sie nicht auch, dass ein wenig Wildwuchs nicht schadet?«

Von Maud hatte sie erfahren, dass der Gärtner zum Butler aufgestiegen war, während Stallbursche und Kutscher entlassen worden waren. Lord und Lady Montgomery mussten sich auf das Nötigste beschränken, um Carrack Manor am Leben zu halten. Wenn Lady Blackmore ihr Geburtshaus so wichtig war, wie sie vorgab, dann hätte sie ihren verarmten Verwandten finanziell beistehen können. Aber das war etwas, über das man nicht sprach.

»Wird Mrs Ruteledge sich noch zu uns gesellen?«, platzte Christabel heraus, was überaus unhöflich war, aber sie konnte es einfach nicht erwarten, die Autorin endlich kennenzulernen. »Ich habe jeden ihrer Romane dreimal gelesen.«

»Es sollte sinnvollere Beschäftigungen für eine unverheiratete junge Dame geben, als die Nase in einen Kriminalroman zu stecken.« Lady Blackmore sah auf und schob ihren Porzellanteller, dessen Rand mit hübschen Veilchen verziert war, dem Hund zu, der neben ihr auf dem Sofa thronte. Sein Blick sagte Christabel deutlich, dass sie es ja nicht wagen sollte, ihn von dem Sitzmöbel zu vertreiben.

»Mrs Ruteledge klagte über Kopfschmerzen. Ich habe ihr Tee auf ihr Zimmer bringen lassen«, hauchte Lady Montgomery.

»Vielleicht haben Sie Glück und die Dame beehrt uns dennoch mit ihrer Anwesenheit.«

»Was hat die *Dame* schon Besonderes geleistet?« Lady Blackmore verzog das Gesicht, als röche sie etwas überaus Ekelhaftes. »Ein paar Bücher zusammenschustern und dafür wird sie verehrt wie eine Heilige.«

»Haben Sie sich schon einmal an einem Roman versucht?«, flötete Christabel und lächelte liebreizend. »Oder basieren Ihre Einschätzungen ausschließlich auf Annahmen?«

Leider konnte Lady Blackmore ihr keine Antwort geben, denn nun öffnete sich die Tür erneut und zwei Männer traten ein. An der Art, wie sie miteinander sprachen, ganz in ihre Diskussion vertieft, ließ sich erkennen, wie gut sie sich kannten.

»Entschuldigung, Myladys«, sagte der Ältere von ihnen schließlich. »Immer, wenn Hedley und ich uns begegnen, müssen wir uns streiten. So sehr, dass wir die Höflichkeit vergessen.«

»Quod erat demonstrandum«, sagte der Jüngere mit einem Lächeln. »Erlauben Sie, dass wir uns vorstellen. Mein streitbarer Freund ist Gerald Warren, der Verleger der von uns allen geschätzten Mrs Ruteledge.«

Auch wenn er nicht von Adel war, wirkte Gerald Warren überaus elegant.

Sein Blick aus dunklen Augen richtete sich auf Christabel und schien sie zu durchdringen. Seine schmalen Lippen verzogen sich zu einem leichten Lächeln, das sie einfach erwidern musste. Er war gewiss so alt wie ihr Vater, aber trotzdem fühlte Christabel sich von ihm angezogen.

Mr Warren war ein stattlicher Mann, der eher nach einem

Landedelmann aussah, der viel Zeit auf dem Rücken eines Pferdes verbrachte, als nach einem Verleger, dessen Arbeitsplatz der Schreibtisch war.

»Kommen Sie.« Lady Montgomery berührte ihn sanft am Arm und er neigte ihr den Kopf zu. Nun konnte Christabel erkennen, dass seine Haare mehr Grau als Braun aufwiesen, aber seine markanten Züge ließen ihn jünger wirken.

»Und mein überaus höflicher Freund ist Hedley Sinclair, der zukünftige Earl of Allenmere.«

Selbst das Grübchen in seinem Kinn milderte den Eindruck einer arroganten Miene nicht. Die schmalen Lippen verzogen sich zu einem blasierten Lächeln. Obwohl Lord Sinclair kaum älter als Christabel war, sah er durch die tiefen Tränensäcke unter seinen Augen wesentlich älter aus. Wie die meisten Gentlemen hielt er sich sehr gerade, den Kopf leicht nach vorn gestreckt. Die dunkelblonden Haare trug er kurz, sein Gesicht war braun gebrannt, als hätte er längere Zeit an einem sonnigeren Ort gelebt.

»Mir wäre es lieber, du hättest mich als zukünftigen Autor des brillantesten Gesellschaftsromans seit Dickens vorgestellt.«

»Lord Sinclair, ich freue mich so sehr.« Zu Christabels Überraschung leuchteten Lady Blackmores Augen auf, was ihr Gesicht gleich freundlicher wirken ließ. »Ich habe schon so viel von Ihnen gehört.«

Als sie das sagte, ging auch Christabel ein Licht auf. Ja, sie kannte den Namen des Lords wie gewiss jeder andere Angehörige des Adels. Auch wenn seit dem großen Skandal einige Zeit ins Land gegangen war.

»Wenn es etwas Gutes war, stimmt es. Falls es etwas

Schlechtes war, ist es übertrieben.« Er verbeugte sich schelmisch. Dann wandte er sich Christabel zu. »Sie sind?«

»Nun, da meine Schwägerin ihrer Aufgabe wieder einmal nicht nachkommt, übernehme ich es, uns miteinander bekannt zu machen.« Lady Blackmore schien es zu genießen, ihre Schwägerin immer wieder als fehlerhaft darzustellen. »Lady Montgomery kennen Sie ja bereits. Ich bin Edna Blackmore, Dowager Countess of Covenbrough. Die junge Dame ist Lady Christabel Mowgray.«

Nachdem sie einander begrüßt hatten, taten sich die Gentlemen am Tee gütlich und setzten ihre Diskussion fort.

»Gefällt Ihnen Ihr Zimmer?« Lady Montgomery lächelte Christabel mild an, aber der Blick ihrer blassblauen Augen irrte durch den Raum, als suchte er jemanden. »Es ist sicher nicht so prachtvoll wie Lentune Hall, aber …«

»Es gefällt mir sehr«, versicherte Christabel ihr, nachdem Lady Montgomery nicht weitergesprochen hatte. »Es gewährt mir einen wunderbaren Blick auf den kleinen Wald.«

Lady Montgomerys Haut war so blass und zart, dass Christabel die Äderchen auf ihren Wangen deutlich sehen konnte. Auch ihre Haare, die früher bestimmt von einem goldenen Blond gewesen waren, wirkten verblasst, die Löckchen hingen ihr kraftlos in die Stirn.

»Ja, hübsch, nicht wahr?« Auch diese Antwort klang eher unkonzentriert. »Entschuldigen Sie mich.«

Wem galt Lady Montgomerys Aufmerksamkeit? Christabel folgte ihrem Blick und sah Mr Warren im Gespräch mit Lord Sinclair.

Doch da nahm Lady Blackmore bereits Lord Sinclair in

Beschlag und redete auf ihn ein. Für eine Dame ihres Alters war ihr Kleid zu prächtig und das Blau zu auffallend. Es sollte sie wohl jünger wirken lassen. Um ihren Hals, der ihr wahres Alter verriet, trug sie eine auffallende Kette mit einem großen blauen Diamanten. Der Stein schimmerte im Licht der Gaslampen, ab und zu blitzte er auf, wenn Lady Blackmore sich Lord Sinclair zuwandte. Kam es Christabel nur so vor oder betrachtete Lady Montgomery den Schmuck wirklich voller Begehren?

Christabel nutzte die Gelegenheit, um Mr Warren nach ihrer Heldin zu fragen.

»Geht es Mrs Ruteledge besser?« Christabel hielt den Atem an, bevor sie die nächste Frage stellte. »Können wir hoffen, sie heute Abend zu sehen?«

Als wäre es ihr Stichwort, öffnete sich die Tür und eine hochgewachsene Dame trat ein. Sie hielt sich sehr gerade und blickte aus braunen Augen von einem zum anderen. Als sie Hedley Sinclair entdeckte, verzog sie die Lippen zu einem breiten Lächeln. Dann jedoch verfinsterte sich ihre Miene, als ihr Blick auf Gerald Warren traf.

»Mrs Ruteledge.« Lady Montgomery sprang so hastig auf, dass sie ihre Teetasse umstieß, deren Inhalt sich auf Christabels Kleid und den Teppich ergoss. »Oh nein, entschuldigen Sie.«

Hektisch wühlte sie in ihrem Kleid nach einem Taschentuch und begann dann, damit auf Christabels Rock zu reiben, was die Bescherung nur noch vergrößerte.

»Lassen Sie. Es ist nicht so schlimm, meine Zofe wird sich darum kümmern«, wehrte Christabel ab, aber Lady Montgomery tupfte einfach weiter. Tränen glitzerten in ihren Augen.

»Möchten Sie Tee, meine liebe Mrs Ruteledge?« Mr Warren war ebenfalls aufgesprungen, ignorierte aber das Drama um den verschütteten Tee. Seine Aufmerksamkeit galt allein der Autorin. »Nehmen Sie Platz.«

»Danke.« Christabel horchte auf. Die Schriftstellerin hatte so eine dunkle Stimme, dass man sie mit der eines Mannes verwechseln konnte. »Nein, kein Gebäck bitte. Von Süßem bekomme ich rasende Kopfschmerzen.«

In dem Augenblick begann Herbert Henry zu kläffen, als wäre »Gebäck« sein Stichwort.

»Meine Güte, kann jemand diesen Hund zum Schweigen bringen? Er bellt lauter als ein Rudel Dingos.« Mrs Ruteledge legte zwei Finger an ihre Stirn, als hätte sie Kopfschmerzen. Ihr Gesichtsausdruck war überaus leidend.

Ich habe sie mir jünger vorgestellt, war Christabels erster Gedanke, als die von ihr bewunderte Autorin näher kam. Dann jedoch bemerkte sie ihren Irrtum – Mrs Ruteledge war keine alte Dame, sondern etwa im Alter von Christabels Mutter. Der trügerische erste Eindruck kam daher, dass ihre Haare eisengrau waren, als wäre sie vor der Zeit gealtert.

Ihre braunen Augen wirkten wach und schienen jeden im Raum eingehend zu mustern, als suchte sie nach einem Geheimnis, was jeder von ihnen zu verbergen hatte. Christabels Herz schlug vor Begeisterung schneller. Genau das hatte sie von ihrer Lieblingsautorin erwartet – eine kluge Frau, immer auf der Suche nach Stoff für eine neue Geschichte. Es würde großartig sein, sich mit ihr über Motive und Verdächtige auszutauschen. Christabel sah eine wunderbare Zeit vor sich, nach der sie gewiss mit vielen Ideen für Geschichten, möglicherweise sogar mit einem Roman, nach Lentune Hall zurückkehren würde.

»Ich freue mich so sehr, Sie kennenzulernen«, setzte sich Christabel über die Konventionen hinweg. »Darf ich hoffen, dass Sie heute Abend aus einem Ihrer Werke vorlesen werden?«

Sie hatte mit Freude gerechnet, mit Überraschung oder Verwunderung, aber nicht mit dem Zorn, mit dem Mrs Ruteledge sie ansah.

»Ich bin hier als Gast, nicht als Unterhaltung«, kanzelte die Autorin sie ab. »Und ich hatte gehofft, dass das hier respektiert würde.«

Christabel fühlte sich, als hätte ihr jemand mit dem Handrücken ins Gesicht geschlagen. Ihre Wangen brannten und sie war versucht, aus dem Raum zu laufen. Aber sie war eine Mowgray und gab nicht so einfach auf.

Bevor sie eine passende Antwort gefunden hatte, kam der Butler herein und brachte Mrs Ruteledge einen lavendelfarbenen Brief. Die Autorin riss den Umschlag auf und las den Zettel. Ihr Gesicht lief hochrot an und sie stürmte an Christabel vorbei aus dem Salon.

»Künstler!«, sagte Lord Sinclair und grinste, als bereitete ihm diese Szene großen Spaß. »Man muss sie einfach lieben.«

Kapitel 7

Maud konnte es kaum erwarten, zum Supper, dem Abendessen der Dienstboten, zu kommen. Genau wie Lady Christabel hatte sie die Neugier gepackt, wer wohl alles einen der geheimnisvollen lavendelfarbenen Briefe bekommen hatte. Von der Köchin und dem Hausmädchen wusste sie es, weil sie dabei gewesen war, aber es würde sie wundern, wenn die anderen Dienstboten davor verschont geblieben wären. Auf jeden Fall würde das erklären, warum alle einander zu belauern schienen.

Ob sie das Thema offen ansprechen sollte? Nein, besser nicht. Es erschien ihr klüger, abzuwarten und zu lauschen, unauffällig, damit die anderen ihre Anwesenheit vergaßen und frei weg von der Leber redeten.

Schon auf dem Flur hörte sie einen lautstark ausgetragenen Streit zwischen Mrs Terrell und Mr Fitzwilliam. Das versprach ein spannendes Abendessen zu werden.

»Wie stellt ihre Ladyschaft sich das vor?«, kreischte Mrs Terrell. »Wie soll ich mit dem bisschen Geld eine Mahlzeit für sieben Menschen kochen? Ich bin keine Zauberin!«

»Hilda, mäßige dich.« Der Tonfall des Butlers klang allerdings deutlich angestrengt. »In der Vorratskammer ist bestimmt noch etwas, was du nutzen kannst.«

»Die hält auch nicht ewig«, lautete die gemaulte Antwort,

allerdings weniger laut als zuvor. »Du musst mit der Herrschaft reden. Über das Essen, über die Dienstboten und …«

»Das werde ich tun«, unterbrach Mr Fitzwilliam sie, was Maud schade fand. »Komm, ich sage Ruby und Polly, dass sie dir zur Hand gehen sollen.«

Maud ließ ein wenig Zeit verstreichen, bevor sie die grünbespannte Tür öffnete.

»Kann ich helfen?« Sie lächelte, als hätte sie nichts von dem Streit mitbekommen. »Downstairs müssen wir zusammenhalten.«

»Das Essen ist so gut wie fertig. Sie können den Tisch decken.« Die Köchin wies mit dem Kopf in Richtung der Geschirrkammer. »Erwarten Sie nichts Großes.«

»Ich bin mir sicher, es wird sehr schmackhaft sein, wenn es von Ihnen gekocht wurde«, versuchte Maud es mit Schmeichelei.

»Lassen Sie das. Auf Lobhudeleien falle ich nicht herein.« Mrs Terrell kniff die Lippen zusammen. »Ich bin Hausdame, keine gelernte Köchin.«

»Das hat man Ihrem Essen nicht angemerkt.«

»Ich habe zu tun.«

Während Maud den Tisch deckte, beobachtete sie, wie die Köchin mit Ruby und Polly umging. Egal, was die Mädchen anstellten, Mrs Terrell musste es verbessern. Sie würzte nach, rollte den Teig für die Pastete noch etwas dünner aus und gab noch mehr Sahne in den Pudding.

Polly nahm das alles, ohne zu klagen, hin, Ruby jedoch sah aus, als wollte sie den Löffel hinwerfen und aus der Küche stürmen. Bevor es zu einem Eklat kam, gab Mr Fitzwilliam das Zeichen, dass das Essen serviert werden sollte. Timothy und

Ruby trugen die schweren Schüsseln auf und warteten auf den Butler und die Köchin, bevor sie sich setzten.

Sie aßen schweigend, was für Maud ungewöhnlich war. Sicher, Harold Rowe auf Lentune Hall war ein wichtigtuerisches Männchen, aber trotzdem flogen beim Essen Scherzworte und Anekdoten über den Tisch. Bei den gemeinsamen Mahlzeiten fühlte es sich oft so an, als wären die Dienstboten eine Familie, was sie für viele auch waren. Die Hausmädchen und Lakaien hatten ihre Eltern und Geschwister auf den Dörfern zurückgelassen und sahen sie nur an ihren wenigen freien Tagen. Wen wunderte es, wenn sie sich eine neue Familie suchten, um nicht einsam zu bleiben.

»Ich ertrage das nicht länger.« Rubys Löffel landete scheppernd auf ihrem Teller. »Warum spricht niemand aus, was alle denken?«

»Ruby! Contenance!« Mr Fitzwilliams Worte hätten vielleicht Wirkung erzielt, wenn seine Stimme nicht gezittert hätte.

»Das Mädchen hat recht, William, und das weißt du auch«, pflichtete die Köchin Ruby bei. »Seit Wochen schleichen wir um das Thema herum und keiner wagt es, die Wahrheit zu sagen.«

Maud beugte sich vor und machte sich klein, damit die anderen sie übersahen und weiterhin sprachen, als wäre sie nicht am Tisch. Leider vergeblich.

»Wir sind nicht unter uns!« Beinahe anklagend deutete Mr Fitzwilliam mit dem Zeigefinger auf Maud, die mit den Schultern zuckte. »Ganz zu schweigen davon, dass wir ein Dinner vorzubereiten haben.«

»Nein, ich will jetzt wissen, wer mir diese furchtbaren Briefe geschrieben hat!« Ruby unterstrich ihre Worte, indem sie mit der flachen Hand auf den Tisch schlug. Dann sprang sie auf und stemmte die zu Fäusten geballten Hände auf die Holzplatte. »Irgendeiner von euch muss das sein.«

»Wie kommst du nur auf so eine Idee?« Nun schob auch Mrs Terrell ihren Suppenteller zur Seite und sprang auf. Ruby und sie standen einander gegenüber wie kampfbereite Kater. »Wir sind wie eine Familie. Niemand würde einem anderen so etwas antun!«

»Wer sonst weiß denn all das über mich?« Rubys Unterlippe begann zu zittern, ihre Augen glänzten verdächtig. »Das ... das kann nur jemand sein, der mich gut kennt.«

Am liebsten hätte Maud darauf hingewiesen, dass auch Lady Montgomery so einen Brief bekommen hatte, aber sie wollte nicht wieder die Aufmerksamkeit auf sich ziehen.

»Das besprechen wir alles, nachdem wir das Dinner serviert haben«, sprach Mr Fitzwilliam ein Machtwort. Obwohl er seine Stimme nicht erhob und sitzen blieb, fügten sich die Köchin und das Hausmädchen.

Hauptgang und Dessert nahmen sie in eisigem Schweigen ein. Maud beobachtete, wie Polly immer wieder zu Mrs Terrell und Ruby hinsah, als wollte sie die beiden miteinander versöhnen. Ob es Upstairs auch so spannende Entwicklungen gab?

~

Da ihre Ladyschaft nur die Bücher von Mrs Ruteledge eingepackt hatte, hatte sie sich bei Maud über fehlenden Lesestoff beklagt. Also fragte die treue Zofe Mrs Terrell, wo die

Bibliothek war und ob sie sich ein oder zwei Bücher für Lady Christabel ausleihen dürfte.

»Meinetwegen. Wenn überhaupt noch Bücher da sind«, lautete die harsche Antwort. Heute war die Stimmung zu schlecht, als dass Maud mehr erfahren würde.

Also machte sie sich auf den Weg, schnell Bücher zu holen, bevor sie ihrer Ladyschaft beim erneuten Umkleiden helfen musste. Es kam Maud vor, als führte der Weg zur Bibliothek durch einen Tunnel aus Blut, weil die Wände des Flurs in einem tiefen Rot tapeziert waren. Eine weiße Treppe führte durch zwei goldene Bögen, hinter denen sie zwei Türen erwarteten. Rechts befand sich die Bibliothek, links ein Salon. Für Carrack Manor war der Raum in gutem Schuss, was Maud die Herrschaft sympathisch machte. Sie mochte Menschen, die mehr Wert auf ihre Bücher als ihre Kleidung legten. Allerdings waren einige Bretter der dunklen Holzregale leer, auf anderen zeigten sich deutliche Lücken, als hätte jemand eilig mehrere Bücher daraus entfernt.

Die verbliebenen Bände waren eine bunte Mischung: Bücher über Jagd, Architektur, Kunst, aber auch Romane und Novellen. Alle sahen gelesen, aber sorgfältig und mit Liebe behandelt aus. Maud fuhr mit dem Finger an den Buchrücken entlang und nahm drei Romane, die ihrer Ladyschaft und ihr gefallen würden. Seltsam, diese Lücken. Ob die Montgomerys Bücher verkauft hatten, um Geld für das Anwesen zu erhalten?

Dieser Frage würde sie sich später widmen, nun musste sie Lady Christabel beim Umkleiden helfen. Maud eilte den Gang entlang und stürmte nach kurzem Klopfen in das Zimmer ihrer Ladyschaft.

»Lady Christabel, Sie werden es nicht glauben«, stieß sie atemlos hervor. »Die Dienstboten leiden unter anonymen Briefen, die Bibliothek vermisst Bücher und es fehlen etliche Bilder an den Wänden.«

»Das ist mir auch schon aufgefallen.« Ihre Ladyschaft klang übel gelaunt. »Aber schau einmal hier.«

»Hoffentlich geht der Fleck beim Waschen heraus.« Kritisch beäugte Maud den Tee auf dem hellen Nachmittagskleid. »Wie ist Ihnen das passiert?«

»Das war Lady Montgomery.« Lady Christabel verdrehte die Augen. »Ich habe den Eindruck gewonnen, sie ist nicht ganz so tollpatschig, wie sie uns alle glauben lassen möchte.«

»Mylady!«, sagte Maud in warnendem Tonfall. »Sie hatten mir versprochen, dass wir keine Nachforschungen mehr anstellen.«

»Ich ermittle ja nicht, ich mache mir nur meine Gedanken.« Die Antwort kam zu schnell, als dass sie die Wahrheit enthalten konnte. »Du musst zugeben, hier scheint einiges im Argen zu liegen.«

»Lord und Lady Montgomery sind wohl pleite«, sprach Maud das Offensichtliche aus. »Angeblich sind die fehlenden Dienstboten in den Weihnachtsferien. Wer das glaubt.«

»Siehst du, du machst dir auch Gedanken. Das sind noch keine Nachforschungen.«

»Welches Kleid wollen Sie zum Abendessen anziehen?« Diese Frage sollte Lady Christabel von jedem Gedanken an kriminalistische Tätigkeiten ablenken. »Haben Sie Mrs Ruteledge bereits kennengelernt?«

Falls die Kleiderfrage allein nicht reichte, würde ein

Gespräch über ihre Lieblingsautorin sicher dafür sorgen, dass ihre Ladyschaft nicht weiter an Nachforschungen dachte.

»Was hältst du von dem hellblauen? Es schmeichelt meiner Haut, nicht wahr?« Lady Christabel öffnete die Tür des Kleiderschranks und spähte hinein. »Oder soll ich lieber das blassgrüne anziehen?«

Sie holte das Kleid heraus und trat damit vor den Spiegel. Das sanfte Grün und die Stickerei in einem etwas dunkleren Ton standen ihr ausnehmend gut. Die Farbe ließ ihre makellose Haut leuchten und verlieh ihren graublauen Augen einen meerfarbenen Schimmer.

»Nein, es macht mich zu blass.« Ihre Ladyschaft warf das Kleid aufs Bett und zog das andere aus dem Schrank. Auch dieses Kleidungsstück hielt sie sich vor den Körper, drehte sich nach rechts und links und schüttelte den Kopf. »Hmm, ich weiß nicht. Hellblau ist wohl doch nicht meine Farbe.«

»Dann bleiben noch das taubenblaue oder das dunkelgrüne Kleid.« Maud nahm die beiden heraus und zeigte sie ihrer Ladyschaft. »Ich empfehle Ihnen für den ersten Abend eine sanfte Farbe. Das grüne ist das richtige.«

»Nun gut.« Lady Christabel nickte. »Diese Lady Blackmore ist eine überaus unangenehme Person. Mit altmodischen Ansichten und seltsamen Ideen.«

»Hmmm«, antwortete Maud und hängte alle Kleider bis auf das blassgrüne wieder in den Schrank. »Wie ist sie mit Lord und Lady Montgomery verwandt?«

»Sie ist die Schwester des Lords.«

»Sie haben noch nichts über Mrs Ruteledge gesagt.«

Lady Christabel stieß ein Schnauben aus. »Da gibt es nicht

viel zu sagen. Sie kam zu spät zum Tee und rannte türenschlagend hinaus.«

Nun war Mauds Interesse geweckt. »Das nennen Sie nicht erwähnenswert?«

»Ach, Maud.« Lady Christabel seufzte. »Vielleicht habe ich Mrs Ruteledge auf einen zu hohen Thron erhoben.«

»Ja?« Es musste etwas Unangenehmes vorgefallen sein, so sehr, wie ihre Ladyschaft sich zierte.

»Ich habe vorgeschlagen, dass Mrs Ruteledge heute Abend aus ihren Romanen vorliest.« Lady Christabel spielte mit ihrer Halskette. »Sie hat mich angeschaut, als hätte ich ihr einen unanständigen Vorschlag gemacht.«

Möglicherweise hätte ihre Ladyschaft sich mit so einem Vorstoß noch etwas gedulden sollen, aber wie Lady Christabels Tante Lavinia Mowgray zu sagen pflegte: »Geduld gehört nicht zu den Tugenden, die unserer Christabel in die Wiege gelegt worden sind.«

»Mrs Ruteledge möchte wahrscheinlich nur noch einmal gebeten werden. Sie wissen ja, wie sich manche Menschen zieren.« Maud suchte nach einem Vergleich. »So wie Lady Dahlia, wenn jemand sie bittet zu singen.«

Lady Christabel zog die letzte Haarnadel aus ihrer Frisur und schüttelte den Kopf.

»Ach, Dahlia. Die ist nur eitel, Mrs Ruteledge schien es fast peinlich zu sein, über ihre Bücher zu reden.« Lady Christabel zog erneut an der Kette, so heftig, dass deren Verschluss aufging und sich in ihren Haaren verfing. »Himmel! Lord Hedley Sinclair ist ebenfalls als Gast hier.«

Maud überlegte, aber ihr wollte kein Bekannter der Familie Mowgray mit diesem Namen einfallen.

»Kennen Sie ihn?«

»Nicht persönlich. Aber ich habe von ihm gehört. So wie halb London auch.« Die Augen ihrer Ladyschaft blitzten. Also musste sie etwas Pikantes über den Lord wissen, das sie im Moment jedoch nicht mit Maud teilen wollte. Stattdessen fummelte Lady Christabel an der Kette herum, bis Maud es nicht mehr mit ansehen konnte und ihrer Ladyschaft zur Hand ging.

»Lassen Sie mich Ihnen helfen.« Vorsichtig versuchte sie, den widerspenstigen Verschluss aus Lady Christabels hellbraunen Strähnen zu lösen, während ihre Ladyschaft weiterplauderte.

»Lord Sinclair kennt ein Medium. Maud! Pass gefälligst auf, du ziehst an meinen Haaren.«

»Entschuldigung, Mylady.« Mauds Stimme zitterte ebenso wie ihre Finger, die den verfluchten Verschluss einfach nicht geschlossen bekamen. »Ein Medium? Wie kommen Sie jetzt darauf?«

Ein Wunder, dass sie überhaupt Worte aus ihrem trockenen Mund bekam. Maud benetzte ihre Lippen mit der Zunge. War es vorhin schon so heiß in dem Raum gewesen? Am liebsten hätte sie sich Luft zugefächelt wie eine vornehme Dame. Aber sie musste die Fassade aufrechterhalten und sich nichts anmerken lassen.

»Habe ich das nicht erzählt?« Lady Christabel schien nicht zu bemerken, wie erschüttert Maud war. »Lady Blackmore plant an diesem Wochenende eine Séance, um in Kontakt zu ihrem verstorbenen Mann zu treten.«

Hölle und Hinkebein! Das darf doch wohl nicht wahr sein! Warum verfolgt mich meine Vergangenheit überall hin?

Kapitel 8

Ein Blick in das Gesicht ihrer Zofe ließ Christabel erschrocken ausatmen. Maud war kreidebleich und wirkte, als würde sie im nächsten Moment zusammenbrechen.

Es ist meine Schuld. Ich hätte ihr diese Reise nicht zumuten sollen, so kurz, nachdem sie auf Blackwell Castle unter Mordverdacht gestanden hat. Sie lässt es sich nicht anmerken, aber das scheint Maud mehr mitgenommen zu haben, als ich dachte.

»Möchtest du etwas trinken?«, fragte sie ihre Zofe hilflos, weil sie es nicht wagte, Maud zu fragen, wie es ihr ginge. Christabel fürchtete, dass ihre Zofe abwiegeln würde, was wiederum Christabel verletzen würde, weil sie es als Zeichen mangelnden Vertrauens sah. Daher blieb ihr nur, eine harmlose Frage zu stellen.

»Danke, Mylady. Ich bin wohl nur zu schnell gelaufen.«

Spätestens jetzt wusste Christabel, dass etwas mit Maud nicht stimmte. Ihre Zofe nannte sie immer dann »Mylady«, wenn sie mit den Gedanken woanders weilte. Das war ein deutliches Zeichen dafür, wie sehr etwas ihre Aufmerksamkeit beanspruchte. Zu gern hätte Christabel gewusst, was das war, aber wiederum wagte sie es nicht, ihre Zofe mit Neugier zu belasten. Stattdessen überlegte sie, wie sie Maud helfen könnte, ohne dass es ihr auffiel.

»Maud, du brauchst heute nicht auf mich zu warten. Wenn

ich mich mit Mrs Ruteledge über das Schreiben unterhalte, kann es spät werden.«

Die langen Nächte waren gewiss nicht gut, wenn jemand sich noch von einem Schrecken erholte. Auf diese Idee hätte Christabel schon früher kommen können, wie sie zerknirscht bemerkte.

»Das macht mir nichts aus.« Ihre Zofe zuckte mit den Achseln. »Ich bin es gewohnt, mit wenig Schlaf auszukommen.«

»Und *ich* habe deswegen ein schlechtes Gewissen.« Christabel wollte nicht diskutieren, sondern wünschte sich, dass Maud ihr Angebot akzeptierte. »Such dir einen der Romane aus, die du mitgebracht hast, und genieße einen freien Abend.«

»Wenn Sie meinen.« Ein wenig mehr Dankbarkeit hatte Christabel sich zwar erhofft, aber immerhin ging Maud auf ihren Vorschlag ein. Sie nahm sich eines der Bücher, wobei sie nicht einmal danach schaute, welchen Titel sie auswählte, und ging zur Tür.

»Danke und gute Nacht, Mylady.«

»Gute Nacht, Maud. Ich werde dir morgen berichten, was sich ereignet hat.«

~

Nachdem der Gong erneut ertönte, schlenderte Christabel zum grünen Salon, in den Lady Montgomery sie heute gebeten hatte. Nachdem sie die Tür geöffnet hatte, denn der Lakai war nicht an seinem Platz, entdeckte sie, dass nur Mr Warren und Lord Sinclair bisher dort warteten. Mrs Ruteledge war nicht anwesend, wie sie es sich erhofft hatte. Christabel wünschte sich nach dem schlechten Start, den ihr erstes Treffen mit der Autorin genommen hatte, diese beim Wiedersehen für sich zu gewinnen.

Sie nickte den beiden Männern zu, die in elegante Abendanzüge gekleidet waren, wobei zu ihrem Erstaunen Mr Warrens Anzug einen besseren Schnitt und Stoff zeigte als der von Lord Sinclair. Der Verleger musste überaus gut an den Büchern von Mrs Ruteledge und seinen anderen Autoren verdienen.

»Lady Christabel, wie schön, dass Sie uns Gesellschaft leisten.« Mr Warrens Lächeln wirkte, als wäre er ehrlich erfreut, sie zu sehen, was Christabels Wangen heiß werden ließ. »Das Blassgrün Ihres Kleides steht Ihnen ausgezeichnet.«

Bevor sie sich für das Kompliment bedanken konnte, ergriff Lord Sinclair das Wort.

»Derjenige hingegen, der diesen Raum eingerichtet hat, muss farbenblind gewesen sein.« Lord Sinclair lächelte, aber das nahm seinen Worten nicht die Boshaftigkeit. »Oder gefällt es Ihnen etwa, verehrte Lady Christabel?«

Obwohl sie seine Worte für eine Unverschämtheit hielt, musste sie ihm leider zustimmen. Der Salon war so kunterbunt, dass er in den Augen schmerzte. An den resedagrünen Wänden hingen dunkle Porträts mit überladenen Goldrahmen. Christabel zählte fünf Tischchen, auf denen bunt bemalte chinesische Vasen standen. Das Sofa und die Stühle waren mit einem aprikosefarbenen Stoff bezogen, dessen Farbton sich entsetzlich mit dem rot-blau-gemusterten Teppich biss. Sie musste den Blick abwenden, weil dieser Kontrast gar zu scheußlich war. Aber das hätte sie dem arroganten Schnösel gegenüber nie eingestanden. Er sollte es besser wissen: Ein Gentleman mokierte sich niemals über seinen Gastgeber, jedenfalls nicht im Beisein anderer Gäste.

»Mir muss es nicht gefallen«, beantwortete sie schließlich die Frage von Lord Sinclair. »Sie wissen doch, über Geschmack kann man nicht streiten.«

»Über Geschmack nicht, aber der fehlt hier gewiss.«

»Lass es gut sein, Hedley«, unterbrach ihn Mr Warren. »Lady Christabel hat eine salomonische Antwort gegeben, das muss dir genügen.«

Lord Sinclair schien noch etwas sagen zu wollen, doch da trat Lord Montgomery ein. Der Herr von Carrack Manor erinnerte Christabel an eine Bulldogge, die ihr Vater einmal besessen hatte. Lag es an seinem runden Gesicht mit der breiten Nase und den tief liegenden wasserblauen Augen mit Tränensäcken oder an den Falten, die sich von den Mundwinkeln zur Nase zogen und seine hohe Stirn unter eisengrauen Haaren zerfurchten? Oder war doch der leidende Gesichtsausdruck dafür verantwortlich, den auch Percival immer gezeigt hatte, vor allem, wenn er etwas zu fressen erbetteln wollte.

»Kommen Sie bitte in den Dining Room. Die Ladys erwarten uns dort.«

Ein Stich der Eifersucht durchfuhr Christabel. Niemand hatte ihr gesagt, dass die Damen sich vorher bereits trafen – dabei wäre das ihre Gelegenheit gewesen, endlich entspannt mit Mrs Ruteledge zu plaudern. Stattdessen hatte sie hier Zeit mit Lord Sinclair vergeudet.

»Darf ich?« Mr Warren reichte ihr seinen Arm. Sie nickte und hakte sich bei ihm ein. »Entschuldigen Sie Hedley. Er provoziert gern. Junge Künstler eben.«

»Wie kommen Sie und Mrs Ruteledge nach Carrack Manor?« Die Neugier ließ Christabel keine Ruhe, auch wenn so eine direkte Frage den guten Sitten widersprach. »Sind Sie verwandt mit den Montgomerys?«

»Ich bin in Maidenhurst aufgewachsen und kenne Lady Montgomery seit meiner Kindheit.« Er lächelte und schien sich an gute Zeiten zu erinnern. »Winifred habe ich nur hierherlocken können, indem ich ihr von dem Medium erzählte.«

»Sie glaubt an Gespenster?« Das empfand Christabel als enttäuschend, hatte sie sich die Autorin immer als einen wachen und kritischen Geist vorgestellt.

»Mir ging es ähnlich, als sie mir davon erzählte.« Er lächelte. »Ich hoffe, wir können unsere Plauderei gleich fortsetzen.«

Wie ärgerlich. Nun hatten sie schon den Dining Room erreicht und Christabel würde warten müssen, um herauszufinden, warum Mrs Ruteledge sich für Séancen interessierte.

Der Raum wirkte trotz der bodentiefen Fenster düster; die dunklen Vorhänge und die mahagonifarbene Seitenwand schienen das Licht zu schlucken. Um den großen, ebenfalls dunklen Tisch standen Holzstühle, die unbequem aussahen. Der Tisch war mit edlem Porzellan mit einem Goldrand gedeckt. Die Kristallgläser spiegelten das Licht der Kerzen. Lord und Lady Montgomery nahmen einiges auf sich, damit die Gäste nicht bemerkten, wie schlecht es um Carrack Manor stand. Dabei musste man nicht einmal besonders aufmerksam oder neugierig sein, um die Zeichen des Verfalls zu erkennen.

Nachdem sie Platz genommen hatten, wandte sich Christabel erneut Mr Warren zu.

»Sie wollten mir noch erzählen, warum unsere geschätzte Autorin an Geister glaubt.«

Sie sprach sehr leise, denn sie wollte keinesfalls die Aufmerksamkeit von Mrs Ruteledge auf sich ziehen. Ansonsten würde die Schriftstellerin Christabel gewiss für neugierig und einfach unmöglich erachten.

»Winifred glaubt an die Möglichkeit, die Schwelle zwischen unserer Welt und der der Verstorbenen zu überqueren«, flüsterte er in verschwörerischem Tonfall. »Warum weiß ich nicht, aber es ist ihr sehr wichtig. Sie hat schon viele Geisteranrufungen besucht.«

Leider kam Christabel nicht dazu, den Verleger weiter zu diesem überaus interessanten Thema zu befragen, denn Lady Blackmores ohnehin kräftige Stimme übertönte alle anderen Gespräche.

»Sie werden nicht glauben, was man mir zugetragen hat.« Lady Blackmore lächelte so breit, dass sie Christabel an den ausgestopften Haifisch erinnerte, vor dem sie sich im Naturkundemuseum gegruselt hatte. »Ich kann nur sagen, ich bin froh, keine Kinder zu haben.«

Niemand antwortete ihr, was Christabel freute. Doch dann erbarmte sich Lady Montgomery ihrer Verwandten und sagte: »Nun, Kinder bringen auch viel Freude mit sich.«

»So wie deine, die nicht einmal Weihnachten nach Hause zurückkehren?«

»Aubrey weilt mit seinem Regiment in Indien, wie du sehr wohl weißt.« Lady Montgomerys Tonfall klang spitz, aber sie mäßigte sich sofort. »Und Cecilia verbringt Weihnachten mit der Familie ihres Gemahls, wie es sich gehört.«

Während des erneuten Schweigens beobachtete Christabel unter halb gesenkten Lidern, wie Lady Montgomery ihrer Schwägerin einen Blick voller Hass zuwarf. Warum nur lud sie so einen unangenehmen Gast zu sich ein?

Sie überlegte nach einem unverfänglichen Thema, um der unerfreulichen Stimmung Herr zu werden, doch da sprach Lady Blackmore bereits weiter.

»Australien! Wie kannst du deine Tochter nur an einen solch gefährlichen Ort reisen lassen?«

»Nun, ich denke, wenn man sich vorsieht, ist die Kolonie nicht gefährlicher als die Straßen Londons«, mischte sich Mr Warren ein. »In den großen Städten gibt es sicher keine Giftschlangen.«

»Die Flora und Fauna meine ich nicht.« Lady Blackmores Lächeln wurde breiter. Es kam Christabel vor, als hätte sie eine Falle gestellt, die nun zu ihrer Zufriedenheit zugeschnappt war. »Ich sorge mich mehr um Cecilia wegen der Menschen dort.«

»Edna.« Lord Montgomery seufzte. »Nicht alle Einwohner Australiens sind Abkömmlinge von Sträflingen, wie selbst du wissen solltest.«

Winifred Ruteledge stieß ein Schnauben aus, das voller Verachtung war. Christabel konnte nicht sagen, ob es Lord Montgomery oder seiner Schwester galt.

»Was redest du nur, Clifford«, antwortete Lady Blackmore mit einer wegwerfenden Handbewegung. »Ich meine die Verrohung der Sitten dort. Oder wie würdest du den heimtückischen Mord an Eltern, begangen von ihrer Tochter und deren Freundin, nennen?«

Obwohl sie sich geschworen hatte, die furchtbare Dame

zu ignorieren, horchte Lady Christabel bei dem Wort »Mord« sofort auf. Sicher, sie hatte Maud versprochen, dass sie keine Ermittlungen mehr anstellen würden. Aber falls sie über einen Fall stolperte, dann … Das würde selbst ihre Zofe einsehen müssen.

»Mord ist wohl kaum ein passender Gesprächsgegenstand bei Tisch«, betonte Lord Montgomery. »Haben Sie schon unseren Garten besucht, liebe Mrs Ruteledge?«

»Ich … ich … bisher noch nicht, aber ich freue mich darauf.«

Christabel schaute auf, als ihre Heldin um Worte rang. Wie kam es nur, dass eine Krimi-Autorin bei einem Mord die Fassung verlor? Allerdings ließ sich Lady Blackmore davon nicht stören. Wie ein Bluthund, der eine Fährte aufgenommen hatte, sprach sie weiter, obwohl Lady Montgomery und Mrs Ruteledge erbleicht waren.

»Was hat die Mädchen zu der entsetzlichen Tat getrieben?« Lord Sinclairs Tonfall klang überaus seriös, was nicht zu seinen Worten passte. Seine hellen Augen funkelten und er schien es zu genießen, auf dem Thema herumzureiten. »Hat ihre Mutter einfach keine Ruhe geben wollen?«

Das kam so überraschend, dass Christabel einfach lachen musste, was sie hinter einem vorgespielten Hustenanfall zu verbergen suchte.

»Es war die Stiefmutter. Die Eltern wollten das wilde Land verlassen und in die Zivilisation zurückkehren.« Lady Blackmore legte eine Pause ein, was Christabels Neugier anheizte, wie sie ärgerlich eingestehen musste. »Aber die Tochter wollte ihre beste Freundin nicht verlassen.«

»Deshalb bringt man doch niemanden um.« Lady Montgomery wirkte sichtlich pikiert. »Edna, bitte, nun ist wirklich genug mit diesen schrecklichen Geschichten.«

»Haben Sie nicht ebenfalls in Australien gelebt, Mrs Ruteledge?« Lord Sinclair schien einfach nicht zu wissen, wann er schweigen sollte. »Da haben Sie gewiss von der Gräueltat gehört.«

»Nein, ich habe in Neuseeland gelebt.« Das Lächeln der Autorin wirkte gezwungen, sie war bleich und es schien Christabel, als würde sie gleich in Tränen ausbrechen. »Das liegt weit von Australien entfernt.«

»Ich habe gar nichts über die furchtbare Tat gelesen«, mischte sich Christabel nun ein. Ihre Neugier war einfach zu groß.

»Nun, sie ist vor dreißig Jahren geschehen.« Lady Blackmore war sichtlich erfreut, dass sich alle Aufmerksamkeit auf sie richtete.

»Warum sprechen Sie dann davon?« Mr Warren schüttelte den Kopf. »Wen interessiert ein Mord am anderen Ende der Welt?«

Anstatt dass Lady Blackmore aufgrund der Zurechtweisung zurückschreckte, lächelte sie, als hätte der Verleger ihr ein Stichwort gegeben.

»Mir ist zu Ohren gekommen, dass eine der Mörderinnen ganz in der Nähe lebt. Unter einem anderen Namen.«

»Wie entsetzlich!« Lady Montgomery rang die Hände. »Eine Schwerverbrecherin hier in Maidenhurst.«

»Edna! Genug davon.« Zur Bekräftigung seiner Worte donnerte Lord Montgomery mit der flachen Hand auf den Tisch. »Ich dulde kein weiteres Wort über Mord und Totschlag.«

Lady Blackmores Lächeln vertiefte sich, als wüsste sie, dass er ihr unterlegen war, aber sie schwieg.

»Wann erwarten Sie Ihre Gesellschafterin und das Medium?« Mrs Ruteledge war blass wie eine Leiche, aber ihre Stimme klang stark und fest. »Ich bin hierhergekommen, um an einer Séance teilzunehmen, und nicht, um mir uralte Geschichten anzuhören.«

»Es ist mehr als eine Geschichte«, erwiderte Lady Blackmore mit einem bösen Lächeln. »Ich erwarte einen Brief mit Beweisen und der wahren Identität der Mörderin. Dann werden Sie sich alle wundern.«

KAPITEL 9

Eine Séance, ausgerechnet eine Séance – damit hatte nun niemand rechnen können. In Gedanken versunken machte Maud sich auf den Weg zu ihrer Kammer. Erstaunlich, dass Lady Christabel es einfach hinnahm, dass auf Carrack Manor ein solches Spektakel stattfinden sollte.

Wer war wohl das Medium, von dem Lady Christabel gesprochen hatte? War es einer der Gäste? Im Kopf ging Maud die Anwesenden durch. Mrs Ruteledge konnte es nicht sein. Sollte die Autorin sich nebenbei als Geisterseherin verdingen, hätte Lady Christabel das sicher gewusst. Auch ihr Verleger würde gewiss nicht seinen guten Ruf riskieren, indem er seine Dienste als Medium anbot. Also blieb nur der junge Lord Sinclair. Allerdings konnte Maud sich nicht vorstellen, dass ein Gentleman von Adel eine Geisterbeschwörung leitete.

Also musste es jemand sein, der erst noch eintreffen würde. Darüber mussten die Dienstboten Bescheid wissen. Auch wenn sie lieber allein mit ihren Gedanken in ihrer Kammer gewesen wäre, drehte Maud sich um und eilte zurück in die Küche. Wie sie es erwartet hatte, saßen dort alle beieinander. Allerdings sah es nicht so aus, als teilten sie die Zeit miteinander, weil sie sich wohlfühlten, sondern eher, als wollte niemand von ihnen als Erster gehen und den anderen die Gelegenheit geben, über ihn zu reden.

Ein bedrückendes Schweigen herrschte, ab und zu unterbrochen durch ein Füßescharren oder Husten. Beinahe kam es Maud vor, als freuten sich die Dienstboten, sie zu sehen.

»Entschuldigung, wird noch ein Gast erwartet?«, fragte sie und überlegte, ob sie sich setzen sollte. Nein, sie wollte so wenig Zeit wie möglich hier verbringen. »Lady Christabel sprach von einem Medium, das Lady Blackmore erwartet.«

»Warum fragen Sie?«, antwortete der Butler mit einer Gegenfrage. Seine braunen Augen musterten sie durchdringend, aber sie hielt dem Blick stand, bis er den Kopf abwandte.

»Ich bin einfach neugierig. Bisher habe ich noch kein Medium getroffen. Sie etwa?«

Das war nicht ganz die Wahrheit, aber auch nicht wirklich gelogen – und außerdem ging es Mr Fitzwilliam nichts an.

»Bisher mussten wir solche Subjekte auf Carrack Manor nicht willkommen heißen.« Der Butler wirkte sichtlich pikiert. »Aber was Lady Blackmore wünscht, bekommt sie.«

»Das kann ganz interessant sein«, widersprach Mrs Terrell. »Warum sollte es nicht Menschen geben, die mit den lieben Verstorbenen sprechen können?«

Aus ihrer Stimme klang Hoffnung, was Maud bekannt vorkam. Sie meinte, Tränen in den Augen der Köchin schimmern zu sehen. Wahrscheinlich hatte sie einen Menschen verloren, den sie sehr vermisste.

»Wie ist Ihr erster Eindruck von Carrack Manor?«, fragte Mr Fitzwilliam Maud nun mit falschem Lächeln. »Wie gefällt es Ihnen, verglichen mit Lentune Hall?«

Alle Augenpaare richteten sich erwartungsvoll auf Maud. Gleichgültig, was sie antwortete, es konnte nur falsch sein.

Entweder sprach sie sich höflich für Carrack Manor aus, was ein Verrat an Lentune Hall wäre. Oder sie sagte die Wahrheit und gab Lentune Hall den Vorzug, was ihr gewiss den Vorwurf der Arroganz einbrächte. Daher entschied sie sich für die dritte Alternative: viel zu reden, ohne etwas zu sagen.

»Oh, das ist eine überaus interessante Frage«, begann sie und erwiderte das Lächeln des Butlers. »Wie jede gute Frage lässt sie sich nicht leicht beantworten, vor allem, weil jeder Landsitz seinen eigenen Charakter und Charme aufweist.«

»Gefällt es Ihnen hier oder nicht?« Timothy runzelte die Stirn. »Das werden Sie ja wohl beantworten können.«

Ruby, das Hausmädchen, zuckte zusammen, wohl weil er in dieser rüden Art mit einer Zofe sprach. Maud lächelte ihr zu, bevor sie dem Lakaien antwortete: »Sie müssen mir noch ein wenig Zeit geben, mir einen Eindruck zu verschaffen. Ich möchte später nicht bereuen, ein vorschnelles Urteil getroffen zu haben. Wissen Sie nun von noch einem Gast?«

Schweigen antwortete ihr. Maud blieb stehen und wartete ab.

»Uns wurde bisher niemand angekündigt«, ließ sich Mrs Terrell schließlich zu einer Antwort herab. »Aber das muss nicht bedeuten, dass nicht noch jemand kommt.«

»Danke und gute Nacht.«

»Müssen Sie nicht auf Lady Christabel warten?« Ruby sah sie mit großen Augen an. »Die Herrschaften sind doch erst beim dritten Gang des Dinners.«

»Ihre Ladyschaft hat mir den Abend freigegeben.« Mit dieser Spitze wandte Maud sich um und wollte die Küche verlassen.

»Auf ein Wort, Miss Gulliver«, hielt Mr Fitzwilliam sie auf. »Folgen Sie mir bitte in mein Zimmer.«

Einen Moment lang war sie versucht, sich zu weigern und ihn darauf hinzuweisen, dass sie als Zofe von Lady Christabel nicht seiner Obhut unterstand, aber dann siegte die Neugier. Was konnte der hochnäsige Butler wohl von ihr wollen?

Der Raum, in den er sie führte, wirkte auf Maud, als gehörte er einem anderen Menschen. Die dunklen Möbel, die eleganten Weingläser passten einfach nicht zu ihrem Bild von Mr Fitzwilliam. Ebenso wenig wie die zerlesen aussehenden Bücher in einem kleinen Eckregal.

»Das gehört alles Mr Repington«, sagte der Butler, als hätte er ihren Blick bemerkt. »Er hat gekündigt und hatte es so eilig, wegzukommen, dass er seine Sachen hierließ.«

»Was wünschen Sie von mir?« So spannend sie auch die Geschichte der Dienstboten fand, wollte Maud erst einmal wissen, warum Mr Fitzwilliam sie angesprochen hatte. Sie war sich keiner Schuld bewusst, schließlich hatte sie bisher nur wenig Kontakt zu den anderen Dienstboten gehabt.

Obwohl sie sich bemühte, höflich zu sein, hatte der Butler etwas an sich, das ihr nicht gefiel. Sie mochte Menschen nicht, die sich im Gefühl ihrer Macht sonnten. Mr Fitzwilliam schien zu erwarten, dass sie vor ihm den Blick senkte, also starrte sie ihn direkt an.

»Ich wollte Sie daran erinnern, dass Sie nur Gast in diesem Haus sind.«

»Das ist mir sehr wohl bewusst.«

»Dann hören Sie auf, sich in unsere Angelegenheiten zu mischen.«

»Entschuldigung?«

»Ich hatte Polly den Befehl erteilt, das Kätzchen zu ertränken. Das Mädchen muss lernen, härter zu werden.«

»Die Kleine ist noch ein Kind.« Wie konnte der Mann nur so gefühlskalt sein. »Sie wird früh genug lernen, wie harsch das Leben ist.«

»Ob und wann sie das erfährt, ist meine Entscheidung.«

Maud war zu müde, um sich auf eine fruchtlose Debatte einzulassen. Daher nutzte sie den Kunstgriff, der immer funktionierte.

»Dann werde ich Lady Christabel wohl bitten müssen, das Kätzchen und seine Mutter herauszugeben, damit es getötet werden kann.« Maud lächelte maliziös. »Und ich werde ihrer Ladyschaft selbstverständlich mitteilen, dass es Ihr Wunsch war.«

Wie sie es erwartet hatte, lief Mr Fitzwilliam rot an. Seine Augen drohten, ihm aus dem Kopf zu fallen, und er ballte die Hände zu Fäusten. Dreimal öffnete er den Mund, ohne etwas zu sagen, bis er endlich Worte fand: »Das … das dürfte nicht nötig sein. Für dieses Mal werde ich Ihre Einmischung tolerieren.«

Seine Lippen kräuselten sich, in seinem Blick lag so viel Verachtung, als wäre Maud eine Schmeißfliege, die sich auf seinem Teller niedergelassen hatte.

»Das wird Lady Christabel sicher freuen.« Maud sonnte sich in ihrem Sieg, konnte es aber nicht lassen, dem Butler noch einen verbalen Schlag zu versetzen. »Dann sind Sie sicher damit einverstanden, wenn ich Mrs Terrell um etwas Fleisch für die Katze bitte. Schließlich muss sie ihr Kleines säugen.«

Die Köchin, die sich ihnen mit schnellen Schritten näherte, enthob ihn einer Antwort, was Maud als Sieg für sich verbuchte.

»Mr Fitzwilliam, da sind Sie ja.« Mrs Terrell schaute von Maud zum Butler und schien sofort zu bemerken, in was für eine Situation sie geplatzt war. »Der vierte Gang ist jetzt so weit.«

»Gute Nacht, Mrs Terrell. Mr Fitzwilliam.« Maud drehte sich um und eilte davon, bevor noch jemand ihr eine Strafpredigt halten wollte. Aus dem Augenwinkel bemerkte sie einen lavendelblauen Umschlag. Der Butler bekam also auch diese Briefe? Das würde seine miese Stimmung erklären.

Auf den Treppenstufen überlegte sie, was es wohl zu bedeuten hatte, dass Lady Blackmore mit ihrem verstorbenen Mann reden wollte. Gewiss gab es viele Menschen, die ihre letzten Worte bedauerten oder gar zurücknehmen wollten, aber nur wenige davon wandten sich hilfesuchend an Spiritisten.

So wie Lady Christabel ihr Lady Blackmore beschrieben hatte, wirkte diese nicht wie eine Frau, die sich in romantischer Erinnerung an den zu früh verstorbenen geliebten Gemahl verzehrte, sondern eher wie jemand, die ihrem Ehemann noch einmal die Leviten lesen wollte. Aber deswegen engagierte man kein Medium.

Dass Lord und Lady Montgomery sich dem Spektakel nicht entziehen konnten, wunderte Maud nicht. So viel hatte sie bisher schon herausgefunden: Die Herrschaft von Carrack Manor musste alles tun, um Lady Blackmore bei Laune zu halten.

Was Mrs Ruteledge und ihr Verleger sich von einer spiritistischen Sitzung erhofften, konnte Maud sich nicht vorstellen.

Die einzige Idee, die ihr nach längerem Grübeln in den Sinn kam, war, dass die Autorin das Geschehen in einem neuen Roman nutzen wollte. Jedoch passte diese Art von Geschichten nicht zu den bodenständigen Romanen, die Mrs Ruteledge bisher geschrieben hatte.

»Was nutzt das Grübeln? Ich muss bis morgen warten, was Lady Christabel mir erzählen wird«, sagte sie zu sich selbst und öffnete ihre Zimmertür.

Als Antwort erklang ein Fauchen, denn sie hatte Mouser aufgescheucht. Die graubraune Katze machte einen Buckel und sträubte ihr Rückenfell, wohl um Maud zu beeindrucken.

»Ich habe dir etwas zu essen mitgebracht, du undankbares Tier«, sagte sie, aber in Wahrheit bewunderte sie die kleine Katze, die sich ihr so mutig entgegenstellte.

Maud fütterte Mouser und nahm ihren Roman zur Hand, aber ihre Gedanken wanderten immer wieder zur geplanten Séance und zum Medium, das auf Carrack Manor erwartet wurde. Seufzend stand sie auf. Wenn sie sich nicht ablenkte, würde sie gewiss nicht einschlafen können und morgen ihre Arbeit schlecht erledigen. Ganz zu schweigen davon, dass dies sicher Lady Christabels Aufmerksamkeit wecken würde. Noch war Maud nicht bereit, ihr Geheimnis mit ihrer Ladyschaft zu teilen.

Das ist etwas wagemutig und ich habe den Nachforschungen abgeschworen. Aber meine Neugier kann ich leider nicht so leicht zur Ruhe bringen. Außerdem ist es kein Mord. Und wenn ich erwischt werde? Dann rede ich mich schon irgendwie raus.

Gedacht, getan. Maud streckte sich, rollte den schmerzenden Nacken und verließ ihre Kammer. Langsam schlenderte sie die Treppe herunter – schleichen auf Zehenspitzen würde nur die Aufmerksamkeit wecken, falls ihr jemand entgegenkam. Da niemand zu sehen war, beschleunigte sie ihre Schritte, bis sie den Dienstbotentrakt erreichte.

Je näher sie der Küche kam, desto langsamer und vorsichtiger wurden ihre Bewegungen, wie die einer Katze, die sich an eine ahnungslose Maus heranpirschte. Es war so still, dass sie fürchtete, die Dienstboten wären bereits zu Bett gegangen. Doch ein schneller Blick durch die einen Spalt breit geöffnete Küchentür belehrte sie eines Besseren: Immer noch saßen sie alle um den Holztisch und belauerten sich in dumpfem Schweigen.

Also drehte Maud um und schlich auf leisen Sohlen zu den Räumen des Butlers. Die Zimmertür war nicht verschlossen, was Maud als Zeichen deutete, dass sie ihr Vorhaben durchführen sollte.

Auf dem mahagonifarbenen Sekretär lag das Haushaltsbuch, das Maud schnell durchblätterte. Leider war darin kein lavendelblaues Blatt verborgen, sondern nur langweilige Zahlenreihen. In den Schubladen, die sehr organisiert und ordentlich waren, fand sich ebenfalls nichts. Dabei war sie sicher gewesen, den Umschlag erspäht zu haben. Als Maud aufgeben wollte, fiel ihr Blick auf den Papierkorb. Lavendelfarbene Schnipsel verbargen sich zwischen Briefumschlägen und weißen Zetteln.

Beinahe hätte sie einen verräterischen Jubelschrei ausgestoßen. Konnte sie es wagen, das alles mitzunehmen, oder würde Mr Fitzwilliam misstrauisch werden?

Wahrscheinlich würde er denken, dass Ruby den Papierkorb

geleert hatte. Was für ein Glück, dass Mr Fitzwilliam den Brief nicht verbrannt hatte, so wie Maud es getan hätte. Allerdings war sie auch geübter darin, Geheimnisse zu verbergen.

Mit fliegenden Fingern sammelt sie alles Papier zusammen und huschte aus dem Raum des Butlers. Als sie die Treppen zu ihrer Kammer hinaufeilte, schlug ihr das Herz bis zum Hals und sie fürchtete, Mr Fitzwilliams Stimme zu hören, der sie aufhalten wollte. Doch niemand schien sie bemerkt zu haben. Erleichtert schloss sie die Tür hinter sich.

»Was haben wir hier?«, flüsterte sie und breitete die lavendelblauen Zettel auf dem dunklen Holzboden ihrer Kammer aus. Der Butler musste in Eile gewesen sein, denn er hatte das Schreiben nur dreimal durchgerissen, was die Zahl der Stückchen überschaubar machte.

»Lass das, Mouser«, scheuchte sie die Katze davon, die mit der Pfote einzelne Schnipsel herumschob. »Geh woanders spielen. Kümmere dich um dein Kind.«

Schnell gelang es ihr, die kleinen Zettel zu verbinden, sodass sie die Nachricht entziffern konnte:

Sie sollten sich schämen! Wie kann jemand mit Ihrem Geheimnis es wagen, auf einem herrschaftlichen Haus wie Carrack Manor zu arbeiten?

Maud las die Worte dreimal, dann lachte sie laut auf.

Kapitel 10

»Guten Morgen, Lady Christabel.« Maud öffnete die Vorhänge und die Sonne blendete Christabel, nachdem sie die Augen geöffnet hatte. »Es ist ein wunderbarer Tag. Ideal für einen Ausritt. Sie sollten sich beeilen, die Luft riecht nach Schnee.«

Die Stimme ihrer Zofe klang entsetzlich gut gelaunt und munter, etwas, das Christabel über sich nicht sagen konnte. Weil die Stimmung gestern Abend sich von Minute zu Minute verschlechtert hatte, hatte sie dem Wein stärker zugesprochen als üblich. Das bezahlte sie nun mit stechenden Kopfschmerzen.

»Falls du es nicht bemerkt hast, es gibt hier nur zwei alte Pferde, die schon lange ihr Gnadenbrot fristen.« Christabels Laune wollte sich selbst durch den Sonnenschein nicht bessern. Das unerfreuliche Abendessen spukte ihr immer noch im Kopf herum. »Ich werde heute in meinem Zimmer frühstücken.«

Anstatt sie zu fragen, was Christabel zu dieser Entscheidung bewog, stieß Maud ein Schnauben aus.

»Das sollten Sie sich lieber zweimal überlegen. Die Köchin hat sich große Mühe mit dem Essen gegeben.«

An Morgen wie diesen beneidete Christabel alle Ladys, deren Zofen nur antworteten, wenn sie gefragt wurden, und keine Widerworte gaben. Sie setzte sich auf, was in ihrem Kopf ein lautes Pochen auslöste. Christabel kniff die Augen zusammen und presste die Handballen an ihre Schläfen.

»Dann stellst du mir eben einen Teller im Frühstückszimmer zusammen. Du weißt doch, was mir schmeckt.«

Mauds Schweigen war so beredt, dass Christabel die Augen wieder öffnete. Ihre Zofe stand vor ihr und musterte sie mit wissendem Blick.

»Wovor wollen Sie sich drücken?«

In Momenten wie diesen ärgerte Christabel sich sehr darüber, wie gut ihre Zofe sie kannte. Ob ihre Mutter und ihre Schwester auch mit solchen Fragen zu kämpfen hatten? Sie konnte es sich selbst unter Aufbieten all ihrer Fantasie nicht vorstellen. Aber dafür waren Lady Rosalind und Dahlia sicher auch nicht mit ihren Zofen befreundet und konnten sich in allen Lebenslagen auf sie verlassen. Daher schuldete Christabel Maud auch Ehrlichkeit.

»Ich kann die Sticheleien von Lady Blackmore am frühen Morgen nicht ertragen. Sie ist eine furchtbare Person.« Nun holte sie tief Luft. »Und Mrs Ruteledge hasst mich. Irgendwie gelingt es mir immer, das Falsche zu sagen und sie zu verärgern.«

»Vielleicht ist Mrs Ruteledge ja eine Frau, die singend den Tag begrüßt.« Maud zwinkerte ihr zu. »Möglicherweise haben Sie sie gestern nur auf dem falschen Fuß erwischt.«

Die Vorstellung, wie die Autorin hüpfend und fröhlich jubilierend einen neuen Morgen feierte, brachte Christabel zum Lachen. Das und eine gute Tasse Tee weckten ihre Lebensgeister und gaben ihr den Mut, sich der Familie Montgomery und deren Gästen zu stellen. Aber erst einmal musste sie an die frische Luft, um ihren Kopf frei zu bekommen.

»Maud, bitte lass mir ein Bad ein und lege mir ein bequemes Kleid hin. Ich werde vor dem Frühstück ein wenig spazieren gehen.«

~

Nachdem Christabel gebadet hatte, fühlte sie sich ein wenig besser und auch in der Lage, einen Toast und Tee zu sich zu nehmen. Sie knabberte an dem trockenen Brot, während Maud sie frisierte. Obwohl ihr Kopf immer noch dröhnte, musste Christabel ihrer Zofe von dem schrecklichen Abend berichten.

»Lady Blackmore scheint über keinerlei Kinderstube zu verfügen.« Sie schüttelte den Kopf. »Nahezu jeder Satz, den sie sagt, ist eine Boshaftigkeit oder dunkle Andeutung, mit der sie allen den Appetit verdirbt.«

»Die Dienstboten halten sie für eine geizige böse Frau.« Mauds Augen glitzerten vor Vergnügen über den Tratsch. »Lady Blackmore beschwert sich ständig und überall.«

»Das kann ich mir gut vorstellen.« Sollte sie Maud von dem Mord berichten, über den Lady Blackmore gesprochen hatte? Oder wäre ihre Zofe dann verärgert, weil Christabel ihr versprochen hatte, keine Nachforschungen mehr anzustellen? Aber diese Tat lag so weit zurück, das fiel sicher nicht unter das Ehrenwort. »Lady Blackmore erzählte etwas über einen Mord in Australien, den zwei Mädchen begangen haben.«

»Hat sie darüber in ›The Daily Mail‹ gelesen?« Obwohl Maud sich bemühte, sich nichts anmerken zu lassen, nahm Christabel ihren gut verborgenen Ärger wahr. »Ich erinnere mich nicht an so eine Meldung.«

»Das kannst du auch nicht.« Nun war es an Christabel zu triumphieren. »Die ganze Sache ist vor dreißig Jahren geschehen.«

»Warum spricht Lady Blackmore dann darüber?« Maud zuckte mit den Schultern. »Wen interessiert es heute, was vor so langer Zeit am anderen Ende der Welt geschehen ist?«

Nun war es an Christabel, ihren Trumpf auszuspielen.

»Das will sie uns erst heute mitteilen. Alles klang sehr mysteriös und nebulös.« Was für eine schöne Formulierung, die musste sie sich gleich für eine ihrer nächsten Geschichten notieren. »Auf jeden Fall war es eine dramatische Geschichte über zwei Freundinnen, die sich nicht trennen lassen wollten.«

»Das klingt wie eine Story für einen Roman. Sind Sie sicher, dass nicht Mrs Ruteledge über ihren neuen Krimi gesprochen hat?«

Erst wollte Christabel auffahren, bis sie merkte, dass ihre Zofe sich nur einen Spaß erlaubte.

»Für einen Krimi ist die Geschichte zu tragisch. Die Mädchen haben sich verschworen, die Eltern der einen zu töten.«

»Das ist ja furchtbar.« Maud riss die Augen auf. »Wie verzweifelt sie gewesen sein müssen.«

»Kannst du das etwa verstehen?« Obwohl sie viel Fantasie und auch Einfühlungsvermögen besaß, erschien Christabel die Tat der beiden Mädchen vollkommen überzogen. »Eine Trennung ist beileibe kein Grund, deshalb jemanden zu ermorden.«

»Aber die Angst vor Einsamkeit kann das bewirken«, flüsterte Maud. »Die Verzweiflung, sollte man den einzigen Menschen verlieren, der einen versteht.«

Was ist dein Geheimnis, Maud? Aber auch heute werde ich

dich das nicht fragen. Nicht, solange mein Kopf hämmert und mein Magen revoltiert, weil ihm bereits der Toast zu viel ist.

»Ich habe etwas über die lavendelfarbenen Briefe herausgefunden.«

Neugier stieg in Christabel auf, aber sie war nicht stark genug, das Gefühl der Übelkeit zu besiegen.

»Dafür ist später noch Zeit«, wehrte sie ab. »Ich brauche frische Luft.«

»Soll ich Sie begleiten?«

»Danke, aber ich fürchte, du hast hier genug zu tun.«

Obwohl Maud die Zeit von Christabels Bad genutzt hatte, das Zimmer ein wenig aufzuräumen, sah es immer noch wüst aus. Gestern Nacht hatte Christabel ihre Kleidungsstücke einfach dort fallen lassen, wo sie sie abgestreift hatte. Die Spur zog sich von der Tür bis zum Bett, mit einer Unterbrechung am Schreibtisch.

Anscheinend, denn sie konnte sich nicht mehr daran erinnern, hatte Christabel gestern Abend noch etwas aufschreiben wollen. Dabei hatte sie die Schubladen aufgerissen und das Tintenfass umgestoßen. Den Fleck hatte Maud bereits aus dem rot gemusterten Teppich gerieben. Alles andere erinnerte Christabel daran, nie mehr als zwei, vielleicht drei Gläser Wein zum Abendessen zu trinken.

»Kann ich sonst etwas für Sie tun?« Maud schien wirklich besorgt zu sein. »Die Hausdame hat sicher ein Mittel gegen Kopfschmerzen.«

»Nein«, wehrte Christabel ab. Sie betrachtete das Pochen in ihrem Schädel als Strafe dafür, von dem abgewichen zu sein, was sich für eine Dame schickte. »Ein kurzer Spaziergang wird mir guttun.«

Ihre Zofe schien noch etwas sagen zu wollen, hielt aber zu Christabels Verwunderung den Mund und begann, die Unterwäsche vom Boden aufzuklauben. Christabel wandte sich um und verließ ihr Zimmer.

Auf dem Weg nach draußen begegnete ihr glücklicherweise niemand. Noch fühlte sie sich nicht in der Stimmung, höflich über den Garten oder ihre Pläne für den heutigen Tag zu parlieren. Sie öffnete die Glastür, die vom Dining Room in den Garten führte. Die kühle Luft ließ sie frösteln, tat ihr aber gut. Sie atmete tief ein und aus und marschierte mit großen Schritten den Kiesweg entlang auf den Brunnen zu.

Dahinter befand sich eine gewaltige Sonnenuhr, verziert mit Symbolen der Sternzeichen, die Christabel erkannte, und anderen Zeichen, die sie nicht einordnen konnte. Da der Himmel sich inzwischen zugezogen hatte, ließ sich nicht herausfinden, ob die Sonnenuhr die richtige Zeit anzeigte. Gedankenverloren schlenderte sie weiter und erschrak, als sie aus dem Augenwinkel eine Gestalt erblickte. Dann schüttelte sie über sich selbst den Kopf.

Der Junge, der auf einem umgestülpten Pflanzgefäß saß und sich anscheinend einen Dorn aus seinem Fuß zog, war aus Stein. Allerdings musste sie eingestehen, dass er sehr lebensecht wirkte, wie er den linken Fuß auf dem rechten Knie abstützte und mit Daumen und Zeigefinger versuchte, etwas aus der Sohle zu ziehen. Am meisten beeindruckte sie, wie der Künstler seinen konzentrierten Gesichtsausdruck gestaltet hatte. Obwohl Kopf und Oberkörper des Knaben mit Moos bedeckt waren, hatte die Zeit dem Stein noch nichts anhaben können. Jung sah er aus, weder Kind noch Mann.

Das erinnerte sie wieder an die düstere Geschichte, die Lady Blackmore erzählt hatte. Während sie langsam zum Haus zurückkehrte, überlegte Christabel, was es wohl damit auf sich hatte. Warum holte die unerfreuliche Person eine so alte Geschichte hervor? Sicher nicht, um Mrs Ruteledge eine Romanidee vorzustellen. Falls Christabel Lady Blackmore richtig einschätzte, wovon sie überzeugt war, wollte diese mit ihrer Erzählung jemanden verärgern oder in Angst und Schrecken versetzen. Nur fragte sie sich, wer wohl gemeint war und warum?

Auch wenn es ihr äußerst unangenehm war, einer bösartigen Lady Aufmerksamkeit zu schenken, würde Christabel sie gleich beim Frühstück fragen, was es mit ihrer Geschichte auf sich hatte. Selbstverständlich würde sie das nicht direkt ansprechen, sondern verklausuliert, aber sie würde erst Ruhe geben, wenn sie erfahren hatte, was sich dahinter verbarg.

Angespornt von ihrem Vorhaben bewältigte sie die Strecke zurück zum Haus viel schneller als den Weg in den Garten. Schwungvoll öffnete sie die Tür und marschierte ins Frühstückszimmer.

»Guten Morgen. Es ist kalt, aber ein herrlicher Tag.« Sie verspürte Enttäuschung, weil nur Lady Montgomery und Mr Warren am Frühstückstisch saßen, die die Köpfe zusammengesteckt hatten und sich gut zu unterhalten schienen. Als Christabel eintrat, zuckten beide zusammen, bevor sie sich etwas voneinander entfernten und Christabel anlächelten.

Himmel! Was hat das schon wieder zu bedeuten?

Kapitel 11

Obwohl der Mord vor so vielen Jahren geschehen war, ließ der Gedanke an die hoffnungslosen Mädchen Maud nicht in Ruhe. Wahrscheinlich, weil sie nur zu gut nachvollziehen konnte, zu was für Taten die Verzweiflung einen Menschen trieb. Warum konnte Lady Blackmore die Vergangenheit nicht einfach ruhen lassen? Aber es gab wohl immer Menschen, denen es ein immenses Vergnügen bereitete, die Geheimnisse anderer ans Licht zu zerren. So wie es auch Maud geschehen war. Sie hatte gehofft, ihr altes Leben für immer hinter sich zu lassen, aber irgendjemand gönnte ihr den Frieden nicht.

Bisher hatte sie es vermieden, sich intensiver mit der Frage zu beschäftigen, wer wohl hinter den Briefen steckte, die sie zu einer Séance einluden. Als Lady Christabel ihr erzählt hatte, dass Lady Blackmore eine spiritistische Sitzung plante, hätte Maud sich beinahe verraten. Sie war sich sicher gewesen, dass man sie erkannt hatte. Inzwischen war sie jedoch zu der Einschätzung gelangt, dass es einfach ein unglücklicher Zufall war. Nicht jede Séance hatte mit ihr zu tun – das hatte sie sich in den letzten Tagen immer wieder gesagt, um nicht in Panik auszubrechen.

Sie machte sich auf den Weg in die Küche, um Futter für die Katze zu holen. Je näher sie dem Raum kam, desto besser konnte sie verstehen, warum Lady Christabel die Gesellschaft der anderen Gäste heute meiden wollte. Auch Maud stand nicht der Sinn nach Sticheleien und Rangkämpfen, wie sie sie vorhin beim Frühstück schon wieder erlebt hatte. Während eine Lady jedoch Schwäche vortäuschen und auf ihrem Zimmer essen durfte, blieb ihr als Zofe diese Möglichkeit verwehrt. Einen Moment lang kostete Maud die Vorstellung aus, wie ihr das Hausmädchen nachher zum Dinner ein Tablett mit ausgewählten Köstlichkeiten brachte.

Vor der mit grünem Fries bespannten Tür hielt sie einen Moment inne. Sicher würde die Köchin ihr etwas Unfreundliches sagen, weil sie Futter für ein unnützes Tier einforderte. *Ich bin hier zu Gast. Sollte ich mich mit den Dienstboten streiten, fällt das auf Lady Christabel zurück. Also werde ich alles schlucken und freundlich lächeln, selbst wenn es mir schwerfällt.*

In dem Augenblick, als Maud die Türklinke niederdrückte, erklang ein markerschütternder Schrei, gefolgt von dem Geräusch trappelnder Schritte, die sich schnell näherten.

»Sie ist tot! Gütiger Herr im Himmel! Sie lebt nicht mehr!« Obwohl Ruby mit geschürztem Rock auf Maud zu rannte, fand das Hausmädchen noch genügend Atem, ihr die Worte entgegen zu kreischen. »Lady Blackmore liegt tot in ihrem Bett.«

Hölle und Hinkebein! Nicht schon wieder ein Mord. Langsam beginne ich zu glauben, dass Lady Christabel verflucht ist. Oder ich neige zum Übertreiben, denn warum denke ich sofort an Mord? Lady Blackmore ist ja nicht mehr die Jüngste.

Bevor Maud reagieren konnte, öffnete sich die Tür und der Butler trat heraus, mit sichtlich indignierter Miene. Als sie ihn sah, blieb das Hausmädchen sofort stehen, die Augen groß vor

Panik. Ihr Brustkorb hob und senkte sich sichtlich, während sie nach Atem rang.

»Ruby! Beherrsche dich. Auf Carrack Manor rennen wir nicht.« Mr Fitzwilliam stemmte die Hände in die Hüften, was Maud an ein Waschweib des East Ends erinnerte. »Erst recht kreischen wir nicht wie Banshees. Egal, was immer auch geschehen ist.«

Ich hätte nicht gedacht, dass Mr Fitzwilliam die irischen Todesfeen kennt, schoss es Maud durch den Kopf. *Wie typisch für einen Butler, dass es erst um das gute Benehmen und dann um die Frage geht, was geschehen ist.*

Immerhin zeigten sein bestimmender Ton und sein herrisches Auftreten Wirkung auf Ruby. Das Hausmädchen rang zwar immer noch nach Luft, aber ihr Gesichtsausdruck verlor das Panische.

Inzwischen waren auch die anderen Dienstboten in den Flur gelaufen gekommen, wohl aufgeschreckt durch Rubys Schreie. Mrs Terrell hielt erschrocken die Hand vor den Mund, während Timothy und Polly alles mit ungläubig aufgerissenen Augen beobachteten. Immer wieder suchten ihre Blicke Mr Fitzwilliam, als wäre er der Einzige, der wusste, wie man so eine Katastrophe beherrschen konnte.

»Sag an, was ist mit Lady Blackmore?«, herrschte der Butler Ruby an. »Bist du sicher, dass sie tot ist?«

Mr Fitzwilliam musterte sie, als würde das Hausmädchen jeden Tag Zeter und Mordio schreien und von einem Mord berichten. Obwohl auch Maud schockiert war, musste sie sich bei dem Anblick das Lachen verbeißen. Der Butler war wirklich das Urbild eines selbstgerechten Haushaltsvorstands.

Allerdings mit einem dunklen Geheimnis, wenn man dem lavendelfarbenen Brief glauben konnte.

»Jemand mit einem Messer in der Brust lebt wohl nicht mehr.«

Es musste der Schock sein, der Ruby schnippisch werden ließ. Maud konnte sich nicht vorstellen, dass das Hausmädchen es üblicherweise wagte, derartig frech zu sein. Erst nachdem sie diesen Gedanken verfolgt hatte, fiel Maud auf, *was* Ruby gesagt hatte. Lady Blackmore war keines natürlichen Todes gestorben.

»Wir müssen Lord und Lady Montgomery informieren.« Selbst im Angesicht der Katastrophe dachte Mr Fitzwilliam als Erstes an die Etikette. »Hilda, du gibst ihrer Ladyschaft Bescheid, ich suche Mylord.«

»Wir sollten den Tatort sichern«, mischte Maud sich ein, die nicht glauben konnte, dass Lady Christabel und sie schon wieder in einen Mordfall verwickelt wurden. Nun würde die bessere Gesellschaft endgültig denken, dass ihre Ladyschaft verflucht sei. Möglicherweise zu Recht, denn drei Besuche und drei Morde – das konnte kein Zufall mehr sein.

»Das ist Aufgabe der Polizei.« Der Butler schaute sich um. Endlich entdeckte er den Gesuchten. »Timothy, du fährst ins Dorf und holst den Polizisten.«

»Was soll ich ihm sagen?« Der Lakai wirkte schreckensbleich. Maud hätte erwartet, dass er mutiger wäre und eine Todesnachricht besser verkraftete. »Wenn ich von Mord spreche, wissen sofort alle in Maidenhurst Bescheid. Die tratschen sowieso schon über uns.«

»Das ist ein gutes Argument, William«, sagte die Hausdame mit ruhiger Stimme. Dann stieß sie einen Seufzer aus. »Aber wir müssen wohl oder übel die Wahrheit sagen. Armut kann man verschweigen, einen Mord wohl nicht.«

»Ich wiederhole mich ungern, aber wir sollten den Tatort sichern.« Maud kam sich langsam vor, als wäre sie unsichtbar wie der Held in H. G. Wells' Roman. »Lady Christabel und ich haben leider bereits Erfahrung damit.«

Polly lächelte ihr zu, aber Mr Fitzwilliam und Mrs Terrell ignorierten ihre Worte. Daher ließ Maud sie stehen und eilte zu ihrer Ladyschaft, die sicher ein großes Interesse an dem Verbrechen haben würde. Bald vernahm sie hinter sich das Geräusch von schnellen Schritten. Ein Blick über die Schulter zeigte ihr, dass es Mrs Terrell auf dem Weg zu Lady Montgomery war.

Für Maud war das der Anlass, ihren Rock zu heben und loszulaufen, obwohl es ihr seltsam vorkam, eine Art Wettrennen zu führen, wer als Erste ihre Ladyschaft über den Tod von Lady Blackmore informierte. Aber sie traute den Dienstboten auf Carrack Manor nicht zu, einen Tatort als Tatort zu behandeln. Und ob die Herrschaft bereit war, Mordermittlungen zuzulassen – dafür hätte Maud ihre Hand nicht ins Feuer gelegt.

Endlich hatte sie die Tür zu Lady Christabels Zimmer erreicht. Üblicherweise hätte sie gewartet, bis sie wieder zu Atem gekommen wäre und sich Kleidung und Haare gerichtet. Aber ein Mord war wichtiger als die Schicklichkeit.

»Lady Christabel!« Maud hielt sich nicht damit auf, an die Tür zu klopfen, sondern stürmte gleich ins Zimmer. »Es ist schon wieder passiert!«

»Maud, mäßige dich!« Ihre Ladyschaft sah von dem Buch auf, in das sie vertieft gewesen war. »Du bist ja vollkommen außer Atem.«

»Lady Blackmore ist tot. Erstochen!« Maud kam sich ein wenig dramatisch vor, als sie die Worte hervorstieß, aber ihr fehlte die Luft, um alles im Detail zu schildern. »Ruby hat sie gefunden.«

»Das ist nicht dein Ernst.« Lady Christabel ließ das Buch sinken und erhob sich vom Sofa. »Wer war es?«

»Ich weiß nur, dass sie tot ist.« Maud rang immer noch nach Luft. »Wir müssen sofort zu dem Zimmer von Lady Blackmore, bevor dort etwas verändert wird.«

Hölle und Hinkebein! Trotz aller Versprechen und guten Vorsätze fand sie sich nun wieder in Nachforschungen zu einem Mord verwickelt. Noch blieb die Möglichkeit, sich herauszuhalten und alles der Polizei zu überlassen.

Doch als sie das entschlossene Gesicht ihrer Ladyschaft sah, wusste Maud, dass es dafür längst zu spät war. In dem Moment, als sie Lady Christabel von dem Mord erzählt hatte, hatte Maud ihr Schicksal besiegelt. Was sie genau gewusst hatte, wie sie sich eingestehen musste. Selbst wenn Lady Blackmore eine unerfreuliche Dame gewesen war, musste ihr Tod gesühnt werden.

»Warum stehst du hier noch herum?« Lady Christabel war aufgesprungen und drängelte sich an ihr vorbei aus der Tür. »Nun komm schon.«

Ohne sich um die guten Sitten zu kümmern, hob sie ihren Rock und rannte in Richtung des Zimmers von Lady Blackmore, so schnell, dass Maud sich anstrengen musste, mit ihr mitzukommen. Obwohl sie über den Flur jagten, kamen sie zu spät.

Vor der Tür von Lady Blackmores Zimmer warteten bereits

Lady Montgomery und Mr Warren, die sich so positioniert hatten, dass Maud nur einen kurzen Blick auf das Bett und die Leiche von Lady Blackmore erhaschen konnte. Die Tote wirkte überraschend friedlich, wären da nicht der Messergriff, der aus ihrer Brust ragte, und das Blut, das sich auf der hellen Bettdecke ausgebreitet hatte. Wer immer auch die Tat begangen hatte, er musste äußerst geschickt vorgegangen sein und Lady Blackmore im Schlaf überrascht haben.

»Treten Sie bitte zur Seite«, sagte Lady Christabel in ihrem hoheitsvollsten Tonfall. »Meine Zofe und ich haben Erfahrungen mit Kapitalverbrechen.«

Ob das wirklich der richtige Ansatz war, die beiden davon zu überzeugen, ihnen den Tatort freizugeben? Am liebsten hätte Maud ihre Ladyschaft zur Seite gezogen, um ein ernstes Wort mit ihr zu reden, aber das gehörte sich selbstverständlich nicht.

»Das sollten Sie nicht sehen, verehrte Ladys.« Mit einem Ruck zog Mr Warren die Tür vollends zu. »Was für ein entsetzlicher Anblick. Wenn Sie das bereits einmal erblicken mussten, ist das mehr als genug.«

Maud konnte Lady Christabel ansehen, dass diese empört etwas entgegnen wollte, und schüttelte den Kopf. Einen Moment sah es aus, als würde ihre Ladyschaft trotzdem weiterreden wollen, aber dann verschränkte sie nur trotzig die Arme vor der Brust und funkelte Mr Warren zornig an.

»Die arme Edna«, flüsterte Lady Montgomery und schüttelte immer wieder den Kopf. »Wer kann das nur getan haben?«

Maud verspürte Mitgefühl mit der zarten Frau, die nicht in der Lage zu sein schien, mit etwas so Furchtbarem wie einem

Mord umzugehen. Wie die Heldin in einem melodramatischen Roman rang sie die Hände und blickte sich hilfesuchend um.

»Kommen Sie, liebe Lady Montgomery«, sagte der Verleger mit sanfter Stimme. »Lassen Sie uns gemeinsam in den Salon gehen. Eine starke Tasse Tee wird uns jetzt guttun.«

Natürlich galt diese Einladung nicht für Maud. Von ihr als Zofe wurde erwartet, dass sie auch ohne ein beruhigendes Getränk mit dem Anblick zurechtkam. Aber sie behielt diese Gedanken für sich und wartete ab, was nun geschah.

»Jemand muss hier warten, bis die Polizei kommt«, widersprach Lady Christabel. »Wir können den Ort des Verbrechens nicht unbewacht lassen.«

»Ich … ich benötige einen Tee.« Lady Montgomery drohte zusammenzubrechen. »Ich ertrage es nicht, in der Nähe der armen, lieben Edna zu sein.«

»Komm, meine Liebe.« Lord Montgomery näherte sich mit großen Schritten. »Ich werde Fitzwilliam zur Bewachung her senden.«

Maud wollte anmerken, dass sie sehr wohl willens und in der Lage war, vor dem Zimmer von Lady Blackmore Wache zu stehen, aber einer Zofe war es nur erlaubt zu reden, wenn sie angesprochen wurde. Lady Christabel gehörte glücklicherweise nicht zu den Menschen, die sich an diese – in Mauds Augen altmodische – Regel hielt, aber Maud fürchtete, dass Lord und Lady Montgomery an diesen Vorstellungen festhielten, denn viel war ihnen sonst nicht von ihrem Adel geblieben.

»Meine Zofe und ich werden solange hier warten.« Lady Christabel nickte Maud zu. »Gehen Sie ruhig. Ich werde nachkommen.«

»Ich werde Sie selbstverständlich nicht allein hier lassen.« Mr Warren trat neben ihre Ladyschaft. Einen Moment lang dachte Maud, er wollte beschützend einen Arm um sie legen, aber das wagte er doch nicht. »Lady Christabel und ich werden Ihnen folgen.«

Damit war ihnen die Chance genommen, doch noch einen Blick auf den Tatort zu werfen. Maud fragte sich, was Mr Warrens Antrieb war: Wollte er die Ladys schützen oder hatte er etwas zu verbergen?

Kapitel 12

»Sie können ruhig schon gehen«, versuchte Christabel verzweifelt, den Verleger loszuwerden. »Meine Zofe wird mir Gesellschaft leisten.«

»Niemals.« Mr Warren schüttelte empört den Kopf, als hätte sie ihm ein äußerst indiskretes Angebot gemacht. »Ich werde Sie nicht allein lassen, falls der Mörder zurückkehrt.«

Während Christabel noch überlegte, ob sich ein Streit lohnte, eilte Fitzwilliam bereits herbei. Für einen Butler lief er geradezu und wirkte vollkommen aufgelöst.

»Es tut mir leid, dass ich Sie warten ließ.« Er rang theatralisch die Hände. »Aber Ruby hatte einen Nervenzusammenbruch. Das arme Ding.«

»Na, so hat es sich vorhin nicht angehört«, murmelte Maud und sah Christabel an. Dann zuckte sie mit den Schultern und flüsterte: »Wir werden wohl keinen Zugang erhalten.«

Christabel konnte nur nicken und beobachten, wie der Butler die Tür abschloss. Sicher, es wäre für sie oder Maud ein Leichtes, das Schloss zu knacken. Aber nicht, wenn Mr Warren oder Fitzwilliam sie belauerten.

»Miss Gulliver.« Der Butler wandte sich Maud zu, dabei war seine Abneigung ihr gegenüber deutlich spürbar. »Bitte folgen Sie mir. Angesichts des schrecklichen Ereignisses versammeln wir uns in der Dienstbotenhalle.«

Hilfesuchend sah ihre Zofe sie an, aber Christabel konnte nur mit den Achseln zucken. Ihr fiel keine Entschuldigung ein, warum Maud der Aufforderung nicht Folge leisten sollte. Außerdem – aber das würde sie ihrer Zofe nie eingestehen – hielt Christabel es für klug, wenn Maud erneut Downstairs und sie Upstairs ermitteln würde. Nun gut, nicht »ermitteln«, denn das hatte sie versprochen, aber sie könnten sich etwas umhören, bis die Polizei käme. Hoffentlich verstanden die Dorfpolizisten ihr Handwerk. Christabel wäre es lieb gewesen, wenn der Yard ermitteln würde, aber dafür war der Tod von Lady Blackmore wohl nicht bedeutend genug.

Es ist bitter, dass es selbst im Tod Unterschiede gibt. Tode, die wichtig genug für den Yard sind, und welche, die man der Ortspolizei überlässt. Zu welcher Kategorie würde ich wohl zählen?

»Einen Penny für Ihre Gedanken.«

Himmel! Sie hatte Mr Warren ganz vergessen, versunken in ihre morbiden Überlegungen.

»Lassen Sie uns zu den anderen gehen.« Christabel versuchte ein Lächeln, aber es wollte ihr nicht gelingen. »Wenn man sich Downstairs versammelt, sollten wir es Upstairs auch tun.«

Er nickte nur. Schweigend gingen sie nebeneinander her, ein Schweigen, das nicht unangenehm war. Mr Warren hatte etwas an sich, dass man sich bei ihm wohlfühlte. Möglicherweise war es sein Alter oder aber die Selbstgewissheit, die er ausstrahlte.

Gemeinsam erreichten sie den Salon. Obwohl sie sich ärgerte, dass ihr nur ein kurzer Blick auf Lady Blackmore möglich gewesen war, erhoffte sie sich aus dem Treffen aller Anwesenden wichtige Hinweise auf den Mörder. Oder auf die

Mörderin – inzwischen hatte sie erlebt, dass das vorgeblich schwache Geschlecht sehr wohl zu einem Mord fähig war.

»Es ist das eine, Bücher über Morde zu veröffentlichen«, sagte der Verleger mit rauer Stimme, »aber es ist etwas ganz anderes, wenn man Zeuge dieses Verbrechens wird.«

Christabel nickte nur. Was hätte sie sagen können, um den Schrecken zu mildern? Obwohl sie bereits in zwei Mordermittlungen verwickelt gewesen war, schockierte sie das Kapitalverbrechen immer noch. Lady Blackmore war keine sonderlich angenehme Lady gewesen und Christabel bedauerte, dass sie die Dame nicht gemocht hatte.

»Sie wirken sehr bedrückt, Lady Christabel.« Mr Warren hatte die Hand auf die Türklinke gelegt, drückte sie aber nicht herunter. »Wenn der Schrecken zu viel für Sie ist, werde ich Sie gern entschuldigen.«

Etwas an der Art, wie er sie von oben herab ansah, reizte Christabels Widerstand. Auch wenn Mr Warren davon lebte, dass Mrs Ruteledge für ihn erfolgreiche Bücher schrieb, in denen es um Verbrechen ging, schien er immer noch der Ansicht anzuhängen, Frauen bedürften männlichen Schutzes.

»Das dürfte nicht nötig sein.« Sie streckte den Rücken durch. »Es wird Sie gewiss überraschen, aber dies ist nicht der erste Mord, den zu bezeugen ich das Missvergnügen hatte.«

»Das sagten Sie bereits.« Er lächelte entschuldigend. »Ich hoffe, eines Tages mehr darüber von Ihnen zu erfahren.«

Das durfte nicht wahr sein. Flirtete er etwa mit ihr? Und das, wo er gerade eben sein Entsetzen über den Tod von Lady Blackmore zum Ausdruck gebracht hatte. Christabels Sympathie für den Verleger schlug ins Gegenteil um.

»Wir sollten die anderen nicht länger warten lassen«, erwiderte sie mit kühler Stimme. »Im Angesicht eines Verbrechens sollten wir uns angemessen verhalten.«

Himmel! Sie klang wie ihre Mutter, aber Mr Warren hatte sich auch unangemessen verhalten.

Er nickte, öffnete die Tür und ließ ihr den Vortritt. Sie nickte ihm hoheitsvoll zu, bevor sie den Salon betrat.

»Lady Christabel, geht es Ihnen gut?« Lord Montgomery sprang von seinem Stuhl auf. Mit einem Blick nahm Christabel wahr, wie weit entfernt er von seiner Ehefrau saß. Lady Montgomery kauerte auf dem Sofa, Kopf und Schultern hingen herab, als wollte sie sich noch kleiner machen als sie ohnehin war.

Mrs Ruteledge stand neben einem Sessel, der sich nahe bei dem Kaminfeuer befand. Die flackernden Flammen zeichneten seltsame Schatten auf ihr unbewegtes Gesicht. Als sie Mr Warren sah, verdüsterte sich ihre Miene, dann fing sie sich wieder. Sie hob die Arme und rieb sich mit den Händen die Oberarme, als fröstelte sie trotz der Wärme, die in dem Raum herrschte.

Als Christabels Blick Lord Sinclair erreichte, stockte sie, denn es kam ihr vor, als umspielte ein leichtes Lächeln seine Lippen. Sie musste sich irren, denn wer konnte einen Tod belustigend finden?

Wohin sollte sie sich setzen? Christabel blieb unschlüssig stehen. Dann ging sie mit schnellen Schritten zu Lady Montgomery, die wirkte, als benötigte sie Unterstützung.

»Kann ich Ihnen helfen? Soll ich Ihnen einen Tee bringen lassen? Oder einen Portwein?« Christabel streckte die Hand nach der Schulter von Lady Montgomery aus, zögerte aber, die

Dame zu berühren. Die Geste erschien ihr zu vertraut, selbst im Angesicht des Entsetzens, das sie alle ergriffen hatte.

»Wie furchtbar.« Lady Montgomery schaute auf, ihre ohnehin leise Stimme war kaum hörbar. Ihr Gesicht war bleich, ihr Körper zitterte. »Die arme Edna. Hat die Polizei den Mörder bereits gefasst?«

»Gwendolen.« Lord Montgomerys Tonfall klang scharf, als befehle er einem seiner großen Jagdhunde, ruhig zu sein. »Wir müssen warten, bis jemand von Scotland Yard eintrifft.«

»Aber bis dahin sind die Verbrecher über alle Berge«, entgegnete Lady Montgomery mit erstaunlicher Beharrlichkeit. »Einbrecher ziehen von Dorf zu Dorf.«

»Einer von uns muss der Mörder sein.« Christabel erschrak über die Stille, die ihren Worten folgte. Vielleicht wäre es klüger gewesen, nicht das auszusprechen, was ihr schon die ganze Zeit im Kopf herumspukte. »Oder einer der Dienstboten.«

»Das können Sie nicht ernst meinen«, entgegnete Lord Montgomery und betrachtete sie mit einem Blick, als wäre sie eine dicke, behaarte Spinne. »Selbstverständlich hat niemand der Anwesenden meine Schwester ermordet.«

Lady Montgomery, die entsetzlich blass aussah, nickte und schloss die Augen. Christabel sah sich um, ob einer der anderen ihr zur Seite springen würde, doch Mr Warren schüttelte nur den Kopf, während Lord Sinclair sie belustigt anlächelte. Schließlich blieb ihr nur noch eine Person, an die sie sich mit der Bitte um Hilfe wenden konnte: Mrs Ruteledge.

»Was meinen Sie als Expertin?«, fragte Christabel die Autorin. »Liege ich wirklich falsch mit meiner Einschätzung?«

Es dauerte einige Zeit, bis die Autorin sich endlich zu einer

Antwort herabließ. Zeit, die Christabel wie eine Ewigkeit vorkam, während die Blicke aller Anwesenden auf ihr lasteten.

»Verehrte Lady Christabel.« Mrs Ruteledge lächelte sie säuerlich an. »Ich fürchte, Sie vermischen Fiktion und Realität. Ich schreibe über Verbrechen, ich jage ihnen nicht hinterher.«

»Das ist mir sehr wohl bewusst«, presste Christabel hervor. Ihre Wangen brannten von der Zurechtweisung. »Allerdings ging ich davon aus, dass Sie sich mit Motiven und Ermittlungen beschäftigt haben.«

Die von ihr nun nicht mehr ganz so sehr verehrte Autorin schüttelte den Kopf und sah Christabel an, als wäre sie ein Kind, das bockig auf seiner Meinung beharrte. Am liebsten wäre Christabel aus dem Raum gestürmt, aber das erschien ihr dann gar zu peinlich. Also ertrug sie das Schweigen und die überaus beredten Blicke der anderen und hielt den Rücken durchgestreckt.

»Auch wenn es Ihnen ungewöhnlich anmuten mag«, sagte Lord Sinclair in die Stille, »so neige ich dazu, Lady Christabel zuzustimmen. In beidem: Sowohl, was den Mord betrifft, als auch, was die Fähigkeiten unserer hochverehrten Schriftstellerin angeht.«

Er neigte seinen Kopf in Richtung von Mrs Ruteledge, die ihn mit unbewegter Miene anstarrte.

»Ich weigere mich zu diskutieren, dass einer von uns meine Schwester grausam getötet hat. Für meine Dienstboten lege ich die Hand ins Feuer.«

Lord Montgomery schien nicht nachgeben zu wollen. Höchstwahrscheinlich machte ihm der Gedanke, mit einem Mörder in einem Raum zu sein, Bauchschmerzen. Oder er wollte verschleiern, dass er der Täter war?

»Sie glauben doch nicht, dass es ein Einbrecher war?« Christabel fiel es schwer, die Contenance angesichts seiner strikten Weigerung zu bewahren. »Ist überhaupt etwas gestohlen worden?«

»Das herauszufinden, ist Sache der Polizei«, beschied Lord Montgomery sie strikt. »Komm, meine Liebe, du solltest dich hinlegen.«

Fürsorglicher als Christabel es von ihm gedacht hätte, streckte er seiner Ehefrau die Hand entgegen. Lady Montgomery war während der Diskussion in sich zusammengesunken und wirkte vollkommen erschöpft. Oder sollte das ein Anzeichen des schlechten Gewissens sein, weil sie ihre Schwägerin umgebracht hatte?

Wer von den Anwesenden hatte ein Motiv, fragte sich Christabel nun und sah von einem zum anderen. Wenn sie nicht alles täuschte, war Lord Montgomery der Alleinerbe seiner vermögenden Schwester. Das Vermögen würde Carrack Manor gewiss guttun, möglicherweise sogar für die kommenden Generationen retten. Aber reichte das aus, um die eigene Schwester zu töten, selbst wenn sie so bösartig wie Lady Blackmore gewesen war?

Christabels Blick streifte Mr Warren und Lord Sinclair. Sie musste eingestehen, dass sie zu wenig über die beiden wusste und daher nicht sagen konnte, wer von ihnen ein Motiv haben sollte.

Herausfinden, wie gut Mr Warren und Lord Sinclair das Mordopfer kannten, notierte sie sich im Geist.

Nun blieb nur noch Mrs Ruteledge, die ihre Lippen zusammengepresst hielt und Christabel immer noch kritisch musterte.

»Sie entschuldigen uns.« Als Lord Montgomery sie ansprach, schrak Christabel zusammen, weil ihre Gedanken so weit gewandert waren. Dann erst bemerkte sie, dass er die Worte an alle Anwesenden gerichtet hatte. »Ich bringe meine Frau in ihre Räume. Obwohl ich das Prozedere nicht kenne, bitte ich Sie alle zu bleiben, bis der Polizist hier war.«

Auf seinen markanten Gesichtszügen zeichnete sich das Entsetzen darüber, die Polizei auf seinem Landsitz empfangen zu müssen, deutlich ab. Lord Montgomery wartete nicht auf ihre Antworten, sondern begleitete seine Frau hinaus.

Nachdem die Tür sich hinter ihm geschlossen hatte, schienen alle aufzuatmen.

»Nun, da ihr Bruder nicht mehr hier ist, können wir wohl endlich die Wahrheit sagen.« Lord Sinclair zwinkerte Christabel zu, was sie angesichts des Mords an Lady Blackmore für unangemessen hielt. »Die Verstorbene war eine Frau, die gewiss viele Feinde hatte.«

»Hedley. Über Tote soll man nichts Schlechtes sagen.« Mr Warren schüttelte den Kopf. »Außerdem kannten wir Lady Blackmore doch kaum.«

»Ach, Gerald, es ist unsere Pflicht, die Wahrheit zu sagen und nichts als die Wahrheit.«

»Es reicht!«, stieß Mrs Ruteledge hervor. »Sie sollten der Verstorbenen wahrhaftig mehr Respekt zollen. Ob Sie Lady Blackmore mochten oder nicht, ist nicht von Belang.«

Sie stand auf und marschierte zur Tür. Selbst ihr Rücken strahlte Empörung aus.

»Halten Sie Mr Warren und mich für verdächtig?« Erneut wandte sich Lord Sinclair Christabel zu. »Schließlich waren Sie es, die das Thema zur Sprache brachte.«

»Ich hätte nicht davon anfangen sollen«, musste Christabel

eingestehen. »Das muss wohl das Entsetzen über Lady Blackmores Tod gewesen sein. Sie entschuldigen mich.«

Sie erhob sich, nickte den Gentlemen zu und ging zur Tür. Täuschte sie sich oder wechselten die beiden wirklich einen verschwörerischen Blick?

»Wo ist eigentlich Herbert Henry?«, fiel ihr ein, kurz bevor sie die Tür erreicht hatte. »Jemand muss den Hund suchen. Oder seine Leiche.«

Kapitel 13

Was stimmt mit Lady Christabel und mir nicht, dass wir bei jedem Besuch auf eine Leiche stoßen? Maud stieß einen Seufzer aus. Beim letzten Mal hatte sie ihre Ladyschaft darauf eingeschworen, nicht weiter Ermittlungen anzustellen. Und nun war sie auf dem Weg in die Dienstbotenhalle, um herauszufinden, wer Downstairs ein Motiv und die Möglichkeit gehabt hatte, Lady Blackmore zu ermorden. Obwohl sie es leugnen wollte, musste Maud eingestehen, dass es sie reizte, hinter die Fassaden zu blicken und herauszufinden, wer die Tote so gehasst hatte.

Sie öffnete die grünbespannte Tür und trat in die Halle, wo sich bereits alle Dienstboten versammelt hatten. Schlechte Nachrichten reisten schnell und brachten Menschen dazu, die Sicherheit anderer zu suchen. Bis auf den Lakaien saßen alle am großen Tisch, Tee vor sich, und schienen auf etwas zu warten.

»Miss Gulliver, ich wollte Sie gerade holen lassen.« Selbst im Angesicht eines Mords musste Mr Fitzwilliam sich noch aufspielen. »Timothy ist nach Maidenhurst gefahren, um die Polizei zu holen. Wir sollten uns abstimmen, was wir ihnen sagen.«

»Sollten wir nicht stattdessen der Polizei die Wahrheit sagen, damit der Täter möglichst schnell gefasst wird?« Maud konnte es nicht fassen, was der Butler vorgeschlagen hatte. So eine Idee konnte nur von jemandem kommen, der etwas zu verbergen hatte.

»Noch bin ich der Haushaltsvorstand und entscheide, was zu tun ist. Oder sind Sie anderer Ansicht?« Ein schneller Blick, nachdem Mr Fitzwilliam ihr widersprochen hatte, zeigte Maud überdeutlich, dass sie hier nicht auf Unterstützung hoffen konnte. Die Köchin betrachtete ihre Fingernägel, während Ruby Maud zwar anschaute, jedoch voller Panik. Und die arme, kleine Polly sah völlig verständnislos drein.

Gut, dann werde ich eben besonders aufmerksam beobachten und zuhören. Bestimmt erfahre ich auf diesem Weg auch einiges darüber, wie die Einzelnen zu Lady Blackmore standen.

»Selbstverständlich nicht.« Maud setzte sich neben Polly und griff nach der Hand des Küchenmädchens. »Ich bin hier nur zu Gast.«

»Wollen wir … nicht auf Timothy warten?« Mit Maud an ihrer Seite schien Polly Mut zu schöpfen. »Es wäre gemein, wenn wir ihn ausschließen.«

»Ja, Kleines, wir warten noch ein bisschen.« Mrs Terrell lächelte Polly zu. »Er muss gleich zurück sein. Nicht wahr, William?«

Obwohl der Butler die Augen verengte, weil noch jemand seine Autorität infrage stellte, nickte er. Maud goss sich eine Tasse Tee ein und saß ebenso schweigend wie die anderen am Tisch. Als sich endlich Schritte näherten, schien eine Welle der Erleichterung durch die Dienstboten zu gleiten.

»Bragg wird nicht kommen.« Der Lakai war außer Atem, als wäre er den Weg ins Dorf hin und zurück mit ganzer Kraft gerannt. »Für Mord ist er nicht zuständig. Er will jemanden von Scotland Yard holen.«

»Um Himmels willen.« Mr Fitzwilliam wurde so blass, dass

Maud beinahe Mitleid mit ihm verspürte. »Was für ein Skandal. Was werden die Menschen in Maidenhurst nur von uns denken?«

»Eine Frau ist tot und Sie denken nur daran, wie es sich auf die Meinung auswirkt?« Selbst mit aller Mühe konnte Maud ihr Temperament nicht zügeln. »Sollten wir uns nicht fragen, wer Lady Blackmore wohl ermordet hat?«

Nachdem sie ausgesprochen hatte, ärgerte sich Maud über ihre Worte. Es wäre klüger gewesen zu schweigen und abzuwarten, was die Dienstboten sagen und auch was sie verschweigen würden. Durch ihren Ausbruch hatte sie diese Chance vertan. Nun würde gewiss jeder von ihnen seine Worte auf die Goldwaage legen, um nur ja nicht unter Verdacht zu geraten.

Hölle und Hinkebein! Ich sollte es besser wissen. Nun muss ich versuchen, zu retten, was noch zu retten ist.

»Es ist eindeutig, wem die arme Dame zum Opfer gefallen ist«, antwortete Mr Fitzwilliam von oben herab. »Ein Landstreicher oder Einbrecher wollte sie bestehlen und sie hat ihn ertappt. Da hat er sie in Panik umgebracht.«

Maud öffnete den Mund, um dem Butler die Ungereimtheiten seiner Theorie um die Ohren zu schlagen. Angefangen damit, wie ein Landstreicher ins Haus gekommen sein sollte, über die Frage, warum er sich bis zu den Gästequartieren durchgeschlagen haben sollte, bis hin dazu, dass es für einen Einbrecher wohl sinnvoller wäre zu flüchten, als einen Mord zu begehen.

Doch dieses Mal hielt sie den Mund und senkte den Kopf. Unter halb gesenkten Lidern beobachtete sie stattdessen, wie die anderen Dienstboten auf Mr Fitzwilliams Gefasel reagierten.

Mrs Terrell nickte, sie wirkte sichtlich erleichtert. Damit bestätigte sie Mauds Eindruck, dass die Köchin am liebsten den leichtesten Weg wählte und ungern nachdachte. Ruby runzelte die Stirn, schwieg jedoch.

Polly sah erst Maud und dann die Köchin hilfesuchend an, während Timothy offen den Kopf schüttelte. Auch er sagte nichts, aber Maud konnte seiner Miene ablesen, dass er dem Butler kein Wort glaubte. Die Frage war nur: Zweifelte Timothy an Mr Fitzwilliams Worten, weil er deren Sinnlosigkeit erkannte oder aber weil er es besser wusste?

Bevor der Butler etwas sagen konnte, erklang die Klingel aus dem Salon. Alle schraken zusammen, als hätten sie das Geräusch noch nie zuvor gehört. Timothy sprang auf, doch der Butler hielt ihn auf.

»Ich werde gehen.«

Kaum hatte er den Raum verlassen, atmeten alle auf. Obwohl es Maud in den Fingern juckte, eine Batterie von Fragen auf die Dienstboten abzufeuern, blieb sie stumm. Sie wusste, es war nur eine Frage der Zeit, bis jemand die Stille nicht mehr ertrug. Sie tippte auf Ruby oder Polly, wobei das Küchenmädchen wahrscheinlich zu schüchtern wäre.

Doch es war Timothy, der laut herausplatzte: »Glaubt wirklich jemand, es wäre ein Einbrecher gewesen?«

Mrs Terrell schaute ihn überrascht an, während Ruby leise kicherte.

»Wenn es kein Fremder war, dann muss es jemand von hier gewesen sein«, flüsterte die Hausdame. »Das kann ich nicht glauben.«

»Warum nicht?« Maud hatte nicht damit gerechnet, dass

Ruby so hart klingen würde. »Lady Blackmore war eine böse Frau, das lässt sich nicht leugnen.«

»Über Tote darf man nichts Schlechtes sagen«, piepste Polly, hielt den Blick aber starr auf den Tisch gerichtet. »Das weißt du doch, Ruby.«

»Aber man soll auch nicht lügen, nur weil jemand tot ist, Kleines.« Ruby lächelte sie an. »Und wir wissen alle, wie gemein Lady Blackmore zu Lady Montgomery war. Sie hat ständig auf ihr herumgehackt.«

»Genug davon!«, fuhr Mr Fitzwilliam sie an, der unbemerkt zurückgekehrt war. »Jemand muss Herbert Henry aus dem Zimmer von Lady Blackmore holen. Sie haben den Hund dort vergessen.«

Man konnte ihm ansehen, wie wenig ihm der Gedanke behagte, sich um den keifenden Köter zu kümmern. Oder vielleicht fürchtete er sich davor, das Zimmer mit der Toten zu betreten. Was immer es auch war, für Maud bot sich damit die Gelegenheit, auf die sie gewartet hatte.

»Ich kann das übernehmen. Hunde mögen mich und ich mag Hunde.« Das stimmte, obwohl sie die unabhängige Art von Katzen mehr schätzte. »Aber ich kann Herbert Henry nicht mit in meine Kammer nehmen. Wegen Mouser.«

Möglicherweise war ihr Angebot zu schnell gekommen, denn der Butler sah sie misstrauisch an. Sie erwiderte seinen Blick mit unschuldiger Miene und drückte sich die Daumen, dass niemand anderer sich anbot, diese Aufgabe zu übernehmen.

»Also gut«, sagte Mr Fitzwilliam schließlich. »Timothy, du wirst sie begleiten.«

Einen Moment sah es aus, als wollte der Lakai protestieren, aber dann fügte er sich dem Butler. Maud musste an sich halten, damit sie nicht aufsprang und zu eifrig wirkte. Timothy hingegen schien den Aufbruch hinauszögern zu wollen und blieb erst einmal sitzen.

»Wo sollen wir den Köter hinbringen?«, fragte er schließlich. »Irgendwer muss sich um das verwöhnte Vieh kümmern. Ich werde das bestimmt nicht sein.«

Niemand meldete sich freiwillig. Maud war gespannt, wen der Butler aussuchte. Polly würde gewiss den geringsten Widerstand leisten, aber ob man ihr den Hund anvertrauen konnte?

»Erst einmal kann er bei mir leben«, sagte Mr Fitzwilliam mit angewiderter Miene. »Die Gesellschafterin von Lady Blackmore wird anreisen und Herbert Henry mitnehmen.«

»Sie hat eine Gesellschafterin?«, platzte Maud überrascht heraus. »Warum ist sie nicht mit nach Carrack Manor gekommen?«

Warum macht Lady Christabel mich nicht zu ihrer Gesellschafterin? Das wäre ein besseres Leben als das einer Zofe. Vor allem wäre ich dann die elenden Näharbeiten los.

»Die Dame sollte das Medium für diese spiritistische Sitzung begleiten.« Tonfall und Miene des Butlers ließen keinen Zweifel daran, was er von Séancen hielt. »Die beiden sollten gemeinsam anreisen.«

Hölle und Hinkebein! Die Sitzung hatte Maud ganz vergessen, aber sie kam nicht mehr dazu, den Butler danach zu fragen, weil sich Timothy ausgerechnet diesen Moment aussuchte, um aufzustehen.

»Dann holen wir jetzt den verfluchten Köter.«

»Timothy!« Mrs Terrells Tonfall klang scharf, aber Maud meinte, den Anflug eines Lächelns auf ihrem Gesicht zu erkennen.

»Ist doch wahr. Die Töle ist furchtbar verwöhnt und bösartig.« Der Lakai grinste. »Genau wie seine Besitzerin.«

»Genug!« Mr Fitzwilliams Tonfall war so scharf, dass selbst Maud zusammenzuckte. »Lady Blackmore ist die Schwester unseres Lords und hat daher unseren Respekt verdient.«

»Komm.« Maud berührte Timothys Arm, um zu verhindern, dass der Lakai einen Streit anzettelte. Denn wer konnte schon sagen, wann Scotland Yard eintraf? Nur eines war sicher: Wenn die Polizei erst den Fall untersuchen würde, dann bekämen Maud und Lady Christabel gewiss keine Chance mehr, den Tatort zu sehen.

»Wie Fitzwilliam sich aufspielt«, maulte Timothy, als sie gemeinsam zu Lady Blackmores Zimmer eilten. »Als ob er immer schon Butler gewesen wäre.«

»War er nicht früher Gärtner?« War das etwa das dunkle Geheimnis, das in dem Brief angedeutet worden war? »Mir erscheint er allerdings pompös wie jeder Butler, den ich bisher getroffen habe.«

»Eher schlimmer.« Timothy verzog das Gesicht zu einem schmalen Grinsen. »Bevor er Gärtner war, war er Leibdiener. Das behauptet er jedenfalls.«

»Du glaubst es nicht?«

»Er hat wohl die nötigen Referenzen.« Timothy zuckte mit den Achseln. »Nachdem der alte Butler gegangen ist, haben sie keinen neuen gesucht, sondern einfach Fitzwilliam genommen.«

»Warum bist nicht du Butler geworden?« Für Maud erschien es offensichtlicher, einen Lakaien zu befördern, als einen Gärtner zum Haushaltsvorstand zu machen, selbst wenn der als Leibdiener gearbeitet hatte.

»Ich bin ihnen zu jung.« Aus dem Augenwinkel nahm sie wahr, wie er die Hände zu Fäusten ballte. »Außerdem wollte Lady Blackmore, dass Fitzwilliam zum Butler wird. Und was sie wollte, das bekommt sie.« Er stutzte einen Moment und flüsterte dann: »Das bekam sie.«

»Du mochtest sie nicht?«

»Ich habe kaum etwas mit ihr zu tun gehabt.« Am leisen Stocken vor seiner Antwort merkte Maud, dass der Lakai log. »Wenn Sie wissen wollen, wer sie gehasst hat, sprechen Sie mit Mrs Terrell.«

»Warum? Was hat sie mit Lady Blackmore zu schaffen gehabt?« Bot sich hier ein Motiv für einen Mord? »Was hat die Hausdame gegen die Schwester des Lords?«

»Da müssen Sie sie schon selbst fragen.« Timothy hielt an und suchte in seiner Hosentasche nach dem Schlüssel. Er zögerte. »Also … würden es Ihnen etwas ausmachen, allein hineinzugehen?«

»Magst du keine Hunde?« Kaum hatte sie ausgesprochen, fiel Maud auf, wie sinnlos ihre Frage war. Der Lakai hatte immer nur vom Köter gesprochen – das sprach nicht gerade für einen Hundefreund.

»Ich … ich …«, er lächelte schief, »ich habe bisher noch keinen Toten gesehen. Es tut mir leid, aber …«

»Schon gut. Es muss dir nicht peinlich sein.« Maud lächelte ihn ermutigend an und bemühte sich, ihren Triumph zu verbergen. »Ich habe leider schon mehr gesehen, als ich mir je gewünscht habe.«

Immerhin öffnete er ihr die Tür. Maud holte tief Luft, denn auch sie schauderte angesichts eines blutigen Todes. Ein fahles Licht schien durch die Vorhänge, die bisher noch niemand zugezogen hatte, und fiel direkt auf die Leiche. Lady Blackmores Augen starrten blicklos ins Nichts.

»Herbert Henry«, rief sie laut, damit Timothy glaubte, dass sie den Hund suchte, während sie sich im Zimmer umsah. Nichts deutete auf einen Kampf hin. Alle Indizien sprachen dafür, dass jemand heimlich in den Raum eingedrungen und Lady Blackmore ermordet hatte, während sie schlief. Das ließ zwei Fragen offen:

1) Warum hatte Herbert Henry nicht gebellt?
2) Wer besaß einen Schlüssel für das Zimmer?

Kapitel 14

»Mylady, die Herren von Scotland Yard sind angekommen.« Das Hausmädchen wirkte vollkommen durcheinander, was Christabel nachvollziehen konnte. Schließlich geschah nicht jeden Tag ein Mord. »Lord Montgomery bittet Sie, in die Bibliothek zu kommen.«

»Sofort.« Christabel nickte Ruby zu. »Ich mache mich nur noch frisch.«

Wo Maud nur blieb? Sie hatte bereits zweimal nach ihrer Zofe geklingelt, aber niemand war gekommen. Dabei wollte Christabel unbedingt vorher mit Maud reden, um abzusprechen, ob sie wirklich nicht ermitteln wollten. Sie warf einen Blick auf die Porzellanuhr, die auf dem Kamin stand. Die Zeit schien plötzlich rasend schnell zu vergehen.

Nun gut, länger konnte sie die Polizisten und Lord Montgomery nicht warten lassen. Christabel sprang auf und ging zur Tür. In ihrem Kopf kreisten die Gedanken. Wen die Metropolitan Police wohl dieses Mal schickte? Sie konnte nur hoffen, dass es ähnlich kompetente Ermittler waren wie bei dem Mordfall auf Blackwell Castle. Auch wenn Christabel den Inspector nicht hatte leiden können, hatte sie eingestehen müssen, dass er sehr gut in seiner Arbeit war.

Dieses Mal kann es mir gleichgültig sein. Ich habe Maud versprochen, nicht mehr zu ermitteln und als eine Mowgray halte ich stets meine Versprechen ein. Auch wenn ich zu gern wüsste, wer Lady Blackmore so gehasst hat. Sicher, sie war eine Dame, die nur darauf aus war, andere zu verärgern. Aber deshalb tötet man niemanden, oder etwa doch?

»Mylady.« Der Butler öffnete ihr die Tür. Obwohl er sich bemühte, gelassen zu wirken, bemerkte sie das Zittern seiner Hände.

»Haben Sie Maud gesehen?«

»Ihre Zofe ...« Fitzwilliam verzog das Gesicht, als hätte er in eine Zitrone gebissen, »sucht gemeinsam mit Timothy nach Herbert Henry.«

»Wenn sie den Hund gefunden hat, bitten Sie Maud, zu mir zu kommen.«

»Gewiss, Mylady.«

Christabel betrat die Bibliothek, einen wunderbar ausgestatteten Raum, den sie zu einer anderen Zeit sicher gern erkundet hätte. Suchend sah sie sich um. Zuerst entdeckte sie Lord und Lady Montgomery, die nebeneinander auf einem breiten Sofa saßen. Mr Warren stand neben einem Bücherregal und tippte mit dem Fuß auf den Boden, während Lord Sinclair entspannt in einem Sessel saß und in einem Roman las. Dann erblickte sie die Männer von Scotland Yard und ein Lächeln glitt über ihr Gesicht.

»Inspector Norman, Constable Fudge.« Christabel war wirklich erfreut, die bekannten Gesichter zu sehen. »Ich hätte nicht erwartet, dass wir uns so schnell wiedertreffen.«

Kaum hatte sie ausgesprochen, erkannte sie, wie unpassend ihre Bemerkung angesichts der Tragödie war, die sich auf Carrack Manor abgespielt hatte. Sie spürte, wie ihr Hals und ihre Wangen heiß wurden, und senkte den Blick zu Boden.

»Sie kennen diese … Gentlemen?« Lord Montgomerys Miene spiegelte den überraschten Ton seiner Stimme. Er musterte Christabel, als wäre ihr ein zweiter Kopf gewachsen.

Sie setzte zu einer Antwort an, doch Inspector Norman gebot ihr mit einer Handbewegung zu schweigen. Das ärgerte Christabel so sehr, dass sie sich am liebsten über seinen Befehl hinweggesetzt hätte, aber es erschien ihr klüger, erst einmal abzuwarten und freundlich zu bleiben.

»Ich möchte Sie bitten, in Ihre Zimmer zurückzukehren und dort zu warten, bis ich Sie zu einem Gespräch bitte.« Nur ein winziges Kopfnicken des Inspectors zeigte Christabel, dass er sie erkannt hatte. »Bitte sprechen Sie nicht miteinander, damit wir Ihre Aussagen ungefiltert erhalten.«

»Das ist eine Unverschämtheit«, polterte Lord Montgomery, aber seine Frau hob den Finger an die Lippen und er verstummte.

»Haben Sie eine Reihenfolge geplant?« Mr Warren schien gänzlich unberührt davon, dass ein Polizist ihn vernehmen wollte. »Alphabetisch würde ich vorschlagen. Oder dem Stand entsprechend.«

»Das ist nichts, über das ich zu scherzen gedenke.« Ob der Inspector den Lord ebenfalls so abgekanzelt hätte? »Zuerst möchte ich mit Lady Mowgray sprechen. Vorausgesetzt, Sie sind damit einverstanden.«

»Ich werde Lady Christabels Zofe hierher senden«, flüsterte Lady Montgomery pikiert. »Ich möchte nicht, dass in meinem Haus eine alleinstehende Dame mit jemandem von Scotland Yard allein ist.«

Als ob das von Belang wäre. In ihrem Haus ist jemand ermordet worden, aber sie denkt nur an meinen guten Ruf. Was für eine seltsame Person diese Lady Montgomery nur ist.

Der Inspector wartete, bis alle anderen den Raum verlassen hatten, dann wandte er sich Christabel zu.

»Ich sehe, es ist Ihnen immer noch nicht gegeben, Ihre Ansichten zu verbergen«, konstatierte Inspector Norman und musterte sie, als könnte er so jeden ihrer Gedanken erraten. »Was können Sie mir über Lady Blackmore sagen?«

»Wir sollten auf meine Zofe warten.« Auch wenn sie es ungern eingestand, ärgerte sie sich über seine Worte, vor allem, weil sie wahr waren. Etwas versöhnlicher fuhr sie fort: »Sie werden meine Überraschung verstehen, Sie erneut anzutreffen.«

»Das ist nichts gegen *meine* Überraschung, Sie wieder am Tatort eines Mordes zu finden.«

Bevor sie sich eine schlagfertige Antwort einfallen lassen konnte, ertönte ein Klopfen und Maud trat ein. Als sie den Inspector und den Constable entdeckte, verhielt sie einen Moment ihre Schritte, eilte dann aber an Christabels Seite.

»Inspector Norman. Constable Fudge.« Die Begrüßung ihrer Zofe war deutlich kühler als die Christabels. Das lag gewiss daran, dass der Inspector Maud für eine Mordverdächtige gehalten hatte. Damit machte man sich keine Freunde, wie Christabel am eigenen Leib erfahren hatte, seitdem sie sich als Amateurdetektivin versuchte. »Ich habe nicht erwartet, dass Sie diesen Fall übernehmen.«

»Miss Gulliver, Lady Mowgray. Nehmen Sie beide doch bitte Platz.« Er deutete auf die Sitzgruppe am Fenster. Schwere, aber bequem aussehende Sessel mit grün-gelb gestreiftem Bezug standen geschickt gestellt, sodass das Tageslicht auf sie fiel. »Ich fürchte, unser Gespräch wird länger dauern.«

Maud sandte ihr einen fragenden Blick zu, woraufhin Christabel nickte. Also nahmen sie auf den Sesseln Platz, die sich gegenüberstanden. Der Inspector blieb vor ihnen stehen, was Christabel an den Unterricht durch ihren Hauslehrer erinnerte. Inzwischen allerdings ließ sie sich durch so etwas nicht mehr einschüchtern.

»Ich gehe davon aus, dass Sie Lady Blackmore nicht ermordet haben.« Der Tonfall des Polizisten klang gelassen, dennoch hatte Christabel den Eindruck, dass er Maud und sie aufmerksam beobachtete. »Obwohl es schon ein großer Zufall ist, Sie erneut auf einem Landsitz zu finden, an dem jemand zu Tode kam.«

Constable Fudge hob den Kopf und sah Christabel an. Falls das überhaupt möglich war, wirkte er noch betrübter als bei ihrer letzten Begegnung. Die Tränensäcke unter seinen Augen sahen nahezu dunkelblau aus. Seine Mundwinkel waren so tief nach unten gezogen, dass sein Gesichtsausdruck Christabel an einen Basset erinnerte. Seine Haarlinie schien sich noch weiter zurückgezogen zu haben, was möglicherweise täuschte, da seine Stirn so zerfurcht war. Er nickte Christabel kurz zu, bevor er sich wieder in sein Notizbuch vertiefte.

»Sie können mir glauben, ich bin ebenfalls nicht glücklich darüber.« Kaum hatte Christabel ausgesprochen, bemerkte sie, wie unpassend ihre Worte klangen. »Ich … nein, natürlich tut es mir für Lady Blackmore sehr leid. Aber ich wünschte mir, wir wären nicht wieder Zeugen eines Mordes.«

Nein, das klang auch nicht viel besser. Was hatte der Inspector nur an sich, dass es Christabel nicht gelang, die passenden Worte zu finden?

»Mylady und ich haben einfach Pech, zur falschen Zeit am falschen Ort zu sein«, sprang Maud ihr mit gelassener Stimme zur Seite. »Gewiss gibt es viele Morde, die ohne unsere Anwesenheit geschehen.«

Zu Christabels Überraschung verzogen sich die schmalen Lippen des Inspectors zu einem Lächeln, zum ersten Mal, seitdem sie ihn kannte. Christabel bemerkte, dass sein linker Vorderzahn ein wenig vorstand, was sein Lächeln schief aussehen ließ. Die Lachfältchen um Augen und Mund ließen sein sonst so unauffälliges Gesicht bemerkenswert werden.

»Sie wären erstaunt, wie wenige Morde in unserem wunderschönen Land geschehen.« Nun blickte er wieder ernst. »Daher erscheint mir der Zufall umso größer. Also, warum sind Sie hier?«

»Wegen Mrs Ruteledge«, platzte Christabel heraus. Etwas in seinem ernsten Tonfall und der Haltung, die sie wahrhaftig an ihren Hauslehrer erinnerte, brachte sie dazu, eine Antwort geben zu wollen. »Ich liebe ihre Bücher und wollte mir die Gelegenheit nicht entgehen lassen, sie kennenzulernen.«

»Sie werden doch nicht einfach hier aufgetaucht sein?«

»Selbstverständlich nicht. Mein Vater und Lord Montgomery kennen sich vom Studium in Oxford. Auf diesem Weg habe ich eine Einladung erhalten.«

Er schwieg und sah sie nur an. Es kostete Christabel viel Kraft, den Mund zu halten und nicht mit irgendetwas herauszuplatzen, nur um die Stille zu unterbrechen. Maud hingegen wirkte vollkommen gelassen, als müsste sie sich jeden Tag einem Verhör unterziehen.

Das Schweigen zog sich so sehr in die Länge, dass Constable Fudge erneut hochsah, der in seinem Notizblock geblättert hatte, als suchte er nach ihren Aussagen von ihrem letzten Zusammentreffen.

Christabel zog ihre Unterlippe zwischen die Zähne, nur um nicht die Erste zu sein, die etwas sagte. Endlich ließ sich Inspector Norman dazu herab, das Schweigen zu beenden.

»Entspricht Mrs Ruteledge Ihren Erwartungen?«

Diese Frage hatte Christabel nun wahrhaftig nicht erwartet.

»Was? Wie bitte?« Sie musste sich verhört haben. »Warum fragen Sie das? Es ist doch Lady Blackmore, die ermordet wurde.«

»Höchstwahrscheinlich von einem der Gäste, nicht wahr?« Seine Lippen verzogen sich kaum merklich. »Daher möchte ich mir von allen Anwesenden ein Bild machen. Wie ich Sie kenne, haben Sie zu jedem hier bereits eine Einschätzung gewonnen.«

»Wir sind erst vor Kurzem eingetroffen«, wehrte Christabel ab, weil sie sich zu Recht erkannt fühlte. Wie konnte der Inspector das wissen, hatte er sie doch bisher nur einmal getroffen? »Ich könnte Ihnen nur wenige, oberflächliche Eindrücke beschreiben.«

»Damit wäre mir bereits geholfen.« Seinen grauen Augen schien nichts zu entgehen. »Also, was denken Sie über Mrs Ruteledge?«

»Ich habe sie mir ganz anders vorgestellt«, kam Christabel als Erstes über die Zunge. Dann jedoch besann sie sich. Es ging nicht um ihre Vorstellungen, sondern um eine Beschreibung der Autorin. »Etwas scheint sie sehr zu belasten. Als sie den Brief bekam … Sie wissen von den lavendelfarbenen Schreiben?«

»Nein.«

»Lady Montgomery und wohl auch Mrs Ruteledge haben anonyme Briefe erhalten. Ich weiß nichts über deren Inhalt, aber beide Damen sind blass geworden.«

»Downstairs gibt es diese Schreiben auch«, mischte sich Maud nun ein, die bisher überraschend schweigsam gewesen war. »Ich weiß, dass die Hausdame, der Butler und Ruby welche erhalten haben.«

Sie schien noch mehr sagen zu wollen, schwieg dann aber. Christabel nahm sich vor, ihre Zofe später danach zu fragen.

»Wissen Sie, warum Mrs Ruteledge hier zu Besuch weilt? Ist sie verwandt mit jemandem?«

»Lady Blackmore hat sie eingeladen, soweit ich weiß. Zu einer Séance.«

Es polterte leise, als Constable Fudge der Stift aus der Hand fiel.

»Tschuldigung«, krächzte er und bückte sich, um danach zu suchen.

»Eine Séance?« Auch Inspector Norman wirkte irritiert. »Es wird immer besser. Was wissen Sie darüber?«

»Nur, was Lady Montgomery mir erzählt hat. Daher sollten Sie besser sie fragen.«

»Was halten Sie von Lady Montgomery?«

Christabel überlegte ein wenig.

»Sie tut mir leid, weil Lady Blackmore ständig auf ihr

herumgehackt hat. Wie gesagt, ich bin zu kurz hier, um mehr zu wissen.«

»Mr Warren ist der Verleger von Mrs Ruteledge, nicht wahr?« Inspector Norman setzte sich an den kleinen Tisch und blätterte in einem Papierstapel, den Christabel vorher nicht bemerkt hatte. »Aber wie kommt Lord Sinclair ins Spiel?«

»Er ist mit Mr Warren befreundet. Mehr weiß ich nicht.«

»Danke. Sie haben mir bereits geholfen.«

»Wen halten Sie für den Mordverdächtigen?«

»Wir sind eben erst angekommen. Gestehen Sie mir ein bisschen Zeit zu.« Er nickte ihr zu. »Sie können jetzt gehen.«

»Falls mir noch etwas einfällt, werde ich es Ihnen sagen.« Christabel erhob sich, um zur Tür zu gehen. Auch Maud stand auf. Kurz bevor sie die Tür erreichten, hielt der Inspector sie auf.

»Eins noch, Mylady.« Sein Tonfall war so scharf, dass Christabel sofort stehen blieb. »Dieses Mal unternehmen Sie und Miss Gulliver bitte keine eigenen Nachforschungen. Das hier ist ein Fall für Scotland Yard allein.«

Kapitel 15

Bereits auf dem Weg von der Bibliothek zu Lady Christabels Zimmer hatte Maud ihrer Ladyschaft ansehen können, wie Zorn in ihr hochkochte. Es war eine bewundernswerte Leistung, dass ihre Ladyschaft wartete, bis sich die Zimmertür hinter ihr geschlossen hatte, bevor sie ihrem Ärger Luft machte.

»Ein unverschämter Pinsel! Ein arroganter Laffe! Ein dreister Prolet!« Lady Christabel tigerte vor dem Bett auf und ab und stieß dabei wechselnde Beschimpfungen aus. »Was bildet dieser ungebildete Fatzke sich ein?«

Sollte Maud ihre Ladyschaft darauf hinweisen, dass der Inspector recht damit hatte, ihnen die Nachforschungen zu untersagen? Schließlich war Maud beim letzten Mal in Lebensgefahr geraten und auch bei ihrem ersten gemeinsamen Versuch, sich als Detektivinnen zu erproben, hatte jemand eine Waffe auf sie gerichtet. Ganz zu schweigen davon, dass Lady Christabel ihr versprochen hatte, nicht mehr als Ermittlerin tätig zu sein.

Wenn sie ehrlich war, musste Maud eingestehen, dass sie nicht daran geglaubt hatte, dass ihre Ladyschaft das Versprechen halten würde. Lady Christabel wurde von Kriminalgeschichten und Verbrechen angezogen wie eine Sau von Trüffeln.

»Jemanden zu erstechen, erfordert viel Wut«, wandte Maud

ein und versuchte, die Schimpftirade ihrer Ladyschaft zu unterbrechen. »Der Inspector hat uns davor warnen wollen.«

»Papperlapapp!«, antwortete Lady Christabel. Ob sie wohl ahnte, wie sehr sie in diesem Moment ihrer Mutter ähnelte? »Jemanden zu erschlagen wie den armen Damian Ellis, ist ebenfalls ein Zeichen großer Wut.«

Sollte sie ihrer Ladyschaft widersprechen oder ihr lieber zustimmen und so einen Konflikt vermeiden? Vielleicht gab es noch eine weitere Möglichkeit – Ablenkung erschien ihr der klügste Weg.

»Bietet dieser Mord nicht hinreichend Stoff für eine Geschichte für ›The Strand Magazine‹?«

»Sie wollten die Geschichte einer Ehefrau, die ihren betrügerischen Gatten umbringt und davonkommt, nicht haben.« Ihre Ladyschaft seufzte. »Vielleicht bin ich nicht zur Autorin geboren, sondern zur Detektivin.«

Hölle und Hinkebein! Da hatte ihr Ablenkungsversuch aber vollends fehlgeschlagen. Suchend sah Maud sich um und wurde fündig. Mit zwei großen Schritten gelangte sie an den Schreibtisch und beugte sich über die Post, die jemand dort abgelegt hatte.

»Was ist das für ein Brief? Ist das eines dieser anonymen Schreiben?« Sie hob den lavendelfarbenen Umschlag hoch. »Wann haben Sie den erhalten?«

Wie konnte das sein? Niemand außer Lady Christabels Familie und den Dienstboten auf Lentune Hall wusste von ihrem Plan, ein Wochenende auf Carrack Manor zu verbringen. Maud hätte für jeden von ihnen die Hand ins Feuer gelegt, selbst für den unerträglich überheblichen Mr Rowe.

Es gab nur eine Erklärung: Der Briefschreiber war bereits vor ihnen auf Carrack Manor gewesen und nahm nun ihre Ladyschaft ins Visier. Also musste es einer der Anwesenden sein. Ob derjenige auch der Mörder war?

»Das geht dich nichts an!« Lady Christabel schubste Maud zur Seite und stellte sich so vor den Schreibtisch, dass Maud keinen Blick mehr darauf werfen konnte. »Konzentriere dich auf die bedeutenden Fragen.«

»Glauben Sie mir, die Briefe sind wichtig«, begann Maud, um Lady Christabel von ihrer Entdeckung in Mr Fitzwilliams Räumen zu erzählen. »Ich habe …«

»Maud, bitte. Ich will nichts von den Schreiben hören.« Lady Christabel sah aus, als wollte sie gleich mit dem Fuß aufstampfen wie ein zorniges Kind. »Wir müssen überlegen, wie wir es dem arroganten Londoner Pinsel zeigen können.«

»Wollen Sie etwa wieder Nachforschungen betreiben?« Maud legte deutliche Schärfe in ihre Stimme, damit ihrer Ladyschaft bewusst wurde, was sie gerade tat.

»Maud, ich weiß, ich habe dir versprochen …« Lady Christabel sah sie bittend an. »Glaube mir, ich wollte mein Ehrenwort nicht brechen.«

»Sie haben mir Ihr Versprechen gegeben, dass wir keine Ermittlungen mehr übernehmen.« Maud hob die Hände in einer Geste der Resignation. »Aber wenn Sie über einen Mord stolpern, werde ich Sie nicht davon abhalten, den Täter zu finden.«

»Wirst du mich unterstützen?«

»Ich bin doch Ihre treue Zofe Maud.« Sie lächelte. »Wir können ›The Strand Magazine‹ doch nicht Lügen strafen.«

»Danke.« Ihre Ladyschaft wirkte sichtlich erleichtert. Maud

fragte sich, ob Lady Christabel wahrhaftig den Gedanken an jegliche Ermittlungen aufgegeben hätte, hätte sie auf dem Einhalten des Ehrenworts bestanden. Manchmal war es besser, nachzugeben und zu schauen, wie man die Situation gestalten konnte.

»Aber Ihnen ist klar, dass der Inspector uns mit Argusaugen beobachten wird?«

»Maud, ich will mir von dem Inspector nicht vorschreiben lassen, ob ich ermittle oder nicht.« Lady Christabel wirkte immer noch aufgebracht, was Maud nicht nachvollziehen konnte, denn der Mann von Scotland Yard war höflich gewesen. »Norman tut so, als hätte er den Mord auf Blackwell Castle ganz allein aufgeklärt.«

»Immerhin hat er mir das Leben gerettet«, warf Maud ein, obwohl sie sich sicher war, dass ihre Ladyschaft das gewiss nicht hören wollte. »Und er hat die Ergebnisse seiner Ermittlungen mit uns geteilt.«

»Ja, ja«, wehrte Lady Christabel ab und machte eine wegwerfende Handbewegung. »Aber auch du musst zugeben, dass er mich heute von oben herab behandelt hat. Als wäre ich eine gelangweilte Lady, die über Mordfälle etwas Pfeffer in ihr Leben bringen will.«

Auch wenn es ihr schwerfiel, verkniff sich Maud die Bemerkung, dass der Inspector mit seiner Einschätzung wohl nicht ganz unrecht hatte. Für ihre Ladyschaft waren die Nachforschungen sehr wohl eine Abwechslung von ihrem Alltag, der aus Malerei, Ausritten, Mahlzeiten und Besuchen bestand.

»Aber Sie wissen es doch besser«, versuchte Maud es mit Schmeichelei statt der Wahrheit. »Ihnen kann es gleich sein, was so ein unbedeutender Inspector über Sie denkt.«

Vielleicht hatte sie es etwas übertrieben, denn ihre Ladyschaft blieb stehen und wandte sich Maud zu. Sie runzelte die Stirn und trommelte mit den Fingern gegen ihre Wange.

»Du hast recht. Es sollte mich nicht ärgern.« Lady Christabel nickte. »Und dennoch, der Mann hat etwas an sich, das mich immens sticht.«

Nur allzu oft erinnerte Lady Christabel Maud an einen Terrier, der sich in etwas verbiss und nicht bereit war, loszulassen. Sollte ihr keine Ablenkung einfallen, würde sich ihre Ladyschaft noch die nächsten Stunden über den Inspector und seine Unverschämtheiten auslassen.

»Wollen Sie das Schreiben nicht öffnen? Bestimmt kann es uns bei unseren Ermittlungen dienen.«

»Die Briefe sind jetzt bedeutungslos.« Allerdings irrte der Blick ihrer Ladyschaft immer wieder zum Schreibtisch, als könnte sie es kaum erwarten, die Nachricht endlich zu lesen. »Lass uns lieber überlegen, wie wir den Mörder von Lady Blackmore entlarven können.«

Hölle und Hinkebein! Genau das habe ich befürchtet. Mylady hat gewiss nie vorgehabt, das Detektivspielen aufzugeben. Allerdings habe ich gehofft, dass mir etwas mehr Zeit bleibt, bis alles wieder von vorne beginnt. Aber dieses Mal werde ich vorsichtiger sein und mich nicht wieder in Gefahr begeben oder von ihrer Ladyschaft in Gefahr schicken lassen.

Bevor sie ihre Gedanken laut äußern konnte, hatte ihre Ladyschaft bereits eine Entscheidung getroffen.

»Maud, ich benötige etwas Zeit, mir Gedanken über mögliche Motive Upstairs zu machen.« Obwohl Lady Christabel es zu verbergen versuchte, kannte Maud ihre Ladyschaft gut genug, um zu wissen, dass sie darauf brannte, den lavendelfarbenen Brief zu lesen. Auch Maud war neugierig auf dessen Inhalt, musste aber respektieren, dass Lady Christabel ihn nicht mit ihr teilen wollte.

»Dann werde ich mich in altbewährter Weise Downstairs umhören.« Einen letzten Versuch wollte Maud noch unternehmen, mit ihrer Ladyschaft über die anonymen Briefe zu sprechen, denn sie war sicher, dass diese mit dem Mord zusammenhingen. »Dort haben auch alle die lavendelfarbenen Schreiben erhalten. Eines davon habe ich …«

»Maud, nicht jetzt, ich muss nachdenken.«

Dann eben nicht. Man konnte wirklich nicht behaupten, Maud hätte es nicht mit aller Kraft versucht. Wenn sich ihre Theorie als richtig erwiese, würde sie es sich nicht nehmen lassen, ihrer Ladyschaft das eindrücklich zu sagen.

»Maud, es tut mir leid.« Sie horchte auf, denn es kam nicht sehr häufig vor, dass ihre Ladyschaft sich entschuldigte. »Sag einmal, was hast du in Lady Blackmores Zimmer gefunden?«

»Ich hatte kaum Zeit, mich dort umzuschauen, weil ich den Hund finden musste und Timothy wartete.«

Lady Christabel seufzte. »Ich weiß, es ist viel verlangt, aber …«

»Ja, ich werde mich dort noch einmal umsehen, bevor die Polizei alle Beweisstücke mitgenommen hat.«

Falls Inspector Norman und Constable Fudge das nicht bereits getan hatten.

»Danke, das weiß ich wirklich zu schätzen.«

»Ich werde zum Lunch zurück sein, um Ihnen beim Ankleiden zu helfen.«

»Ja, ja.« Lady Christabel war mit ihren Gedanken nicht bei der Sache. Zu gern wäre Maud noch etwas geblieben, aber einem eindeutigen Wunsch konnte sie sich nicht widersetzen.

Also verließ sie ihre Ladyschaft und machte sich auf den Weg in ihre Kammer, um sich Handschuhe anzuziehen. Wenn sie schon in ein Zimmer einbrach, erschien es ihr klüger, keine Fingerabdrücke zu hinterlassen. Ja, es zahlte sich aus, Kriminalromane zu lesen, die auf dem neuesten Stand der Ermittlungstechnik waren.

Einen Moment überlegte Maud, ob sie vorher in die Dienstbotenhalle gehen sollte, um herauszufinden, ob es Neuigkeiten gab, aber die Atmosphäre von Angst und Misstrauen, die sie dort gewiss erwarten würde, schreckte sie ab.

Gerade, als Maud an der Treppe angekommen war, die zu ihrem Zimmer hinaufführte, stellte sich ihr Ruby in den Weg.

»Miss Gulliver. Das hat ein schöner Mann für Sie abgegeben.«

Das Hausmädchen schien den Schock über das Auffinden von Lady Blackmores Leiche verkraftet zu haben, denn es lächelte Maud wissend an, bevor es ihr einen dicken Umschlag in die Hand drückte, auf dem in eleganten Buchstaben ihr Name stand.

Nur ihr Name, keine Anschrift, keine Briefmarke. Mauds Herz schlug schneller. Wer immer ihr auch dieses Schreiben gesandt hatte, wusste, wo sie sich aufhielt.

Natürlich weiß er es, sonst hätte er Ruby den Brief ja nicht geben können. Was ist nur mit mir los, dass ich vor Panik aufhöre zu denken? Ob es den anderen Menschen, die anonyme Schreiben erhalten haben, ebenso geht?

Allerdings war der Umschlag, der sich schwer wie ein Backstein anfühlte, nicht lavendelfarben, sondern schlicht grau. Maud wartete, bis Ruby gegangen war, bevor sie den Umschlag aufriss. Ein dicker Packen Papier fiel ihr in die Hand. Sie erkannte es sofort: ein Stapel Werbezettel für Séancen mit Mystic Modesty. Hektisch stopfte sie die Papiere zurück in den Umschlag und sah sich um, ob jemand bemerkt haben könnte, was sie erhalten hatte.

Nachdem sie die Tür zu ihrer Kammer hinter sich geschlossen hatte, schoss ihr ein Gedanke durch den Kopf, der ihr Herz erneut schneller schlagen ließ.

Obwohl ihre Hände zitterten und Angstschweiß ihren Nacken hinunterlief, raffte sie all ihren Mut zusammen und zog sich die dunklen Handschuhe an, die Lady Christabel ihr geschenkt hatte. Möglicherweise würde es guttun, sich durch die Nachforschungen von der Frage abzulenken, die ihr solche Sorgen bereitete.

Wer aus meiner Vergangenheit ist hier in meiner Nähe? Er weiß, wo ich mich aufhalte, während ich nicht einmal ahne, wer er ist.

KAPITEL 16

Nachdem Maud gegangen war, griff Christabel sofort nach dem verdächtigen lavendelfarbenen Umschlag. Wer hatte ihr die Post gebracht? Wann war das Schreiben wohl gekommen? Wie ärgerlich, dass Maud den Brief zuerst gesehen hatte. Ihre Zofe würde gewiss keine Ruhe geben, bis sie erfuhr, was in dem Brief stand. Obwohl auch Christabel neugierig war, zögerte sie dennoch, den Umschlag zu öffnen. Nur zu gut erinnerte sie sich daran, wie blass Lady Montgomery nach dem Erhalt des Briefs geworden war. Und Maud hatte berichtet, wie schlecht die Stimmung Downstairs war, weil wohl alle diese Briefe mit üblen Anschuldigungen erhalten hatten.

Bevor sie nach dem Brieföffner griff, überlegte Christabel, was für Vorwürfe ihr der anonyme Absender machen könnte. Sicher, sie war nicht das Abbild einer englischen Rose, wie ihre Mutter es sich wünschte, aber einen bösen Menschen konnte man sie gewiss nicht nennen. Warum nur zitterten ihre Finger? Am klügsten wäre es, das Schreiben ungelesen im Kamin zu verbrennen.

Halt! Bisher war sie davon ausgegangen, dass Lady Blackmore die Briefe verfasst hatte. Anschuldigungen aus dem Hinterhalt erschienen Christabel passend für diese Lady, die es zu genießen schien, Menschen vor den Kopf zu stoßen. Nun jedoch gab es gleich zwei Indizien, die gegen Lady Blackmore als Verfasserin sprachen:

Zum einen begann sich Christabel zu fragen, warum eine Frau, die ihre Meinung offen und rücksichtslos aussprach, sich hinter der Anonymität verstecken sollte. Zum anderen – und das war das überzeugendere Argument – war Lady Blackmore ermordet worden und konnte daher keine Briefe mehr schreiben. Es sei denn, man glaubte an Geister und Séancen, so wie es die Verstorbene getan hatte. Also musste jemand anderes hinter diesem Unheil stecken.

War der Brief überhaupt mit der Post gekommen oder auf anderem Weg zu ihr gelangt? Christabel drehte den Umschlag in ihren Händen. Ja, es gab eine Briefmarke und einen Poststempel. Als sie den näher betrachtete, erkannte sie das Datum und sie klatschte sich mit der Hand vor die Stirn. Wie hatte sie nur so dumm sein können? Selbstverständlich konnte Lady Blackmore auch diesen Brief geschrieben und *gestern* aufgegeben haben. Da hatte sie ja noch gelebt.

Genug Zeit vertrödelt – Christabel musste eine Entscheidung treffen: entweder fand sie den Mut, sich dem Inhalt zu stellen, oder sie verbrannte das Papier und würde nie erfahren, was man ihr zum Vorwurf machte. Ihre Neugier siegte.

Was kann Lady Blackmore schon über mich gewusst haben? Das Einzige, womit sie mich angegriffen hat, ist meine fehlende Vermählung. Und das ist nun wahrhaftig nichts, dessen ich mich schämen muss. Schließlich waren es meine Entscheidungen, mich mit keinem der Gentlemen zu verloben, die mir ihr Interesse bekundeten.

Obwohl sie sich das sagte, musste sie eingestehen, dass Lady Blackmores Spitze an einer Angst gerührt hatte, die Christabel sich selten eingestand. Die Sorge, als alte Jungfer zu enden und nur die Wahl zu haben zwischen einem Leben mit den Familien von Basil oder Dahlia. Die unverheiratete Tante, die man zu Weihnachten gezwungenermaßen einlud, damit sie das Fest nicht allein verbrachte.

Papperlapapp! Tante Lavinia lebt ohne Mann sehr glücklich. Allerdings hat sie auch genügend Geld. Wenn alle Stricke reißen, können meine Eltern mich nach Indien senden. Dort finden selbst ältere Ladys noch einen adäquaten Ehemann. Was also kann Lady Blackmore mir schon anhaben?

Kurz entschlossen riss sie den Umschlag auf. Auf dem lavendelfarbenen Papier standen nur wenige Sätze. Aber die Worte trafen Christabel sehr, sie fühlte sich, als hätte jemand tief in ihre Seele gesehen und dort die Dunkelheit erkannt, die sie vor allen – und auch vor sich selbst – verbergen wollte.

Ihr Herz setzte einen Schlag aus, das Schreiben entglitt ihren Fingern und segelte zu Boden. Christabels Gedanken rasten.

Niemals kann Lady Blackmore das über mich gewusst haben. Selbst meine Familie und die wenigen Freunde, die ich habe, kennen mich nicht so gut. Wie kann das sein? Wer steckt dahinter?

Auf gar keinen Fall darf Maud oder sonst jemand diesen furchtbaren Brief lesen!

Christabel fühlte sich sehr in Versuchung, das Schreiben zu zerreißen oder zu verbrennen, aber es konnte sich als wichtiges Beweisstück erweisen. Daher legte sie es schweren Herzens in ihr Journal, wobei sie hoffte, es niemals jemand anderem zeigen zu müssen. Sie wollte sich nicht vorstellen, wie Inspector Norman las, was dieser feige anonyme Schreiberling über sie herausgefunden hatte.

Ärger wallte in ihr auf und sie schwor sich, herauszufinden, wer diese hinterlistigen Briefe verfasst hatte, koste es, was es wolle. Ihre Hauptverdächtige war Lady Blackmore, weil es der Ermordeten – nach Christabels begrenzter Erfahrung – Vergnügen bereitet hatte, Unruhe zu stiften und Menschen zu verärgern.

Ihrer Ansicht nach war die Ermordete einfach zu offensichtlich die Hauptverdächtige für das Verfassen anonymer Schreiben. Falls Christabel mit dieser Einschätzung richtig lag, hatte sie es mit einem perfiden Mörder zu tun, der alles versuchte, ein Motiv für den Mord an Lady Blackmore zu konstruieren.

Übertreibe ich? Sehe ich Gespenster und Verschwörungen, nur weil jemand meine dunkelsten Geheimnisse kennt? Manchmal wünsche ich mir, ich könnte mit Maud tauschen. Sie muss sich nicht darum sorgen, dass jemand ihre Geheimnisse ans Licht der Öffentlichkeit zerrt.

Genug! Wenn ich so weitermache, mache ich mich verrückt. Ich muss nachdenken und klug handeln. Noch hat der Schreiber nichts von mir gefordert.

Einen Moment lang überlegte sie, ob sie Inspector Norman einweihen sollte, ob sie ihm von ihrem lavendelblauen Brief erzählen sollte. Sie kam zu dem Schluss, dass sie ihm niemals das Schreiben zeigen könnte.

Unruhig ging sie auf und ab, wägte die Möglichkeiten, die ihr blieben, im Kopf ab und vermochte keine Entscheidung zu treffen.

Ich muss mich ablenken! Wenn ich weiter am Schreibtisch sitze und nachgrübele, werde ich verrückt. Nun kann ich verstehen, warum die Stimmung Downstairs so schlecht ist und warum Lady Montgomery zusammenzuckte, als sie so einen Brief erhielt.

Moment. Hat Maud nicht etwas darüber gesagt, dass sie einen Brief gelesen hat? Aber sie ist jetzt wohl im Zimmer von Lady Blackmore. Da kann ich sie nicht stören, aber ich muss mich ablenken. Was kann ich tun?

Sie lächelte über den Einfall, der ihr zugeflogen war. Kurz entschlossen machte sie sich auf den Weg zur Bibliothek. Inspector Norman würde alle Anwesenden befragen wollen. Wenn sie es geschickt anstellte, konnte sie sich im Salon daneben verstecken und belauschen, was die Befragungen ergaben. Möglicherweise käme sogar heraus, wer diese abscheulichen Briefe verfasst hatte.

Ja, das war eine gute Idee. Mit frischem Mut eilte sie zum Salon und drückte die Türklinke herab. Doch die Tür öffnete sich nicht. Vor wenigen Monaten noch hätte Christabel ihren Plan aufgeben müssen, falls sie auf dieses Hindernis gestoßen wäre. Inzwischen jedoch hatte sie gelernt, wie man ein Schloss mithilfe einer Haarnadel öffnete. Ein Lächeln glitt über ihr Gesicht, als das Klicken ertönte, das ihr anzeigte, dass sie erfolgreich gewesen war. Vorsichtig öffnete sie die Tür und schlich auf Zehenspitzen an die Wand, die an die Bibliothek angrenzte.

Zu ihrem Ärger waren die Wände zu dick, sie konnte nur undeutliches Murmeln vernehmen, ohne Worte zu verstehen. Selbst, als sie ihr Ohr an die Wand legte, hatte sie keinen Erfolg. Auch der Trick mit dem umgedrehten Glas, das sie aus dem Schrank genommen hatte, funktionierte nicht.

Wollte sie wirklich erfahren, was in der Bibliothek gesprochen wurde, blieb ihr nur eine Möglichkeit, die allerdings ein hohes Risiko barg, entdeckt zu werden. Aber wie hieß es so schön: Je größer die Gefahr, desto süßer die Belohnung.

Gedacht, getan. Christabel eilte aus dem Salon, durch das Musikzimmer in den Garten, wo sie sich neben dem hohen Fenster der Bibliothek verbarg, um zu lauschen. Wie sie es gehofft hatte, waren die Stimmen nun besser zu verstehen, allerdings immer noch nur als Gemurmel. Christabel streckte den Kopf hinter dem struppigen Busch hervor, der ihr als Tarnung diente, aber leider konnte sie nicht verstehen, was Mr Warren den Polizisten erzählte. Wenn doch nur jemand das Fenster öffnen würde. Aber so viel Glück hatte man wohl nur in Romanen. Also beugte sie sich weiter vor und umklammerte den Zweig, der ihr Halt gab.

In dem Moment, als sie aufgeben und sich hinter den Busch zurückziehen wollte, sah Inspector Norman in ihre Richtung und sie geradewegs an. Christabel erstarrte, ihr Puls beschleunigte sich und ihr Magen fühlte sich flau an. Sie wünschte sich nichts mehr als ein Mauseloch, in dem sie für immer verschwinden konnte. Als wäre dies nicht bereits Schmach genug, hob der Inspector seine Hand und winkte ihr zu.

Selbstverständlich war das auch für Mr Warren und Constable Fudge der Anlass, in ihre Richtung zu blicken. Beide lächelten und winkten ebenfalls. Konnte es noch schlimmer werden?

Als hätte sie es herbeibeschworen, knackte der Zweig, an dem sie sich festhielt, bedrohlich. Bevor Christabel erkennen konnte, was das zu bedeuten hatte, brach er ab und sie verlor das Gleichgewicht.

In einem uneleganten Bogen fiel sie direkt vor dem bodentiefen Fenster in den Schlamm. Regen und Schneeschauer der vergangenen Tage hatten den Boden aufgeweicht, was einerseits positiv war, weil Christabel dadurch weich landete; andererseits jedoch hatte sie nun überall Matsch: auf der Kleidung, den Haaren, im Gesicht.

Einfach beschämend. Als sie sich aufrappelte, sah sie direkt in die Gesichter von Constable Fudge und Mr Warren, wobei Letzterer sich das Lachen verkneifen musste. Sie funkelte ihn empört an.

Der Constable öffnete das Fenster einen Spalt, um sie zu fragen: »Haben Sie sich wehgetan?«

»Nur meinem Stolz.« Christabel fuhr sich mit den schlammbespritzten Händen durch die ebenfalls schmutzigen Haare, um wenigstens ihre Frisur zu richten und so einen – wenn auch winzigen – Teil ihrer Würde wiederherzustellen.

Dann lächelte sie die Herren an und wandte sich um, um möglichst schnell davonzueilen. Dumm nur, dass sich ihr ein Hindernis in den Weg stellte, in das sie mit voller Wucht prallte. Noch dümmer, dass dieses Hindernis warm und weich war und sich als Inspector Norman entpuppte.

Zum ersten Mal in ihrem Leben wünschte sich Christabel, sie würde zu den dramatisch veranlagten Ladys gehören, denen es gelang, aus dem Stegreif in Ohnmacht zu fallen.

Als Inspector Norman »Hoppla« sagte, war Christabel den Tränen nahe, aber diese Genugtuung würde sie ihm nicht gönnen. Stattdessen löste sie sich aus seinen Armen und starrte ihn zornig an.

»Was machen Sie hier? Warum stehen Sie mir im Weg?«

»Die Frage müsste ich eigentlich Ihnen stellen.« Auch der Inspector sah aus, als müsste er sich ein Lachen verbeißen. »Hatte ich Ihnen nicht untersagt, herumzuschnüffeln?«

»Ich bin nur im Garten spazieren gegangen.« Sie hielt den Rücken gerade und reckte den Kopf hoch. Zu ihrem Ärger musste sie dennoch zu ihm aufsehen, was ihm augenscheinlich bewusst war und was er genoss.

»Im Gebüsch?«

»Sie entschuldigen mich. Ich möchte mich präsentabel machen.« Schwungvoll wandte sie sich um, nur um in das feixende Gesicht von Mr Warren zu sehen, der das Spektakel hinter dem Fenster beobachtete. Selbst die Mundwinkel von Constable Fudge waren ein wenig in die Höhe gezogen. Daher drehte sie sich noch etwas weiter und sah sich dem vermaledeiten Busch gegenüber, der sie schmählich im Stich gelassen hatte. Anscheinend gab es nur einen Weg hier heraus – und den blockierte der Inspector.

Kapitel 17

Obwohl alles in ihr danach drängte, die Zettel zu verbrennen und zu hoffen, damit deren Macht über sie zu bannen, versteckte Maud den Umschlag nur unter der Matratze. Sie würde sich später damit beschäftigen, nachdem sie ihren Auftrag erledigt und vor allem sich beruhigt hatte.

Weil ihr Herz immer noch schneller schlug und ihre Hände zitterten, hielt sie inne. War sie nicht zu nervös, um in das Zimmer von Lady Blackmore einzubrechen? Maud zögerte einen Moment. Ja, der Brief hatte sie getroffen, aber sie war nicht bereit, sich davon unterkriegen zu lassen.

Wenn sie zuließ, dass die Angst vor ihrer Vergangenheit ihr Leben bestimmte, würde sie nie wieder sorglos schlafen oder sich an etwas erfreuen können. Das wollte sie Patrick nicht zugestehen. Er hatte ihr Leben früher kontrolliert, jetzt war sie es, die ihr Schicksal in der Hand hielt.

Mit neu erwachtem Mut lief sie die Treppenstufen hinab und marschierte über den Flur bis zum Zimmer von Lady Blackmore. Hier blieb sie stehen und lauschte, ob jemand sich ihr näherte. Doch es war nur der Wind, der um das alte Gemäuer heulte, was sich anhörte, als seufzte ein Geist. Sofern man daran glaubte.

Als Maud sich hinkniete, um das Schloss zu prüfen, wurde ihr die Ironie ihrer Lage bewusst.

Wieder einmal muss ich die Fähigkeiten meiner Vergangenheit nutzen, um Lady Christabel glücklich zu machen. Was hätte meine Ladyschaft wohl getan, wenn sie eine ordentliche Zofe hätte, die nähen und frisieren kann, aber nicht weiß, wie man mit einer Haarnadel ein Schloss öffnet? Irgendetwas sagt mir, dass Lady Christabel niemals lange mit einer braven Dienstbotin glücklich gewesen wäre. Wahrscheinlich hat uns das Schicksal füreinander bestimmt.

Maud zog die Nase kraus, während ihr diese Gedanken durch den Kopf gingen. Nachdem sie sich vergewissert hatte, dass niemand in der Nähe oder im Anmarsch war, schob sie die Haarnadel ins Schloss.

»Eins, zwei, drei«, zählte sie leise, bis das charakteristische Klicken ertönte. Ein letzter Blick über die Schulter und sie betrat das Zimmer, in dem Lady Blackmore ermordet worden war. Irgendjemand hatte seit ihrem letzten Besuch die lindgrünen Vorhänge zugezogen, allerdings schlossen sie nicht richtig, sodass genügend Licht durch die Fenster fiel. Maud warf einen kurzen Blick auf das Bett, dann konzentrierte sie sich auf den Sekretär, wo sie sich Hinweise auf mögliche Motive für einen Mord versprach.

Oben auf der Mahagoniplatte lag schweres Büttenpapier mit dem Wappen der Familie Montgomery neben einem eleganten goldfarbenen Füllfederhalter mit feinziselierten Linien. Obwohl sie sich wenig davon erhoffte, blätterte Maud durch das Papier und hielt es gegen das Licht in der Hoffnung, dass sich dort etwas abgedrückt hatte. Nein, Lady Blackmore hatte dieses Papier gewiss nicht benutzt.

Maud zog die Schublade auf und stieß einen Seufzer aus. Sie war leer, nicht einmal ein Staubkörnchen befand sich hier drin. Auch in der zweiten Schublade und dem Schubfach entdeckte Maud nichts. Sie tastete die Unterseiten der Fächer ab, aber auch hier verbarg sich kein Papier. Falls Lady Blackmore die Briefschreiberin war, hatte sie sicher ein Versteck, in dem sie die lavendelfarbenen Blätter verbarg.

Maud schaute sich um. Leider war der Raum mit Möbeln vollgestellt, in denen sich etwas verbergen ließ. Neben dem Sekretär gab es noch eine dunkle Kommode, deren vier Schubladen mit hellen Intarsien verziert waren, und einen großen, ebenfalls dunklen Kleiderschrank. Neben dem Himmelbett mit seinen weißen Vorhängen stand ein kleiner Nachttisch, auch er besaß Schubladen, die als Versteck dienen konnten.

Wenn sie gründlich sein wollte, musste sie auch die Rückseiten der kleinen Landschaftsbilder in goldenen Rahmen abtasten, die auf der hellgelben Stofftapete verteilt waren. Ja, selbst in den Polstern der Sitzgruppe, bestehend aus einem rostfarbenen Sessel und einem lindgrünen Sofa, ließen sich Briefe leicht verstecken.

Wo sollte sie nur beginnen? Da die Kommode näher als der Schrank war, eilte sie dorthin und zog die Schubladen eine nach der anderen auf. Auch sie waren leer. Falls Lady Blackmore wirklich etwas verborgen hielt, würde es sich wohl im Schrank befinden.

Schwungvoll öffnete sie beide Türen und prallte zurück. Salbei – es roch nach verbranntem Salbei. Maud atmete schneller, ihr Herz pochte und das Blut rauschte in ihren Ohren. Sie taumelte zurück. Flucht war ihr erster Impuls und sie drehte sich um. Wie von selbst rannte sie zur Tür, getrieben von einem Gedanken.

Patrick! Er hat mich aufgespürt.

Dann jedoch gewann ihr Verstand die Oberhand. Auch wenn sich alles in ihr sträubte, wandte sie sich wieder um und kehrte zum Schrank zurück. Der Geruch war überwältigend und sie forschte nach der Ursache. Der Salbeiduft entsprang einem schwarzen Kleid, das direkt vor ihr hing. Maud steckte ihre Nase tiefer in den Schrank und schnupperte. Nachdem sie sich etwas beruhigt hatte, fiel es ihr wieder ein.

Lady Blackmore gehörte zu den Menschen, die an Spiritismus und den Kontakt zur Geisterwelt glaubten. Wahrscheinlich war sie Teil einer Séance gewesen, auf der man Salbei und Weihrauch verbrannt hatte. Nun, da Maud eine Erklärung für den Geruch gefunden hatte, konnte sie sich wieder auf ihre Aufgabe konzentrieren. Vorsichtig schob sie Kleider und Pelzmäntel zur Seite, konnte in dem Halbdunkel des Schranks aber nichts sehen. Ihre Finger ertasteten drei Hutschachteln. Eine davon zog sie nach vorn ins Licht, um sie näher untersuchen zu können.

Hölle und Hinkebein! Was für eine fruchtlose Nachforschung. Nur ein breitkrempiger Hut mit violetten Federn und ausgestopften Vögeln auf der Krempe lag in der Schachtel. Lohnte es sich dafür wirklich, sich der Gefahr der Entdeckung auszusetzen? Maud zögerte einen Augenblick, aber sie war nun schon so weit gekommen, da würde sie nicht aufgeben, bevor sie auch die beiden anderen Hutschachteln geprüft hatte. Auch in der zweiten befand sich nur eine Kopfbedeckung, noch ausladender und prächtiger geschmückt als die erste.

Beinahe wäre ihr das vermaledeite Ding aus der Hand gerutscht, als sie versuchte, es zurück auf seinen Platz zu schieben.

Erneut stieg ihr der Salbeigeruch in die Nase und ihr Herz pochte schneller, obwohl sie wusste, was der Duft zu bedeuten hatte. Der Pelz eines Mantels strich über ihre Wange wie das Streicheln einer Hand.

War da etwa ein Geräusch?

Maud erstarrte, die Finger an der dritten Hutschachtel. Ihr Herzklopfen war so laut, dass es alle anderen Geräusche übertönen musste – und doch … Sie war sich sicher, eben Schritte vor der Tür gehört zu haben. Oder spielte ihr die Einbildung einen Streich? Maud tastete nach der letzten Schachtel. Mit den Fingerspitzen zog sie sie zu sich heran und ließ sie beinahe aus der Hand gleiten, weil der Karton schwerer war, als sie erwartet hatte.

»Hölle und Hinkebein!«, fluchte sie leise, betrachtete aber die Schwere als gutes Zeichen und zerrte die Schachtel nach vorn. Sofort, nachdem sie den Deckel abgehoben hatte, musste sie an sich halten, um nicht einen lauten Jubelschrei auszustoßen. Halb verborgen unter einem schwarzen Hut lag ein in rotes Leder gebundenes Buch. Obwohl sie noch keinen Blick hineingeworfen hatte, war Maud sich sicher, am Ziel zu sein. Niemand versteckte ein Buch, wenn dessen Inhalt nicht verborgen bleiben sollte.

Glücklicherweise war das Journal nicht mit einem Schloss gesichert. Maud öffnete es und blätterte hastig durch die Seiten. Neben handschriftlichen Eintragungen entdeckte sie Ausschnitte aus Zeitungen und Zeitschriften sowie eingeklebte Briefe. Auf den ersten Blick sah es aus, als hätte Lady Blackmore Informationen über nahezu jeden der besseren Gesellschaft zusammengetragen. Maud konnte kein System darin erkennen.

Es schien ihr, als hätte Lady Blackmore alles gesammelt, dessen sie habhaft werden konnte.

Für Maud gab es nur eine Erklärung, warum jemand so akribisch Wissen anhäufte. Auf Blackwell Castle hatten Maud und Lady Christabel einen Erpresser dingfest zu machen versucht. Sollte die Ermordete etwa auch Menschen erpresst haben? Dann war es kein Wunder, dass ihr jemand den Tod nicht nur wünschte, sondern sie gewaltsam aus dem Leben gerissen hatte.

Auch wenn die Neugier sie plagte, schloss Maud das rote Buch mit einem Knall. Sie würde es zu Lady Christabel bringen und gemeinsam würden sie überlegen, wie sie damit verfahren wollten. Auf dem Weg zur Tür stolperte Maud über eine Falte im Teppich und das Buch öffnete sich und drohte, ihr aus der Hand zu gleiten. Schnell griff sie zu, konnte aber nicht verhindern, dass ein einzelnes Blatt aus dem Buch fiel, zu Boden flatterte und unter dem Bett verschwand. Maud legte das Journal auf den Sekretär und bückte sich, um den Zettel zu greifen.

In dem Moment hörte sie kräftige Schritte, die sich über den Flur näherten und vor der Tür zu Lady Blackmores Zimmer anhielten.

Maud erstarrte und sandte ein Stoßgebet zum Himmel, dass derjenige, der auf der anderen Seite der Tür war, weitergehen würde. Doch stattdessen senkte sich die Klinke. Langsam, Zentimeter für Zentimeter. Maud konnte das nur beobachten, ohne sich regen zu können.

Endlich, als die Tür sich langsam öffnete, erwachte sie aus ihrer Erstarrung. Sollte sie nach dem Tagebuch greifen? Ihr Blick irrte zum Schreibtisch und sie schätzte die Entfernung ab. So sehr es auch schmerzte, es war zu weit.

Die Tür knarrte. Es gelang ihr, im letzten Moment unter das Bett zu rollen, als sich die Zimmertür öffnete. Maud hielt den Atem an, als jemand den Raum betrat und einen Augenblick stehen blieb. Spürte derjenige ihre Anwesenheit oder hatte sie sich verraten?

Maud presste sich flach an den Teppich, dessen Wolle ihre Nase kitzelte. Nur nicht niesen! Aus dem Augenwinkel bemerkte sie, dass die Schranktüren noch offen standen. Verräterischer konnte kaum etwas sein. Sie schloss einen Moment die Augen und wünschte sich, unsichtbar zu sein. Jeden Moment erwartete sie, dass jemand sich vorbeugte, die Tagesdecke hob und »Erwischt!« zu ihr sagte, doch die Schritte entfernten sich vom Bett und bewegten sich in Richtung des Sekretärs. Das gab Maud die Gelegenheit, ein paar schwarze Herrenschuhe unter einer dunklen Hose zu erspähen.

Ein Mann – das schränkte die Zahl der Verdächtigen ein. Vor dem Sekretär blieb er stehen, öffnete die Schubladen und schloss sie wieder. Dann musste er wohl das rote Buch entdeckt haben, denn Maud hörte ein kurzes Lachen.

Erneut bewegten sich Schuhe und Hose auf das Bett zu, woraufhin Maud wieder den Atem anhielt und sich noch fester auf den Boden presste. Als die Schritte sich zur Tür bewegten, atmete sie auf.

Doch da hielten sie an. Nun schlug Mauds Herz so laut, dass der Eindringling sie hören musste. Ihr Blick irrte nach rechts und links, um eine Fluchtmöglichkeit zu entdecken. Vergebens. Sie war gefangen und konnte nur stumm ausharren, als der Mann zurückkehrte.

Kapitel 18

Auf ihrem Zimmer wartete ein Tablett mit Tee und Gebäck auf Christabel, denn Lady Montgomery hatte festgelegt, dass der gemeinsame Afternoon Tea heute ausfallen würde. Aber nach der demütigenden Episode eben war Christabel der Appetit ohnehin vergangen. Sie wollte nur den Schlamm entfernen und sich wieder als Lady fühlen.

Nachdem sie sich Gesicht und Haare gewaschen und ihr Kleid gewechselt hatte, ging es Christabel etwas besser. Jedenfalls äußerlich. In ihrem Kopf hingegen spielte sich die beschämende Szene wieder und wieder ab. Das breite Grinsen von Mr Warren, das dezente Lächeln von Constable Fudge und das enttäuschte Kopfschütteln von Inspector Norman, als Christabel versucht hatte, ihre Würde zu bewahren.

Möglicherweise – so überlegte sie, auch wenn es ihr schwerfiel, das einzugestehen – hatte der Inspector doch recht damit, dass Polizeiarbeit ihm und dem Constable vorbehalten bleiben sollte. Nein! Wenn der Polizist sich nicht derart geheimniskrämerisch gegeben hätte, wäre Christabel gar nicht erst in diese degoutante Lage geraten. Genau! Der Inspector war schuld.

Als es an der Tür klopfte, zuckte sie zusammen und erwartete Inspector Norman, der ihr eine Strafpredigt halten wollte.

»Herein«, piepste sie, was sie unendlich verärgerte. Daher räusperte sie sich und rief: »Nun kommen Sie schon herein.«

Langsam öffnete sich die Tür und Maud sah herein, einen fragenden Ausdruck auf ihrem hübschen Gesicht. Die bernsteinfarbenen Augen hatte sie überrascht aufgerissen, wohl verwirrt von Christabels harschem Ton.

»Ach, du bist es.« Christabel lächelte. »Warst du erfolgreich?«

»Es tut mir leid, Lady Christabel.« Maud trat ins Zimmer und hob entschuldigend die Hände. »Ich konnte nur einen Blick auf Lady Blackmores Tagebuch werfen. Jetzt ist es weg.«

»Was soll das heißen: Es ist weg? Wie kann es so einfach verschwinden?«

»Ein Mann hat das Zimmer durchsucht.« Maud atmete tief ein und aus. »Ich musste mich unter dem Bett verstecken.«

»Himmel!« Lady Christabel griff nach den Händen ihrer Zofe. »Dir hätte sonst was passieren können. Es ist meine Schuld, weil ich dich wieder in Ermittlungen hineingezogen habe.«

»Nein, Myla… Lady Christabel«, widersprach Maud. »Es war meine Entscheidung, gemeinsam mit Ihnen den Mörder zu suchen. Vielleicht ist das unser Schicksal. Sie haben sich umgezogen?«

»Ich wollte lauschen, als der Inspector die anderen Gäste vernommen hat.« Christabel fasste sich so kurz wie möglich. »Ein Zweig ist gebrochen und ich bin im Schlamm gelandet.«

»Haben Sie sich verletzt? Hat Sie jemand gesehen?«

»Zum Glück nicht und leider ja.« Christabel machte eine Geste, um das Thema abzuschließen. »Was stand in dem Tagebuch? Hattest du Gelegenheit, einen Blick hineinzuwerfen?«

Maud antwortete nicht, sondern starrte auf Christabels

Schreibtisch, wo sie die Post von heute abgelegt hatte. Himmel, hatte sie den lavendelfarbenen Brief etwa dort liegen lassen? Nein, es waren nur schlichte weiße Umschläge und ein gräulicher, etwas dickerer.

»Maud, was ist mit dir los?« Christabel musterte ihre Zofe prüfend. Sie konnte nicht festmachen, was sie an deren Verhalten irritierte, aber Maud benahm sich vollkommen untypisch. »Du bist überhaupt nicht bei der Sache.«

»Es ist nur der Schrecken, weil ich beinahe wieder ertappt worden wäre.« Ihre Zofe wich Christabels Blick aus. »Sie wären auch panisch, gefangen mit einem Mörder in einem Raum.«

»Nun gut.« Allerdings war nichts gut. Christabel kannte Maud zu lange, als dass sie diese Ausrede geglaubt hätte, aber sie kannte sie auch gut genug, um zu wissen, dass sie die Wahrheit nicht heute erfahren würde. »Was stand in dem Tagebuch?«

»Ich konnte nur einen kurzen Blick hineinwerfen.« Maud schien bemüht, sich zu konzentrieren. »Es enthielt Briefe, Zeitungsausschnitte, kurze Notizen über viele Menschen.«

»Was für Notizen?«, fragte Christabel, obwohl sie es ahnte. Hatte Lady Blackmore sich etwa als Erpresserin betätigt, um ihren Lebensunterhalt zu sichern? Aber es hieß doch, ihr verstorbener Ehemann wäre sehr vermögend gewesen.

»Alles Mögliche. Gerüchte, Andeutungen, aber auch schlichte Zeitungsmeldungen.«

»Entweder war sie eine Erpresserin oder sie plante, ein Buch zu schreiben.«

»Oder«, antwortete Maud nach kurzem Nachdenken, »sie hat ihr Wissen für die Séancen genutzt, die sie gemeinsam mit ihrer Gesellschafterin veranstaltet hat.«

»Das verstehe ich nicht.« Christabel hielt nichts von den spiritistischen Sitzungen und Vorstellungen, obwohl selbst Queen Victoria daran geglaubt hatte. »Dort spricht man mit Geistern.«

Dann erkannte sie, was sich hinter Mauds Worten verbarg.

»Ich verstehe. Damit das Medium glaubhaft wirkt, sollte es viel über die Teilnehmer an der Séance wissen.«

»Ja.«

»Woher weißt du das?«

»Schauen Sie, was ich retten konnte.« Maud wedelte mit einem Blatt Papier vor Christabels Nase herum. »Das ist aus dem roten Buch gefallen.«

»Gib es mir bitte.« Christabel versuchte, die ungelenk geschriebenen Worte zu entziffern. Wer mochte das geschrieben haben? Lady Blackmore sicher nicht, denn die Schrift wirkte wie die von jemandem, der sehr selten schrieb.

»Hedley, mein über alles Geliebter«, las sie schließlich laut vor. »Ich bedauere, wie du unsere Liebe verraten hast. Simon.«

»Was wollte Lady Blackmore nur damit?«

Christabel triumphierte innerlich. Endlich einmal wusste sie mehr als ihre Zofe. Sie kostete diesen Augenblick aus, bevor sie Maud an ihrem Wissen teilhaben ließ.

»Vor einem Jahr kursierte in London das Gerücht, dass sich Lord Sinclairs Stallbursche seinetwegen das Leben genommen hat.«

»Der arme Mann, er muss furchtbar verzweifelt gewesen sein.« Mauds Gesicht verzog sich im Mitgefühl. »Was war geschehen? Hat man ihn fälschlich beschuldigt, etwas gestohlen zu haben?«

»Man hat ihn richtigerweise beschuldigt, eine …« Christabel stockte wegen der Delikatheit der Anschuldigung, »Liebschaft mit Lord Sinclair zu führen.«

»Oh.« Maud wusste ebenso wie Christabel, welche Folgen diese Anschuldigung hatte. »Kam es zu einem Gerichtsverfahren?«

»Lord Sinclair floh nach Venedig und der Stallbursche brachte sich um, bevor die Polizei ihn in Gewahrsam nehmen konnte.«

»Falls das sein Abschiedsbrief ist, hatte Lady Blackmore wahrhaftig etwas gegen Lord Sinclair in der Hand.«

»Aber es wird mehr als einen Hedley und einen Simon in England geben«, entgegnete Christabel. »Lady Blackmore müsste mehr gehabt haben, wollte sie Lord Sinclair erpressen.«

»Das werden wir wohl nie erfahren.« Maud hieb mit der Hand gegen den Bettpfosten. Dermaßen echauffiert kannte Christabel ihre Zofe nicht. »Ich hätte das Tagebuch ergreifen sollen.«

»Nein, deine Sicherheit hatte Vorrang.« Das meinte Christabel aus vollem Herzen. Die Vorstellung, dass Maud ihretwegen zu Schaden gekommen wäre, schnürte ihr die Kehle zu. »Wir werden auch so herausfinden, wer Lady Blackmore umgebracht hat.«

»Wäre ich nur früher in das Zimmer eingebrochen …«

»Lass uns in altbewährter Weise zusammenstellen, was wir wissen.« Christabel holte ihr Journal hervor und legte es auf den Schreibtisch. »Wer konnte die Verstorbene nicht leiden?«

»Die Köchin hasste Lady Blackmore«, sagte Maud, »aber es waren gewiss Herrenschuhe.«

»Also kommen Lord Montgomery, Lord Sinclair oder Mr Warren infrage.«

»Es können nur Lord Sinclair oder Mr Warren gewesen sein, die das Tagebuch nahmen«, überlegte Maud laut. »Lord Montgomery tritt schwerer auf – und keiner vom Personal trägt solch elegante Schuhe, selbst Mr Fitzwilliam nicht.«

Christabel schrieb die Namen nieder und betrachtete die Liste. Irgendetwas störte sie, aber sie konnte es nicht genau festmachen.

»Sollten wir uns wirklich auf einen Mann festlegen, nur weil du Herrenschuhe gesehen hast?«, überlegte sie laut. »Auf Blackwell Castle war eine Frau die Anstifterin, der Mann hat nur ihre Befehle ausgeführt. Möglicherweise steckt auch hier jemand dahinter oder jemand von den Dienstboten ist involviert.«

»Aber welche Motive gibt es, Lady Blackmore zu ermorden?« Maud zog die Nase kraus. »Außer, dass sie eine gemeine Lady und höchstwahrscheinlich eine Erpresserin war. Aber deshalb bringt man jemanden nicht um, nicht wahr?«

»Lass uns nachdenken.« Christabel schrieb die Spalten »Motiv« und »Alibi« neben die Namen. »Gibt es einen Grund, warum Lord Montgomery seine Schwester ermorden sollte?«

»Die gute alte Habgier. Er erbt ihr Vermögen und kann Carrack Manor halten.«

»Das wäre auch das Motiv für Lady Montgomery. Obwohl ich mir selbst mit viel Fantasie nicht vorstellen kann, wie sie jemanden erdolcht.«

»Mrs Ruteledge können wir streichen. Ebenso wie Mr Warren. Die beiden sind nur zufällig zu Gast hier.« Christabel wollte gerade den Stift ansetzen, als sie es sich anders überlegte. »Ich glaube nicht an Zufälle, wenn Mord im Spiel ist. Außerdem lügt Mrs Ruteledge.«

»Woher wissen Sie das?«

»Als Lady Blackmore die furchtbare Geschichte von dem Mord in Australien erzählte, behauptete Mrs Ruteledge, sie habe in Neuseeland gelebt.«

»Und?«

»Vorher hat sie Herbert Henry mit einem Rudel Dingos verglichen. Und die leben in Australien.«

»Aber was wäre Mrs Ruteledges Motiv?«

»Möglicherweise müssen wir tiefer graben. Sie könnte mit einem der mörderischen Mädchen in Australien verwandt sein.«

»Die Dienstboten sind alle nicht gut auf Lady Blackmore zu sprechen gewesen, aber niemand außer Timothy schien sie zu hassen.«

»Weißt du, was den Zorn des Lakaien hervorgerufen hat?«

»Noch nicht.« Maud zwinkerte ihr zu. »Aber ich finde es heraus.«

»Lord Sinclair hat ein starkes Motiv. Wenn die ganze Misere wieder hochkocht, ist er in Gefahr, vor Gericht zu landen.«

Christabel schrieb seinen Namen ebenfalls nieder. Mehr wollte ihr nicht einfallen.

»Und wenn nun doch die Briefe damit zu tun haben? Es kann kein Zufall sein, dass sie gerade jetzt geschrieben wurden.« Maud rieb mit dem Zeigefinger über ihren Nasenrücken.

»Ganz gewiss sorgen sie für Misstrauen und Argwohn auf allen Seiten.« Christabel dachte an das Schreiben, das sie erhalten hatte, und ihr wurde flau im Magen. »Ich bin mir sicher, dass Lady Blackmore sie verfasst hat.«

»Was steht in Ihrem Brief? Oder wollen Sie mir das nicht sagen?« Maud zögerte. »Ich kenne den an Mr Fitzwilliam und habe einen Verdacht.«

Konnte Christabel ihrer Zofe den Brief wirklich vorenthalten, wenn sie selbst darauf bestand, dass Maud ihr Geheimnis offenbarte? Aber es standen derart bösartige Unterstellungen in dem Schreiben, derer Christabel sich schämte. Sollte sie ihre Zofe erst einmal nach deren Verdacht fragen? Nein, am besten war es wohl, die üble Sache schnell hinter sich zu bringen.

»Bitte erzähl niemandem davon«, bat sie und zog das unerfreuliche Schreiben aus ihrem Tagebuch. »Ich vertraue auf dein Schweigen.«

»Sie sollten sich wahrhaftig schämen für das, was Sie anderen Menschen antun. Bisherig sind Sie damit davongekommen. Richtet nicht, damit ihr nicht gerichtet werdet!«, las Maud laut vor, bis Christabel ihr mit einer Handbewegung Einhalt gebot. Sie hatte das Schreiben so oft gelesen, dass sie die Worte auswendig kannte. Dennoch ertrug sie es nicht, sie von Maud zu hören.

Nachdem sie den Brief zu Ende gelesen hatte, blickte Maud sie an. Zu Christabels Überraschung lachte ihre Zofe.

»Das ist nicht lustig.« Christabel spürte, wie ihre Wangen heiß wurden. Wie konnte Maud nur so gefühllos sein? Während Christabel ihr Innerstes offenbarte, fiel der Zofe nichts Besseres ein, als sich darüber zu mokieren.

»Myla… Lady Christabel, ich hätte Sie für klüger gehalten.«

Nun reichte es Christabel. Schlimm genug, dass Maud

diesen furchtbaren Brief gelesen hatte, aber sie der Dummheit zu bezichtigen, das ging wahrhaftig zu weit.

»Genug! Gib mir den Brief.«

»Entschuldigung.« Maud reichte ihr das Schreiben. »Aber schauen Sie sich die Worte an. Es sind nur Bibelzitate und Andeutungen. Nichts Konkretes.«

»Zeig her.« Als Christabel das Schreiben unter diesem Gesichtspunkt erneut las, musste sie ihrer Zofe zustimmen. Wer immer den Brief verfasst hatte, hatte sich darauf verlassen, dass Christabel die Worte mit Leben füllte. »Weg damit.«

Schwungvoll warf sie den Brief in das flackernde Kaminfeuer. Die Flammen schlugen kurz hoch, und dann war das elende Schreiben für immer Geschichte.

»Wir hätten es dem Inspector zeigen sollen«, sagte Maud mit leichtem Tadel.

»Ja, du hast recht, aber …« Christabel stockte. Zu schwer wog die Erinnerung, die durch das Schreiben aufgewühlt worden war.

»Woran hat der Brief Sie erinnert?«

Warum musste ihre Zofe nur so klug sein oder Christabel so gut kennen? Zwei Herzen schlugen in ihrer Brust: Sie wollte sich Maud anvertrauen, aber sie wollte das Ereignis auch nur vergessen.

»Bei meinem Debüt«, flüsterte sie schließlich, den Blick auf ihre Finger gesenkt, »hat sich ein junger Mann sehr um mich bemüht. Schließlich habe ich ihm harsch gesagt, wie langweilig ich ihn finde, weil er noch nichts erlebt hat.«

»Und dann?« Maud konnte sehr sanft klingen, wenn sie wollte.

»Er ist in den Orient gereist, um ein Abenteuer zu erleben, mit dem er mich beeindrucken kann.« Noch immer sah Christabel das jungenhafte Gesicht vor sich, als er ihr voller Stolz seinen Plan erzählte.

»Dort ist er gestorben?«

»Aufständische haben die Expedition überfallen und alle getötet.«

»Es war nicht Ihre Schuld.«

»Ich habe ihn dazu gebracht, das Abenteuer zu suchen.«

»Er hat sich dafür entschieden.«

Ja, Maud hatte gewiss recht, aber trotzdem spürte Christabel weiterhin die Schuld, durch ihre unbedachten Worte den Tod eines Menschen verursacht zu haben.

»Genug davon. Warum ist mir nicht aufgefallen, wie wenig Inhalt die Anschuldigungen hatten?«

»Weil Sie sich schuldig fühlen. Und weil Sie keine Erfahrung mit Jahrmarktswahrsagerei haben.« Maud lächelte schief. »Dabei lässt man bewusst Lücken, die das Gegenüber füllt. Sie würden sich wundern, wie gut das funktioniert. Alles nur Tricks, nur Rauch und Spiegel.«

»Und wieso weißt du so etwas?«

»Ich habe ein Leben vor diesem gehabt.«

Bevor Christabel sie danach fragen konnte, ertönte der Gong, der sie zum Essen rief. Sie würde sich also bis morgen gedulden müssen, um eine Antwort von ihrer Zofe zu erhalten. Falls Maud überhaupt bereit wäre, ihr eine Antwort zu geben.

KAPITEL 19

Am nächsten Morgen erwachte Maud wie gerädert, weil sie mehrmals aus düsteren Träumen erwacht war, in denen eine Séance stattfand, in der Salbei und lavendelblaue Briefe verbrannt wurden. Über allem schwebte der Geist von Lady Blackmore, der mit dumpfer Stimme Bibelzitate murmelte.

Nachdem sie ihrer Ladyschaft Tee und Toast gebracht hatte, spazierte Maud in die Küche, um die Köchin auszuhorchen.

Auf dem Weg dorthin dachte sie über Lady Christabel und den lavendelblauen Brief nach. Manchmal konnte Maud sich nur wundern, wie wenig Lady Christabel von der Welt wusste. Ihre arme Ladyschaft tat ihr leid, weil sie sich allein mit dem hinterhältigen Brief gequält und nicht entdeckt hatte, was dahintersteckte: Spiegel und Rauch – alte Jahrmarktstricks, um Menschen das Gefühl zu geben, man wüsste alles von ihnen. Bereits bei dem Schreiben an Mr Fitzwilliam hatte Maud das durchschaut.

So funktionierten Wahrsagerei und auch Séancen: Man sammelte vorher so viel Wissen wie möglich und hielt sich in den Aussagen so allgemein wie möglich, ohne allerdings zu grobschlächtig zu wirken. Oft verrieten die Menschen sich schon, bevor sie das erste Wort sagten.

Junge Frauen mit traurigen Augen wollten zumeist hören, dass sie in naher Zukunft – wann immer die auch sein mochte

– einen Mann bekamen, der sie auf Händen tragen würde. Junge Männer, die hereinstolzierten, wollten ihren Freunden beweisen, dass alles nur Trug und Illusion war. Hier genügten oft Andeutungen über ihr Verhältnis zu Vater oder Mutter und die jungen Kerle rannten davon, als wäre der Teufel hinter ihnen her.

Genug davon! Damals war damals und heute war heute – und jetzt war es ihre Aufgabe, herauszufinden, warum Köchin und Lakai Anlass hatten, Lady Blackmore zu hassen. Da sie fremd in diesem Haushalt war, musste sie vorsichtig und klug vorgehen. Während sie sich auf den Weg zur Küche begab, überlegte sie sich, welche Strategie am geschicktesten wäre.

»Mrs Terrell, haben Sie einen Moment für mich?« Mauds Stimme klang sanfter, sie beugte sich vor und ließ die Schultern hängen, um harmloser zu wirken. »Ich will Sie nicht lange aufhalten, ich sehe doch, wie viel Sie zu tun haben.«

Die Köchin schaute auf und musterte sie prüfend aus graublauen Augen, kalt wie das Eis, dessen Farbe sie ähnelten. Maud hatte sich zuerst von ihrem fröhlichen Lachen täuschen lassen, aber schnell erkannt, dass sich hinter dieser Fassade eine starke Persönlichkeit verbarg, der man besser nicht dumm kam.

»Wenn Sie was von mir wollen, müssen Sie mit anpacken.« Mit einer Kopfbewegung deutete Mrs Terrell auf zwei kopflose Hähnchen, die schlecht gerupft aussahen. »Der Junge hat mir wieder Schund gebracht. Machen Sie alle Federn ab.«

Auch wenn Maud sich davor ekelte, die blassen, nackten Körper anzufassen, atmete sie tief durch und griff nach dem ersten Hahn.

»Wie kommt es, dass Sie schlechte Ware bekommen?« Igitt!

Niemals hätte sie erwartet, wie fest die Federkiele in der Haut steckten. »Schließlich stehen Sie stellvertretend für das Herrenhaus. Da sollte man meinen, dass sich die Händler überschlagen, Ihnen das Beste vom Besten zu liefern.«

Mrs Terrell schwieg. Hatte Maud zu dick aufgetragen oder hatte sie die Köchin verkannt? Bereits nach dem ersten Zusammentreffen war Maud sicher gewesen, dass die Köchin Schmeicheleien und Mitgefühl für ihre schwierige Lage sehr zugänglich wäre. Sollte sie sich getäuscht haben?

»Sie haben ja keine Ahnung.« Mrs Terrell stieß einen langen Seufzer aus und bearbeitete das Fleischstück vor sich mit dem Fleischklopfer. »Früher bekamen wir nur die Sahnestückchen. Aber wenn man seine Rechnungen nicht bezahlt, werden die Lieferanten eben bockig.«

»Und Sie Arme müssen das ausbaden.« Mit spitzen Fingern zerrte Maud an der nächsten Feder, die erheblichen Widerstand leistete. »Ich hoffe, es ist nicht zu vermessen …«

»Nun sagen Sie schon.«

»Ich habe mich gefragt, warum eine derart begnadete Köchin wie Sie hierbleibt, wo Sie mit schlechter Ware arbeiten müssen.«

Während sie vorgab, sich immer noch mit dem widerspenstigen Hähnchen zu beschäftigen, beobachtete Maud die Köchin unter halbgesenkten Lidern. Das war der entscheidende Moment: Entweder stimmte Mrs Terrell ihr zu, was Vertrauen zwischen ihnen schaffen würde, oder aber sie verschloss sich wie eine Auster.

»Das ist alles die Schuld von der alten Hexe.« Die Köchin ließ die Hände sinken und stützte sich schwer auf den

Holztisch. »Ohne sie wäre ich schon längst auf und davon.«

»Lady Montgomery?« Auch wenn Maud der Herrin des Hauses ihr schüchternes Gehabe nicht abkaufte, konnte sie sich dennoch nicht vorstellen, dass die Dame ihre Köchin mit allen Mitteln zu halten versuchte. Das passte einfach nicht zu Lady Montgomery. »Was hat sie getan?«

»Nicht unsere Lady, obwohl …« Mrs Terrell stockte, als überlegte sie, wie viel sie Maud anvertrauen konnte. »Lady Montgomery weiß auch, wie sie bekommt, was sie will.«

Diese Einschätzung teilte Maud. Ihrer Erfahrung nach spielten Ladys oft die Schwache und Sanfte, um mit harter Hand zu regieren. Obwohl sie am liebsten mit der Frage herausgeplatzt wäre, wer die Köchin verärgert hatte, schwieg sie und wartete ab.

Mrs Terrell legte das Fleisch zur Seite, wusch sich die Hände und stellte eine Schüssel vor sich hin, in die sie Mehl schüttete.

»Man soll ja über Tote nicht schlecht reden, aber Lady Blackmore, die war kein guter Mensch.« Mrs Terrell schlug das Ei so hart an die Kante der Schüssel, dass es zerplatzte und Eierschalenstücke auf das Mehl regneten.

»Verflucht!« Maud musste sich gedulden, bis die Köchin alle Stücke abgesammelt und zwei neue Eier aufgeschlagen hatte.

»Das hat meine Ladyschaft auch schon gesagt. Lady Blackmore hat es geschafft, sie nach fünf Minuten sehr zu verärgern.«

»Manchmal dachte ich, sie ist nur glücklich, wenn andere unglücklich sind«, pflichtete ihr die Köchin bei. »Nie konnte man ihr etwas recht machen. Und als ich kündigte …«

»Sie waren im Haushalt von Lady Blackmore?«, platzte Maud heraus und ärgerte sich sofort über ihre Dummheit. Sie konnte nur hoffen, die Köchin damit nicht verschreckt zu haben.

»Ich konnte ja nicht ahnen, was sie für ein Biest ist.« Mrs Terrell schüttelte den Kopf. Mit kräftigen Händen vermischte sie Mehl, Eier und ein großes Stück Butter. »Aber Geld hatte sie – und Geschmack. Dort konnte ich Delikatessen zaubern.«

»Warum sind Sie dann gegangen?«, fragte Maud, bevor die Köchin in Reminiszenzen einer glücklichen Vergangenheit versank.

»Weil sie an allem nur herummeckerte. Die Soufflés waren ihr nicht luftig genug, das Fleisch zu roh oder zu durchgebraten.«

»Ich kann es mir vorstellen. So macht das Arbeiten keine Freude.«

»Also habe ich Lady Montgomery gefragt, ob sie eine Köchin braucht, als sie Lady Blackmore besucht hat. Das hat der alten Hexe gar nicht gefallen.«

Nun schwieg die Köchin erneut, bevor sie Maud anfuhr: »Sie sollen die Hühner nicht streicheln, sondern nachrupfen.«

Derart gerüffelt, zog und zerrte Maud an den Federn, bis diese endlich nachgaben und sich aus der Haut lösten. Währenddessen knetete Mrs Terrell den Teig. Schweigend arbeiteten sie nebeneinander, bis das Hähnchen vollkommen federfrei war.

Erst da wagte Maud es, die nächste Frage zu stellen: »Wussten Sie nichts von den … Problemen hier?«

»Oh nein, damals hatte die Familie noch Geld.« Mrs Terrell senkte die Stimme zu einem verschwörerischen Tonfall. Sie blickte über ihre Schulter, ob auch ja niemand außer ihnen in der

Küche war und ihnen zuhörte. »Lord Montgomery hat sich verspekuliert, vor fünf Jahren. Darum sind die Kinder auch weg.«

Obwohl das spannende Informationen waren, wollte Maud nun endlich erfahren, warum die Köchin Lady Blackmore hasste. Doch manchmal führte ein Umweg besser ans Ziel als die gerade Strecke. Es erschien ihr klüger, als neugierige Zofe zu gelten, als Mrs Terrell geradeheraus zu befragen.

»Wieso sind die Kinder nicht mehr hier? Ein Sohn und eine Tochter, nicht wahr?«

»Aubrey hat sich dem Militär verpflichtet und dient in Indien. So muss er nicht mit ansehen, was aus seinem Erbe wird.«

Maud nickte, als wäre das selbstverständlich.

»Und die arme Lady Cecilia musste einen Mann aus den Strafkolonien nehmen, weil sie kein englischer Gentleman wollte.« Mrs Terrell wischte sich mit dem teigverklebten Handrücken eine Träne aus dem Gesicht. »Dabei ist sie eine wunderbare Lady. Vornehm und immer freundlich. Sie hat ein besseres Schicksal verdient.«

Erneut nickte Maud nur und griff nach dem zweiten Hähnchen. Entweder hatte sie nun Übung oder aber die Federn des Vogels saßen weniger fest – die Arbeit ging ihr leichter von der Hand.

»Ich bewundere Ihre Treue«, sagte sie schließlich, nachdem nur noch wenige Federreste verblieben waren. »Ich kenne viele Dienstboten, die flüchten, wenn es mit ihrer Herrschaft bergab geht.«

»Täuschen Sie sich nicht.« Mrs Terrell lächelte dieses schiefe Lächeln, das Maud bei ihrer ersten Begegnung sofort für sie eingenommen hatte. »Tim und ich müssen hierbleiben.«

»Warum? Sie sind doch frei.«

»Wir sind Opfer der Intrigen von Lady Blackmore«, antwortete die Köchin und ihr Gesicht verdüsterte sich. »Sie hat Lügen über uns verbreitet und uns damit jede Möglichkeit genommen, in einem guten Haushalt zu arbeiten.«

Auch wenn Maud neugierig war, mit was für Schmutz die Verstorbene geworfen hatte, ließ sie es genug sein.

»Oh, es ist schon so spät. Ich muss mich noch um die Kleider von Lady Christabel kümmern.«

»Sagen Sie ihr, sie soll vorsichtig sein.« Erneut senkte Mrs Terrell ihre Stimme zu einem Flüstern. »Nicht einmal William glaubt daran, dass Lady Blackmore Opfer eines Einbrechers wurde.«

~

»Haben Sie etwas mehr herausfinden können?«, fragte Maud ihre Ladyschaft, nachdem sie ihr von dem Gespräch mit der Köchin berichtet hatte. »Obwohl Timothy und Mrs Terrell guten Grund haben, Lady Blackmore zu hassen, gewinnen sie nichts durch ihren Tod.«

»Gestern beim Dinner habe alle spekuliert, wann die Gesellschafterin eintrifft und ob sie das Medium dabei haben wird.« Selten hatte Maud Lady Christabel dermaßen enttäuscht klingen gehört. »Mrs Ruteledge scheint wirklich daran zu glauben und wäre zutiefst enttäuscht, sollte sie keine Gelegenheit erhalten, mit den Geistern zu sprechen.«

»Die Dame ist keineswegs so, wie Sie es erwartet haben?«

»Ich verstehe nicht, warum sie nicht aus ihren Büchern lesen oder darüber reden will.« Lady Christabel schob die Unterlippe schmollend vor. »Ich an ihrer Stelle würde mich freuen, eine andere Autorin zu treffen, um mich mit ihr auszutauschen.«

»Haben Lord Sinclair oder Mr Warren etwas Verdächtiges gesagt oder getan?«

Ihre Ladyschaft verzog den Mund, bevor sie antwortete.

»Ich glaube, Lord Sinclair können wir ausschließen. Sein Skandal ist allgemein bekannt und eignet sich daher nicht für eine Erpressung.«

»Aber Sie sagten doch, er könnte deshalb angeklagt werden.«

»Lord Sinclair hat sich der Strafverfolgung einmal entzogen, er würde es wieder tun.«

»Dann bleibt nur Mr Warren. Aber welches Motiv sollte er haben?«

»Hast du etwas über ihn in dem roten Buch gelesen?«

»Es ging so schnell.« Erneut ärgerte sich Maud über ihren Fehler, der sie dieses Wissen gekostet hatte. »Aufgefallen ist mir nichts, aber ich habe es auch nur durchgeblättert.«

»Mr Warren gehört nicht zu unseren Kreisen«, sagte Lady Christabel, mehr zu sich selbst als zu Maud. »Warum also sollte Lady Blackmore ihn erpressen?«

»Wenn wir Lord Sinclair ausschließen, bliebe nur Mr Warren, der Lady Blackmores Zimmer durchsucht hat«, überlegte Maud.

»Ich belasse ihn erst einmal auf unserer Verdächtigenliste, aber mir will kein Motiv einfallen.«

»Und wenn es etwas mit Mrs Ruteledge zu tun hat?« Das war Maud in den Sinn gekommen, als sie über die Séancen nachgedacht hatte. »Beide Frauen glauben an spiritistische Sitzungen. Möglicherweise sind sie einander begegnet.«

»Lady Blackmore hat sich sehr abwertend über Schriftstellerinnen geäußert.« Lady Christabel verengte die Augen. »Ich kann mir gut vorstellen, dass sie Mrs Ruteledge angreifen wollte.«

»Und Mr Warren will seine Autorin beschützen. Aber würde er deshalb jemanden ermorden?«

»Geld ist ein starkes Motiv. Da bleibt uns wohl nur eines.« Nun war Lady Christabels Stimmung sofort wieder besser. »Wir müssen nach dem roten Tagebuch suchen.«

»Das ist überaus gefährlich. Vergessen Sie nicht, jemand hat einen kaltblütigen Mord begangen.« Maud verdrehte die Augen. Musste es immer damit enden, dass sie in ein Zimmer einbrach? »Ganz zu schweigen davon, dass der Inspector hier ist.«

»Daher wirst du auch auf ihn und seinen Constable aufpassen, während *ich* mir Mr Warrens Zimmer vornehme.«

Kapitel 20

»Sie entschuldigen mich. Leider plagen mich Kopfschmerzen.« Selbst wenn sie keinen Plan verfolgt hätte, hätte Christabel diese Ausrede genutzt, um dem Lunch zu entkommen. Eisiges Schweigen herrschte zwischen allen Anwesenden und es kam ihr vor, als würden sie einander belauern. Zu gern hätte sie Mäuschen gespielt, wenn der Inspector am Nachmittag weitere Gespräche führte. Aber nach ihrem gestrigen Fauxpas sah sie davon ab. Stattdessen eilte sie über den Flur zu Mr Warrens Zimmer, das weit ab von den anderen Gästezimmern lag.

Maud gegenüber hatte sie vorgegeben, sich nicht vor dem Einbruch in das Zimmer von Mr Warren zu fürchten, aber nun, als sie dessen Raum erreicht hatte, kam Christabel doch ins Grübeln. Es wäre entsetzlich peinlich, sollte jemand entdecken, wie sie das Zimmer eines Gentlemans durchsuchte. Sicher, ihre Beweggründe waren ehrenhaft, allerdings ließ sich nicht leugnen, dass dieses auf keinen Fall das Benehmen einer ehrbaren Lady war.

»Wenn du so weitermachst, wirst du nie einen Gemahl finden«, meinte sie, die Stimme ihrer Mutter zu hören. Sie sah es förmlich vor sich, wie Lady Rosalind den Kopf schüttelte und sie traurig ansah. »Christabel, was soll nur aus dir werden? Dein Vater und ich können uns nicht immer um dich kümmern.«

Es war das eine, immer wieder über Morde zu stolpern und diese gemeinsam mit Maud zu lösen. Etwas ganz anderes war es jedoch, bei einem Verstoß gegen die guten Sitten ertappt zu werden und in Schande leben zu müssen. Bereits bei ihrem letzten »Fall« auf Blackwell Castle hatte Christabel sich als Schnüfflerin betätigt. Doch da war es nur die Kammer eines Lakaien gewesen. Nicht vollkommen ladylike, gewiss, aber sicher nicht so verwerflich wie das Durchwühlen der persönlichen Habe eines Gentlemans.

Obwohl Mr Warren kein Angehöriger des Adels war, konnte man ihn doch als Gentleman ansehen, da er – sicher auch durch die Romane von Mrs Ruteledge – sehr gut betucht war. Christabel fühlte sich versucht, einfach umzudrehen, in ihr Zimmer zurückzukehren und Maud zu erzählen, sie hätte keinen Erfolg gehabt.

»Wenn ich Maud das zumute, muss ich auch bereit sein, es selbst zu riskieren.« Obwohl sie sich die ermutigenden Worte nur zuflüsterte, hallten sie in ihren Ohren, als hätte Christabel sie mit aller Kraft gerufen. Panisch blickte sie sich um. Nein, es war niemand zu sehen. Allerdings wuchs die Gefahr, dass jemand den Flur entlangkäme, mit jeder Minute, die sie mit Zaudern vergeudete. Daher kniete sich Christabel vor die Tür, fummelte ihre Haarnadel aus der Tasche und begann damit, im Schloss herumzustochern.

Nichts!

Überhaupt nichts!

Sollte sie wahrhaftig verlernt haben, wie man ein Schloss knackte? Christabel konnte sich Mauds Grinsen nur allzu gut vorstellen, sollte sie ihrer Zofe gestehen müssen, dass ihr der

Einbruch missglückt war. Das durfte auf keinen Fall geschehen. Vorsichtig zog Christabel die Haarnadel ein Stück zurück, drehte sie nach rechts und links, bis endlich das erhoffte Knacken zeigte, dass sie erfolgreich gewesen war. Schnell stand sie auf, öffnete die Tür und schlüpfte hinein.

Der Raum war klein, deutlich kleiner und auch schäbiger möbliert als ihr Zimmer. Das Bett aus dunklem Holz war an einigen Stellen angestoßen und nicht einmal überstrichen worden. Die dunkelgrünen Sessel waren fadenscheinig und der Stoff von der Sonne ausgeblichen. Im Kamin flackerte ein Feuer und zeigte die Stellen, an denen der Marmor abgeplatzt war. Selbst die Tapeten an den Wänden wirkten verblichen und zerschlissen. Kurz und gut, es war ein Raum, wie man ihn einem Dienstboten geben würde, aber nicht einem geschätzten Gast. Was mochte das zu bedeuten haben?

Das Einzige, was dieses Zimmer gegenüber dem von Christabel auszeichnete, war seine Nähe zu den Gastgebern. Während Christabel und auch Lord Sinclair im Nebengebäude untergebracht waren, hatten die Montgomerys Mr Warren nah bei sich einquartiert. Erneut überlegte sie, was für Schlussfolgerungen sie daraus ziehen sollte. Aber das war eine Frage für später, für die Zeit, nachdem sie das rote Tagebuch gefunden hatte.

Irgendwie hatte sie sich den Wohnraum eines Verlegers anders vorgestellt. Christabel schaute sich um. In ihrer Fantasie bog sich der Schreibtisch unter Manuskripten, die alle darauf harrten, dass der Verleger sich ihnen widmete. Nun, da sie die nahezu leere Schreibtischplatte vor sich sah, wurde ihr die Sinnlosigkeit der Vorstellung bewusst. Warum sollte Mr

Warren einen riesigen Papierstapel zu einer Einladung aufs Land mitbringen? Schließlich war der Aufenthalt zur Entspannung und nicht zum Arbeiten gedacht.

Schade. Ich hatte gehofft, einen Blick auf den neuesten Krimi von Mrs Ruteledge werfen zu können oder vielleicht eine andere Perle zu entdecken.

Tief verborgen in ihrem Herzen hatte sie sich ausgemalt, durch die Manuskripte zu stöbern, um herauszufinden, was Verleger wünschten. Denn den Traum, einen Kriminalroman zu schreiben, hatte Christabel noch nicht aufgegeben, obwohl »The Strand Magazine« ihre wunderbare Geschichte abgelehnt hatte. Die Welt war anscheinend noch nicht reif für Krimis, in denen Frauen ihre Ehemänner töteten und dafür nicht bestraft wurden. Leider!

Wo sollte sie mit der Suche nach dem Tagebuch beginnen? Christabel blieb stehen und trommelte mit ihren Fingern auf die Wange, das half ihr oft beim Denken. Auch heute erwies es sich als erfolgreich. Dass Mr Warren das Journal in einer Hutschachtel versteckte, war nicht zu erwarten. Daher konzentrierte Christabel ihre Suche auf den Schreibtisch, der aus dunklem Holz war und schwer und männlich wirkte. Auf der Platte lagen nur ein silberner Brieföffner und ein ebenfalls silberner Füllfederhalter, der beinahe zu elegant und zierlich für die Hand eines Gentlemans wirkte.

In der ersten Schublade fand Christabel nur Briefpapier mit dem Wappen der Familie Montgomery, das ein wenig angestaubt war. In der Schublade darunter entdeckte sie einen Papierschnipsel, der aussah wie ein Ausriss aus einer alten Zeitung. Das Papier war vergilbt, die Schrift kaum noch zu lesen.

Tragödie einer Freundschaft, konnte sie die Überschrift entziffern. Melbourne, lautete der Ort. Christabel verengte die Augen, um den verbliebenen Text lesen zu können.

»Himmel!« Das war ein Bericht über den weit zurückliegenden Mord, über den Lady Blackmore gesprochen hatte. Zwar konnte Christabel noch nicht erkennen, was diese Zeitungsmeldung mit dem Tod von Lady Blackmore zu tun hatte, aber sie musste von Bedeutung sein, sonst hätte Mr Warren sie nicht aufgehoben. Ihr erster Impuls war es, den Ausschnitt einzustecken. Dann jedoch ging ihr auf, dass sie damit verraten würde, dass jemand das Zimmer durchsucht hatte. Beherzt griff sie daher nach dem Briefpapier und dem eleganten Füllfederhalter und schrieb die Meldung ab. Ihre Schrift war kaum leserlich, weil ihre Finger vor Aufregung zitterten.

Nachdem sie tief Luft geholt hatte, legte Christabel die Meldung und das Briefpapier wieder an ihren Platz. Sie war so stolz über ihre Entdeckung, dass sie die Stimmen erst hörte, als sie vor der Tür anhielten.

»Du bist mir etwas schuldig. Ich habe dich entdeckt.« Das war eindeutig der tiefe Bariton von Mr Warren. »Du kannst mich nicht einfach verlassen.«

»Ich habe dir genug Geld eingebracht.« Mrs Ruteledges Stimme klang gepresst. »Niemand kann mich zu etwas zwingen, das ich nicht will.«

»Überleg es dir gut.« Nun senkte Mr Warren die Stimme, sodass Christabel nur einzelne Worte verstand: »Vergangenheit«, »Geheimnis« und »bereuen«.

Christabel war so fasziniert von dem Streit, dass sie zu spät daran dachte, dass wohl gleich jemand das Zimmer betreten würde. Sie erstarrte, als ein Schlüssel sich im Schloss drehte.

Ihr blieb nur, zur Tür zu starren und so schnell wie möglich nach einer Ausrede zu suchen, die ihre Anwesenheit in Mr Warrens Zimmer erklärte. Doch ihr Gehirn war wie paralysiert – ihr wollte einfach nichts einfallen. Am liebsten hätte Christabel die Augen geschlossen und vorgegeben, nichts zu sehen. Oder sich unter dem Bett versteckt, so wie Maud es getan hatte.

»Was suchen Sie hier?« Mr Warrens markante Züge zeigten eine Mischung aus Erstaunen und Zorn. »Wie kommen Sie in mein Zimmer?«

»Ich … ich«, stammelte sie. Ihr wollte keine Erklärung einfallen, die auch nur annähernd glaubwürdig klingen mochte. »Ich wollte allein mit Ihnen sprechen.«

Kaum hatte sie ausgesprochen, bemerkte sie, wie dünn diese Ausrede klang, denn dafür hätte es eine Vielzahl besserer Gelegenheiten gegeben. Ganz zu schweigen davon, dass es nicht erklärte, wie Christabel in einen verschlossenen Raum gekommen war. Sie konnte nur hoffen und beten, dass Mr Warren dieser Fehler nicht auffiel.

Zu früh gefreut. Auch Mr Warren schienen die Lücken in ihrer Rechtfertigung bewusst zu sein, denn ein hämisches Grinsen breitete sich auf seinem Gesicht aus. Genau das gleiche Grinsen, mit dem er ihren Fenstersturz kommentiert hatte.

»Meinen Sie ernsthaft, ich glaube Ihnen das?« Der Verleger schüttelte den Kopf und kam bedrohlich auf sie zu. »Ich weiß genau, was Sie hier tun. Das, was sie schon vor der Bibliothek getan haben: Sie schnüffeln herum.«

»Ja«, gestand Christabel ein und senkte den Kopf. Mit bußfertiger Stimme flüsterte sie: »Es tut mir leid, aber …«

Eine bewusste Pause, in der sie sich bemühte, eine Träne hervorzupressen. Zu ihrer Überraschung fiel ihr das nicht schwer. Sie musste nur an den Skandal denken, den diese Situation hervorrufen würde. Als sie spürte, wie die Tränen über ihre Wange kullerten, hob sie den Kopf und sah den Verleger bittend an.

»Ich war so neugierig auf den neuesten Krimi von Mrs Ruteledge, dass ich das Hausmädchen überredet habe, mich in Ihr Zimmer zu lassen, um danach zu stöbern.«

Hoffentlich kam er nicht auf die Idee, nach Ruby zu klingeln, um sie zu fragen, ob Christabels Geschichte stimmte. Auf Mr Warrens Miene wechselten sich Unglauben und Überraschung ab. Vielleicht hätte sie doch ihre erste Idee nutzen sollen: Ihm zu erzählen, dass sie allein mit ihm sein wollte, weil kein Mann bisher derartige Gefühle in ihr geweckt hatte. Allerdings zweifelte Christabel daran, dass sie diese Szene glaubhaft hätte spielen können.

»Deswegen sind Sie in meinem Zimmer?« Noch immer klang er äußerst überrascht. »Geben Sie schon zu, dass Sie etwas suchen, damit Sie mir den Mord anhängen können.«

Himmel! Christabel hatte ihn unterschätzt, dabei musste der Verleger nur eins und eins zusammenzählen, um auf diese Idee zu kommen.

»Nur was ich selber denk und tu, trau ich allen anderen zu«, platzte sie mit dem Ersten heraus, was ihr in den Sinn kam. Diesen Sinnspruch hatte sie von einem deutschen Kindermädchen, das leider nur ein Jahr geblieben war. Christabels Eltern waren weder von den Erziehungsvorstellungen noch den überaus eigenen Sinnsprüchen des Fräuleins begeistert gewesen.

»Was soll das heißen?« Nun war es ihr gelungen, ihn vollends zu verwirren. »Ich habe nicht die unschöne Angewohnheit, in die Privaträume fremder Menschen einzudringen.«

»Wollen Sie etwa sagen, Sie sind nicht neugierig, wer Lady Blackmore getötet hat? Und was das Motiv für die grausame Tat war?«

»Selbstverständlich wünsche ich mir, dass der Täter zur Rechenschaft gezogen wird.« Seine Augen verengten sich und Christabels Handflächen wurden feucht. Nun erst wurde ihr bewusst, dass sie mit ihm allein war. »Aber das ist Angelegenheit des Yards.«

Er öffnete die Zimmertür, was Christabel mit großer Erleichterung erfüllte.

»Sie sollten weniger Kriminalromane lesen, verehrte junge Lady.« Sein Lächeln war so herablassend, dass sie ihm gern eine Ohrfeige verpasst hätte. »Die arme Winifred hat sich schon bei mir beschwert, weil sie sich von Ihnen verfolgt fühlt.«

Christabel, die gerade noch mit großen Schritten zur Tür geeilt war, blieb stehen, als hätte er sie ins Gesicht geschlagen. Ihre Wangen brannten und ihre Augen füllten sich erneut mit Tränen. Echten diesmal. Mit letzter Kraft gelang es ihr, die verbleibenden Schritte bis zum Ausgang zu bewältigen. Nachdem sie hörte, dass Mr Warren die Tür hinter ihr geschlossen hatte, ließ sie den Tränen freien Lauf.

Ihr war vollkommen gleichgültig, was der Verleger von ihr hielt, aber dass ihre Heldin sie nicht mochte, sich gar bei Mr Warren negativ über Christabel geäußert hatte, das zog ihr den

Boden unter den Füßen weg. Sicher, sie war erpicht darauf gewesen, ihre Heldin kennenzulernen, aber das … nein, niemals hätte eine Christabel Mowgray sich jemandem aufgedrängt. Was bildete sich diese Mrs Ruteledge nur ein?

Nachdem sie die Tränen abgewischt hatte, wünschte sie nur eines: In ihr Zimmer zu gehen und dort zu packen, denn keinen Tag länger wollte sie hierbleiben. Hier, am Ort ihrer größten Schmach.

Doch das Leben gönnte ihr nicht einmal diesen kleinen Wunsch. Als sie auf die Eingangshalle zukam, hörte sie das furchtbar hohe Kläffen eines kleinen Hundes, unterbrochen vom Ringen nach Atem. Wer hatte nur Herbert Henry freigelassen und warum führte sich der kleine Hund auf, als wäre seine Herrin auferstanden?

Nun doch neugierig betrat sie die Halle und entdeckte eine hellbraune Dame. Anders konnte man die Frau nicht beschreiben, die sich des Hundes erwehrte, der an ihr hochsprang. Ihre hochgesteckten Haare, die sich aus der Frisur befreit hatten, waren von einem hellen Braun, ebenso wie ihr Kleid und ihre Augen. Die tiefen Falten um die Mundwinkel und die schweren Tränensäcke ließen sie müde aussehen. Als spürte sie Christabels Blick, sah sie auf und lächelte.

»Adeline Spranklin, Gesellschafterin von Lady Blackmore.« Energisch packte sie Herbert Henry am Halsband. »Genug, HH, man versteht ja sein eigenes Wort nicht.«

Obwohl sie in ruhigem Ton gesprochen hatte, verstummte der Hund sofort.

»Christabel Mowgray. Erfreut, Sie kennenzulernen, auch wenn es unter so tragischen Umständen geschieht.« Sie überlegte einen Moment, ob es passend war, aber dann sprach sie es aus: »Mein Beileid.«

»Danke. Ich hoffe, ich kann auf Sie zählen, um den Mörder zu finden.«

»Wie bitte?« Christabel musste sich verhört haben. So etwas sagte man nicht zu jemandem, den man eben erst kennengelernt hatte.

»Entschuldigung. Edna hat mir immer vorgeworfen, ich wäre zu ungeduldig und zu geradeheraus.« Miss Spranklin lächelte. »Aber ich fürchte, auf Scotland Yard kann man sich nur wenig verlassen.«

Mit diesen Worten gewann sie Christabels Sympathie. Ja, das Ansinnen war gewagt, aber sie konnte Miss Spranklins Wunsch nach Gerechtigkeit verstehen.

»Gewiss.« Das Kofferpacken verschob Christabel erst einmal. Abreisen konnte sie immer noch, aber nun waren ihre detektivischen Fähigkeiten gefragt. »Was kann ich tun?«

»Sie können mir bei der Suche nach einem Medium helfen. Heute Nacht noch will ich mit Edna sprechen und ihren Mörder entlarven.«

Kapitel 21

Obwohl Maud der Schrecken darüber, gestern in Lady Blackmores Zimmer beinahe ertappt worden zu sein, immer noch in den Knochen saß, brachte sie es nicht über sich, tatenlos in ihrer Kammer zu sitzen und zu warten. Sie konnte nicht einfach nichts tun, während ihre Ladyschaft in Mr Warrens Zimmer einbrach.

Wenn Maud weiter überlegte, wer der Mörder war oder wer Lady Christabel den Brief geschickt hatte oder wer ihr die Werbezettel gesandt hatte, würde sie gewiss wahnsinnig. Lieber irgendetwas tun, auch wenn es falsch wäre, als weiterhin zu grübeln und zu grübeln.

»Ich sollte es besser wissen«, murmelte sie und seufzte. »Aber ich habe in meinem Leben schon so viele Fehler gemacht, da kommt es auf diesen einen auch nicht an.«

Sie stand so abrupt auf, dass die Katze sie zornig anfauchte. Das Tier grollte noch einmal und verschwand dann an seinen Platz unter Mauds Bett.

»Ich hätte nicht gedacht, dass jemand noch undankbarer als Kitty und Bastet sein könnte«, rief Maud der Katze nach, von der nur noch die Schwanzspitze zu sehen war. »Ich habe deinem Kind das Leben gerettet, du dumme Nuss.«

Zur Antwort erhielt sie ein erneutes Fauchen, was Maud mit einem Achselzucken quittierte. Sollte sie den Zorn der Katze als Warnung betrachten, von ihren Absichten abzulassen?

Nein, gewiss nicht. Maud schüttelte den Kopf. Den Glauben an Zeichen und Warnungen von höheren Ebenen hatte sie vor langer Zeit hinter sich gelassen, nachdem sie es gewesen war, die diese Zeichen hervorgebracht hatte. Sie fröstelte, als wäre die Temperatur in ihrer Kammer gesunken.

Zu Beginn, kurz nachdem sie Patrick getroffen hatte und von ihm in die Geheimnisse ihrer Kunst eingeweiht worden war, hatte sie sich gefürchtet, wenn ein hohles Klopfen ertönte oder dumpfe Stimmen nach ihren Angehörigen riefen. Patrick hatte sich über sie und ihre Unschuld lustig gemacht und ihr all seine Tricks gezeigt.

Später, nachdem ihre Liebe zu ihm verblasst war, hatte sie es bedauert, dass er die Welt entzaubert hatte. Aber er hatte ihr im Gegenzug eine Welt gezeigt, in der man mit Klugheit und Zuhören seinen Weg gehen konnte. Eine Welt, in der eine Frau von niedriger Geburt es erreichen konnte, in herrschaftliche Häuser eingelassen zu werden. Mehr noch, in der diese Frau sich gewiss sein konnte, die Aufmerksamkeit der hohen Herrschaften und deren Geld zu erhalten.

Aber der Preis dafür war hoch gewesen, das war ihr von Anfang an klar gewesen. Zu Beginn hatte sie es in Kauf genommen für Patrick und später … ja, später, da hatte sie keine Wahl mehr gehabt. Maud schauderte und stand auf. Sie musste unter Menschen sein, um ihren Gedanken zu entkommen.

Nachdem der Tee serviert worden war, bedauerte Maud bereits, das Essen in der Dienstbotenhalle zu sich nehmen zu müssen.

Wenn überhaupt möglich, war die Stille noch drückender und bitterer, waren die Blicke, die sich die Dienstboten zuwarfen, von Zorn und Misstrauen gelenkt. Einen Moment überlegte Maud, zu sprechen, nur damit etwas gesagt war, aber ihr wollte kein unverfängliches Thema einfallen. Daher beschäftigte sie sich mit der Suppe, die überraschend lasch schmeckte, als hätte Mrs Terrell an den Gewürzen gespart.

»Schade«, sagte Ruby, nachdem das Schweigen zu bleiern wurde. »Nun werden wir nie das Medium kennenlernen.«

Niemand antwortete ihr, aber Mauds Aufmerksamkeit war geweckt. Unter halbgesenkten Lidern beobachtete sie die Reaktionen. Mr Fitzwilliam schüttelte voller Widerwillen den Kopf, während Mrs Terrell die Stirn runzelte. Timothy schnaubte und Polly sah hilflos von einem zum anderen.

Aber Ruby gab nicht auf. Sie schniefte. »Dabei hätte ich meinem Vater noch gern gesagt, wie sehr ich ihn lieb hatte.«

»Sei ruhig«, herrschte Hilda Terrell sie an. »Glaubst du, jemand, der mit der Geisterwelt spricht, interessiert sich für deine kleinen Probleme?«

Maud hörte sich das an und überlegte, ob sie eingreifen sollte. Nein, das erschien ihr zu früh. Erst einmal wollte sie erfahren, wie die anderen Dienstboten zu Séancen und Geisterbeschwörungen standen. Ihrer Erfahrung nach war das Personal meist abergläubischer und leichter auszutricksen als die oberen Herrschaften. Obwohl sie auch Ladys und Gentlemen erlebt hatte, die auf jeden Taschenspielertrick hereingefallen waren. Das war abhängig von Trauer und Verzweiflung. Je tiefer beides war, umso mehr klammerten sich die Menschen an Strohhalme.

»Geisterbeschwörungen sind nur etwas für dumme Menschen, die auch auf Jahrmarktswahrsager hereinfallen«, sagte Timothy brüsk. »Es gibt keine Möglichkeit, mit den Toten zu reden. Punktum.«

Für einen so jungen Menschen hatte er bereits strikte Ansichten. Man konnte nur hoffen, dass die Erfahrungen ihn im Laufe seines Lebens etwas toleranter werden ließen, sonst würde ein unangenehmer Mann aus ihm werden.

»Genug davon!« Mr Fitzwilliam schlug mit der flachen Hand auf den Tisch. »In diesem Raum findet derart abergläubisches Gehabe keinen Platz.«

»Es gibt mehr Ding' im Himmel und auf Erden, als Eure Schulweisheit sich träumt, Horatio«, entgegnete ihm Maud mit einem sanften Lächeln. »Wollen Sie wirklich dem großen Dichter widersprechen?«

»Shakespeare hat das vor mehr als 300 Jahren geschrieben«, entgegnete ihr der Butler mit arroganter Miene. »Inzwischen sollten wir uns von diesem Aberglauben befreit haben.«

Sollte sie es wagen? Eine bessere Gelegenheit fand sich gewiss nicht. Aber sie sollte keine Séance vorschlagen, das erforderte zu viel Vorbereitung und vor allem einen Mitwisser, den sie leider nicht hatte. Aber es gab andere Möglichkeiten, jemanden auszuhorchen.

»Ich kann das Schicksal von Menschen aus deren Hand lesen.« Maud lächelte die Dienstboten an. »Und es ist immer eingetroffen, was ich gesehen habe.«

Polly und Ruby starrten sie aus großen Augen an, während der Butler empört die Hände zu Fäusten ballte.

»Woher wollen Sie das können?« Mrs Terrell musterte

Maud, auf ihren runden Zügen zeichnete sich eine Mischung aus Neugier und Unglauben ab. »Sie sind Zofe, keine Zigeunerin.«

Ich wusste es. Es braucht nur wenig, um ihre Neugier zu wecken. Und wenn man sie am Haken hat, ist der Rest ein Kinderspiel.

Ihre Gedanken beängstigten Maud ein wenig, hatte sie doch geglaubt, diese Person hinter sich gelassen zu haben. Aber ein Leopard änderte seine Flecken eben nicht und sie konnte ihre Vergangenheit nicht abschütteln wie ein Fell, das ihr nicht mehr gefiel. Allerdings spielte sie schon sehr mit dem Feuer, sollte sie hier eine spiritistische Sitzung abhalten. Aber besser und schneller würde sie ihre Verdächtigen nicht an einem Tisch versammeln und in Angst und Schrecken versetzen können. Trotzdem flatterte ihr Herz bei der Vorstellung, wieder in die alten Routinen zu verfallen und Menschen zu betrügen.

»Meine Großmutter und deren Großmutter besaßen das zweite Gesicht«, flüsterte Maud mit ihrer antrainierten rauen Stimme, die geheimnisvoll und düster wirkte. »Die Gabe überspringt immer eine Generation. Grandma sagte immer, sie würde mit jedem Sprung stärker.«

»Blödsinn!«, schleuderte Mr Fitzwilliam ihr entgegen. »Ich verbiete, dass so etwas in meinem Haus stattfindet.«

»Daran werde ich mich selbstverständlich halten«, entgegnete Maud, aber sie hatte bereits die Blicke gesehen, die sich die niederen Dienstboten untereinander zuwarfen. »Es soll schneien, habe ich gehört.«

Niemand antwortete ihr und sie aßen in tiefem Schweigen. Immer, wenn Maud von ihrem Teller hochschaute, sah sie entweder Rubys oder Mr Fitzwilliams Blick, die sie aufmerksam musterten.

Nachdem alle aufgestanden waren, um ihren Tagewerken nachzugehen, kam Ruby auf Maud zu, sobald sie außer Sichtweite des Butlers waren.

»Können Sie uns wirklich die Zukunft vorhersagen?« Ihre Stimme klang so flehend, dass Maud wieder wusste, warum sie die Wahrsagerei aufgegeben hatte. Von Tag zu Tag hatte sie es mehr gehasst, verzweifelte Menschen zu belügen, nur damit Patrick und sie Geld verdienten. »Ich mache mir solche Sorgen, was aus uns wird, mit dem Mord und allem.«

»Triff mich in einer halben Stunde in …« Maud überlegte, wo ein idealer Treffpunkt sein könnte. »Was meinst du, wo sind wir ungestört?«

»Im Frühstückszimmer, da kommt jetzt niemand mehr hinein.« Ruby lächelte verschmitzt. »Und die Polizei ist weit genug entfernt.«

»Also gut, in einer halben Stunde.« Sie benötigte etwas Vorbereitungszeit, um die Wahrsagerei glaubwürdig erscheinen zu lassen.

~

Auf dem Weg in das Frühstückszimmer meinte Maud, Herbert Henry kläffen zu hören. Wie sie erwartet hatte, saßen sie dort zu dritt und sahen ihr erwartungsvoll entgegen. Polly und Ruby schauten gespannt, während Timothy Maud eher kritisch musterte, als suchte er nach Anzeichen einer Lüge.

Sie zog die Vorhänge wieder zu, um eine Atmosphäre des

Geheimnisvollen zu erschaffen. Dann stellte sie die Kerze auf den Tisch, die sie in Salbei gerollt hatte, den sie Mrs Terrell gestohlen hatte. Kurz hatte sie überlegt, ob sie ihre Tarotkarten nutzen sollte, die sie immer noch bei sich führte, aber das erschien ihr zu übertrieben.

»Wer möchte anfangen?« Ihrer Erfahrung nach war es besser, nicht zu lange zu warten. »Timothy, du vielleicht?«

»Ich bin nur hier, weil Polly das wollte«, polterte Timothy los. »Ich glaube nicht an Zauberei. Das ist nur etwas für alte Weiber und dumme Mädchen.«

»Du hast wohl Angst davor, was sie dir sagen wird«, zog Ruby ihn auf. »Ich jedenfalls bin neugierig, wie mein Leben weitergehen wird. Hier werde ich wohl nicht mehr lange bleiben.«

Maud horchte auf, ließ sich das aber nicht anmerken. Genau das war ihre Absicht gewesen, als sie den unteren Dienstboten angeboten hatte, ihnen ihre Zukunft vorherzusagen. Wenn jemand sich darauf konzentrierte, was ihn erwartete, achtete er weniger darauf, was er über die Gegenwart erzählte.

»Ich … ich würde es auch gern wissen, aber nur, wenn es gut ist.« Pollys Gesicht verzog sich. »Versprechen Sie mir, das Böse nicht zu erzählen.«

Maud nickte. Erneut griff das schlechte Gewissen nach ihr, weil sie den armen Dienstmädchen Lügen erzählen würde, nur um herauszufinden, was diese wussten. Dann aber sagte sie sich, dass ein bisschen Hoffnung Ruby und Polly sicher helfen würde.

Inzwischen verbrannte der Salbei und verbreite seinen würzigen Geruch. Die Kerze rußte, was die Atmosphäre geheimnisvoller werden ließ. So wie Maud es geplant hatte.

»Gib mir deine Linke«, sagte sie zu Ruby. »Sie ist näher am Herzen und zeigt, was dich in Zukunft erwartet.«

Das Hausmädchen nickte. Seine warme Hand zitterte leicht, als Maud sie in ihre nahm. Mit dem Zeigefinger strich sie sanft über die Linien der Handfläche.

»Deine Lebenslinie ist stark und tief«, murmelte Maud.

»Ist das ein gutes Zeichen?«, wisperte Polly, die ihre Hand ebenfalls betrachtete.

»Pst, lass sie reden!« Ruby schüttelte den Kopf.

»Es gibt eine große Unterbrechung, was für eine anstehende Veränderung spricht.« Damit sprach Maud nur an, was das Hausmädchen bereits angedeutet hatte.

Bevor sie mehr sagen oder mehr erfahren konnte, wurde die Tür zum Frühstückszimmer aufgerissen und der Butler stürmte herein, ein Abbild empörter Rechtschaffenheit.

»Miss Gulliver!« Mr Fitzwilliams Tonfall zeigte ebenso viel Empörung wie seine Hände, die er zu Fäusten geballt und in die Hüften gestemmt hatte. »Ich hatte Ihnen verboten, die Dienstboten mit Ihrem Geschwätz durcheinanderzubringen.«

»Wir … wir wollten nur wissen, was aus uns wird«, sprang ihr unerwartet Polly zur Seite. »Jetzt, wo Lady Blackmore tot und ein Mörder unter uns ist.«

»Polly!« Der Butler schüttelte den Kopf. »Miss Gulliver, wie können Sie dem armen Mädchen nur so einen Blödsinn einreden. Sie kommen jetzt sofort mit mir mit zu Lady Christabel. Ihre Ladyschaft soll entscheiden, wie man mit Ihnen verfahren soll.«

Obwohl sich alles in Maud sträubte, wie eine arme Sünderin davongeführt zu werden, blieb ihr keine andere Wahl. Polly und Ruby nickten ihr aufmunternd zu, während Timothy breit grinste. Nun wusste Maud auch, wer sie an Mr Fitzwilliam verraten hatte. Das sprach sehr dafür, dass der Lakai etwas zu verbergen hatte.

Mit großen Schritten eilte Mr Fitzwilliam durch die Eingangshalle, sodass Maud sich anstrengen musste, ihm zu folgen.

»Lassen Sie mich gehen«, flehte Maud, obwohl es ihr widerstrebte, sich vor dem Butler zu erniedrigen. »Es ist doch nichts passiert.«

»Ich hatte es Ihnen untersagt.« Mr Fitzwilliam schien sich sehr über die Gelegenheit zu freuen, ihr eins auszuwischen. »Wer nicht hören will, muss fühlen.«

Hölle und Hinkebein! Hielt er sie etwa für ein unerzogenes Kind, dem er Manieren beibringen musste? Maud presste die Lippen zusammen. Sie blieb stehen und stemmte die Beine in den Boden, was den Butler dazu brachte, nach ihrem Arm zu greifen und daran zu ziehen.

»Einen Moment! Warten Sie!«, hielt ihn eine Stimme auf, die Maud vorher noch nicht gehört hatte. »Was werfen Sie dieser Dame vor?«

»Wer sind Sie?«, herrschte Mr Fitzwilliam die Frau an, sein Kopf inzwischen hochrot. »Das geht Sie gar nichts an.«

»Ich bin Adeline Spranklin, die neue Gesellschafterin von Lady Blackmore«, antwortete die Dame von oben herab. »Damit bin ich höhergestellt als Sie und erwarte eine adäquate Antwort.«

»Das ist Miss Gulliver, die Zofe von Lady Christabel«, stieß der Butler schließlich hervor. »Sie hat die unteren Dienstboten mit Hokuspokus durcheinandergebracht.«

»Hokuspokus?« Miss Spranklin sprach Maud direkt an, als wäre Mr Fitzwilliam nur ein winziges Ärgernis am Rande. »Sind Sie möglicherweise ein Medium?«

Kapitel 22

»Da niemand von Ihnen das Offensichtliche anspricht, ist es an mir, mich zu entschuldigen.« Christabel senkte den Blick, ihre Finger spielten mit dem Besteck, während sie den Mut sammelte, alle Anwesenden anzusehen. »Auch im Namen meiner Zofe soll ich Ihnen allen sagen, wie leid es ihr tut.«

Leider hatte Fitzwilliam Maud und sie nicht alleingelassen, sodass Christabel nur aus zweiter Hand erfahren hatte, was ihrer Zofe zur Last gelegt wurde. Warum es allerdings als Verbrechen betrachtet wurde, dass sie dem Hausmädchen aus der Hand gelesen hatte, wollte sie nicht einsehen.

»Sie haben diese Person nicht entlassen, obwohl sie ein derart ungebührliches Verhalten an den Tag legte?« Zum ersten Mal, seitdem Christabel Lady Montgomery kannte, erhob diese ihre Stimme. »Ich verlange, dass sie aus meinem Haus entfernt wird.«

»Ich bitte Sie inständig, meine verehrte Lady Montgomery«, bat Christabel mit flehender Stimme. »Verurteilen Sie Maud nicht für einen Fehler.«

»Fehler?« Nun musste auch noch Lord Montgomery seine Meinung kundtun. »Es gibt nichts Schlimmeres als widerspenstige Dienstboten, die sich dem Befehl des Butlers widersetzen.«

»Ich stimme Ihnen selbstverständlich zu«, log Christabel,

denn schließlich lebten ihre Nachforschungen davon, dass sie und ihre Zofe neugierig in fremde Zimmer eindrangen und sich nicht an Verbote hielten. »Ich fürchte, meine arme Maud hat einfach zu viele Spukgeschichten gelesen.«

»Das habe ich auch.« Nun bleckte Lord Sinclair die Zähne zu einem Lächeln. »Aber deshalb bringe ich nicht die Dienstboten durcheinander und behaupte, ich könnte ihnen die Zukunft vorhersagen.«

Himmel! Christabel hätte ihm am liebsten den Mund verboten, aber das passte nicht zu ihrer Rolle als Büßerin. Daher zog sie die Schulterblätter nach vorn, senkte den Kopf noch etwas tiefer und murmelte: »Selbstverständlich haben Sie recht. Allerdings hatte die bedauernswerte Maud eine schwierige Jugend. Manchmal tritt das leider wieder zutage.«

»Ja, ja, die Jugendsünden. Die können einen verfolgen, bis man paranoid wird.« Kam es Christabel nur so vor oder wandte Mr Warren sich mit seinen Worten an Mrs Ruteledge und nicht an sie? »Aus meiner Sicht hat die Zofe ein kleineres Vergehen vorgenommen. Wir sollten Nachsicht mit ihr üben. Schließlich ist sie keine Mörderin, nicht wahr?«

Erneut schien er Mrs Ruteledge direkt anzusprechen. Wusste er etwas, das Christabel entgangen war? Es musste mit dieser Zeitungsmeldung zu tun haben. Wenn sie nur mehr darüber erfahren könnte! Ob die Autorin mit den Mädchen verwandt war?

»Ich dulde es nicht, wenn in meinem Haus jemand die Dienstboten mit Geistergeschwätz verängstigt.« Erneut ließ sich Lady Montgomery vernehmen. Christabel hätte nicht erwartet, dass es der Dame so wichtig war, schließlich war sie damit einverstanden gewesen, dass Lady Blackmore eine Séance durchführte. Aber das war eben die reiche Erbtante und nicht ein Gast, der sich mehr oder weniger selbst eingeladen hatte.

Hilfesuchend sah Christabel sich um, auf den ersten Blick ohne Erfolg. Mrs Ruteledge, die sehr blass wirkte, schien mit ihren Gedanken ganz woanders zu sein. Mr Warren grinste sie breit an und schien sich an ihren Qualen zu weiden.

Selbst Hedley Sinclair, auf dessen Unterstützung Christabel gesetzt hatte, schaute sie nur nachdenklich an, bevor er den Kopf schüttelte. Ein Mann wie er, der selbst einmal der Verfolgung durch das Gesetz ausgesetzt gewesen war, sollte mehr Verständnis aufbringen, fand Christabel. Andererseits hatte er es bereits damals vorgezogen, sich den Konsequenzen seiner Handlungen durch Flucht zu entziehen.

Zu ihrer Überraschung ergriff Miss Spranklin das Wort. Die Gesellschafterin hatte bisher geschwiegen, als wagte sie es nicht, ohne ihre Ladyschaft eine Meinung zu äußern. »Wir sollten uns glücklich schätzen, eine Frau mit der Gabe unter uns zu haben, selbst wenn sie nur eine Dienstbotin ist.«

Christabel senkte den Kopf und presste die Lippen zusammen, damit ihr nicht Worte entkamen, die sie später bereute. Die Gesellschafterin war ebenfalls eine Dienstbotin, auch wenn ihr Status das zu verschleiern versuchte und sie mit ihnen am Tisch saß. Aber unleugbar erhielt sie Geld für ihre Gesellschaft, ebenso wie Maud. Aber es war nicht ratsam, diese Frage nun zu diskutieren. Viel klüger erschien es, ihre neue Verbündete zu stärken, selbst wenn diese absurden Ideen über eine »Gabe« anhing.

»Wie meinen Sie das?« Lord Montgomery schien sich nicht sicher zu sein, wie er Miss Spranklin behandeln sollte. Immerhin war sie eine enge Vertraute seiner verstorbenen Schwester, auch wenn sie dies gegen Bezahlung war. »Glauben Sie etwa an die Fähigkeit, die Zukunft zu erkennen?«

»Lady Blackmore hat daran geglaubt«, antwortete Miss Spranklin mit salbungsvoller Stimme. »Dank ihr habe ich Dinge erlebt und gesehen, die sich nicht immer erklären ließen.«

»Da wir bereits genug Querelen durchzustehen haben, werden wir uns wohl oder übel mit der Anwesenheit von Gulliver abfinden.« Einen Moment lang sah es so aus, als wollte Lord Montgomery mit der Faust auf den Tisch schlagen, um seinen Vorschlag zu bekräftigen, doch er hielt sich zurück.

Obwohl Lady Montgomerys Miene wirkte, als wollte sie Maud lieber mit Fackeln und Mistgabeln verjagen lassen, stimmte schließlich auch sie dem Vorschlag mit einem Kopfnicken zu.

»Aber ich verlange«, quietschte Lady Montgomery, »dass sie die Zeit ihres Aufenthalts in ihrer Kammer verbringt. *Ich* jedenfalls möchte Gulliver nicht mehr zu sehen bekommen.«

Maud wird schäumen vor Zorn, wenn ich ihr das mitteile. So verliert sie das Gesicht vor den anderen Dienstboten. Ach was, es kann ihr und mir egal sein, denn allzu lange werden wir hier ohnehin nicht mehr bleiben.

»Ich danke Ihnen vielmals.« Christabel senkte den Kopf noch tiefer, damit niemand ihre wahren Gedanken und Gefühle vom Gesicht ablesen konnte.

»Nun, da wir das leidige Thema geklärt haben, habe ich noch eine Frage in die Runde.« Unter halbgesenkten Lidern konnte Christabel sehen, wie Lord Sinclairs Augen vor Vergnügen glitzerten. »Sollten wir nicht zu Ehren Lady Blackmores die Séance abhalten, die sie sich gewünscht hat? Immerhin haben wir eine ›Frau mit der Gabe‹ unter uns.«

Das Lächeln, das er zeigte, konnte man nur als boshaft bezeichnen. Christabel bedauerte, dass sie Mitgefühl für ihn und seine tragische Geschichte gehabt hatte. Jemand, der so boshaft war wie er, war sicher auch eines Mordes fähig.

»Wie bitte?« Lord Montgomery ließ sein Messer fallen, das klirrend auf dem edlen Porzellanteller landete. »Das meinen Sie gewiss nicht ernst.«

»Oh doch.« Lord Sinclair nickte bestätigend mit dem Kopf. »Wenn wir Glück haben, beehrt uns Lady Blackmores Geist mit seinem Besuch und wir können gleich fragen, wer sie ermordet hat.«

»Hedley!« Selbst Mr Warren, der sonst für jeden Spaß seines jüngeren Freundes zu haben war, wirkte empört. »Es kann nicht dein Ernst sein, so ein Theater veranstalten zu wollen?«

»Es ist kein Theater«, warf Miss Spranklin ein, aber niemand widmete ihr Aufmerksamkeit.

»Ich möchte nur den letzten Wunsch der lieben Verblichenen respektieren.« Lord Sinclair faltete seine Hände und schaute vorgeblich andächtig von einem zum anderen. »Vor allem, da uns die arme Lady Blackmore so plötzlich und tragisch entrissen wurde.«

Christabel konnte ihn nur sprachlos anstarren. Es war das eine, mit Bonmots und kleinen Spitzen um sich zu werfen und deren Wirkung zu genießen. Aber sich über einen Mord lustig zu machen und diesen als Anlass für eine Provokation zu nutzen, das war wahrhaftig geschmacklos. So gern sie ihm in die Parade gefahren wäre, sie konnte es nicht. Nicht, nachdem sie gerade erst Absolution für Maud erhalten hatte.

»Sie glauben nicht ernstlich an diese Geisterbeschwörungen, hoffe ich?«, dröhnte Lord Montgomery. Das Schwarz seiner Trauerkleidung ließ ihn noch blasser, beinahe gespensterhaft wirken. »Meiner Schwester als überspannter Witwe habe ich diesen Spleen durchgehen lassen. Aber Sie habe ich für einen vernünftigen jungen Mann gehalten.«

»Selbst der berühmte Sir Arthur Conan Doyle ist überzeugt vom Spiritismus.« Nun musste Christabel eine Meinung kundtun, obwohl sie eigentlich auch nichts von den Geistersehern hielt. »Und dieser Gentleman hat schließlich mit Sherlock Holmes einen der klügsten Köpfe der Welt erfunden.«

»Wie Sie es so richtig bemerkten, Lady Christabel«, sagte Mr Warren in gönnerhaftem Ton, »gehört Conan Doyle zu den Menschen mit zu viel Fantasie.«

»Wollen Sie gar nichts dazu bemerken, Mrs Ruteledge?«, wandte sich Lord Sinclair an die Autorin. »Schließlich verdienen Sie mit den Produkten Ihrer Fantasie Ihre Brötchen. Ebenso wie der gute Gerald, der davon lebt, dass so viele Menschen über Mord und Totschlag lesen wollen.«

Hinter der freundlichen Fassade des jungen Lords verbarg sich ein Mensch, der, ähnlich wie die Verstorbene, Freude daran empfand, zu sticheln und Unfrieden zu säen.

»Das ist überaus unpassend.« Lady Montgomery reckte sich. Selbst ihre eher piepsende Stimme klang nun dunkler. »Die arme Edna ist tot und es ziemt sich nicht, Witze darüber zu machen.«

»Außerdem stehen wir alle unter Verdacht.« Das konnte Christabel sich einfach nicht verkneifen. »Es tut mir leid, wenn ich Ihnen die Stimmung verderbe, aber einer von uns ist ein Mörder.«

»Genug!« Nun donnerte Lord Montgomery wirklich mit der Faust auf den Tisch. »Edna war meine Schwester und ich dulde es nicht, dass man sie zum Gegenstand eines Witzes macht.«

Schweigen entstand, das schließlich von Füßescharren und leisem Räuspern unterbrochen wurde. Aber niemandem schien ein Thema einzufallen, das unverfänglich genug war, von dem Streit abzulenken.

»Auch wenn ich Ihre Meinung sehr schätze«, flüsterte Miss Spranklin, »denn Sie sind der Bruder meiner geschätzten Freundin, so muss ich Ihnen leider in diesem Punkt widersprechen.«

Ruckartig wandten ihr alle den Kopf zu und starrten sie an. Verlegen senkte die Gesellschafterin den Blick und hüstelte. Dann jedoch schaute sie auf und sagte mit überraschend fester Stimme: »Edna hat an Séancen und die Brücke zwischen dem Diesseits und dem Jenseits geglaubt. Meiner bescheidenen Ansicht nach ehren wir sie, wenn wir die spiritistische Sitzung durchführen.« Man hätte eine Nadel fallen gehört, so still war es nach ihren Worten. »Vorausgesetzt, Miss Gulliver ist wahrhaft das Medium, das sie behauptet zu sein.«

»Das meinen Sie nicht …«, brüllte Lord Montgomery, aber ein Ellenbogenstoß seiner Frau brachte ihn zum Schweigen.

»Ich finde, es kann interessant sein«, erklärte Mr Warren mit einem feinen Lächeln. »Soll uns Lady Christabels Zofe doch einmal zeigen, was sie kann, nicht wahr?«

Nun richteten sich alle Blicke auf Christabel, die überlegte, was die klügste Reaktion war. Sollte sie darauf beharren, dass Maud sich einen Scherz mit den Hausmädchen erlaubt hatte, oder sollte sie die Gelegenheit nutzen, um auf diesem zugegeben etwas ungewöhnlichen Weg mehr über Lady Blackmore herauszufinden? Sie benötigte nicht lange, um eine Entscheidung zu treffen.

»Ich werde Maud fragen, ob sie bereit und willens ist, ihre Gabe mit Ihnen zu teilen.« Hoffentlich hatte sie nicht zu dick aufgetragen. Doch ein Blick zu Miss Spranklin zeigte ihr, dass diese eifrig nickte. »Falls sie einverstanden ist, würde ich den heutigen Abend vorschlagen.«

»So schnell?«, piepste Lady Montgomery, die ihren Mann hilfesuchend ansah. »Muss das nicht vorbereitet werden? Braucht es nicht Kerzen und Kreide und magische Utensilien?«

»Einem guten Medium dienen diese Dinge nur als Anker«, mischte sich zu Christabels Erstaunen Mrs Ruteledge ein, die bisher noch kein Wort gesagt hatte. »Wahre Meister können die Brücke zwischen den Welten ohne jedes Tamtam überqueren.«

Aha, dachte Christabel, *sie verfügt wohl über mehr Erfahrung mit Séancen, als mir bewusst war. Dabei wirkt der Inspector in ihren Geschichten immer bodenständig und rational. Wahrscheinlich war es mein Fehler, von der Figur auf die Autorin zu schließen.*

»Nun gut.« Lord Montgomery riss noch einmal das Gespräch an sich, wohl um sich als Hausherr zu behaupten. »Dann sprechen Sie mit Ihrer Zofe und nach dem Abendessen können diejenigen, die das wünschen, an dem Spuk teilnehmen.«

»Ich werde Sie begleiten.« Auf einmal wirkte Miss Spranklin wach und aufgeregt. »Lassen Sie uns gemeinsam mit Ihrer Zofe sprechen.«

Kapitel 23

Endlich rief sie die erlösende Klingel zu ihrer Ladyschaft. Maud war bereits fünfmal aufgesprungen, aber es war nur eine Illusion, dass Lady Christabel nach ihr verlangt hatte. Hoffentlich war es ihrer Ladyschaft gelungen, gut Wetter für Maud zu machen. Wie hatte sie nur so dumm sein können, sich von Mr Fitzwilliam erwischen zu lassen?

»Mylady, Entschuldigung, Lady Christabel.« Maud atmete heftig, weil sie gelaufen war, um die Neuigkeiten so schnell wie möglich zu erfahren. »Es tut mir leid, Ihnen Unannehmlichkeiten bereitet zu haben.«

Würde ihre Ladyschaft sie entlassen, weil Maud es gewagt hatte, sich als Zukunftsdeuterin zu offenbaren? Oder war Lady Christabel tolerant genug, eine Zofe zu beschäftigen, die eine – gelinde gesagt – bunte Vergangenheit besaß? Maud kreuzte die Finger und hoffte das Beste.

»Papperlapapp.« Immer, wenn sie das Wort nutzte, erinnerte Lady Christabel Maud an Lady Rosalind, die es mit exakt der gleichen Betonung aussprach. »Maud, wir haben nicht viel Zeit.«

»Müssen wir packen?« Wie äußerst peinlich, von Carrack Manor verwiesen zu werden. Das würde ihre Ladyschaft Maud gewiss nicht verzeihen.

»Kannst du eine Séance abhalten?«

»Was? Entschuldigung, wie bitte?«

»Kannst. Du. Eine. Séance. Abhalten?«, betonte Lady Christabel jedes einzelne Wort. »Miss Spranklin hat von deiner ›Gabe‹ erfahren und wünscht nun, mit Lady Blackmore zu sprechen.«

Maud wusste nicht, ob sie lachen oder weinen sollte. Sie konnte ihre Ladyschaft nur fassungslos anstarren.

»Glotz nicht so! Kannst du das oder nicht?«

»Niemand kann mit den Toten sprechen«, flüsterte Maud schließlich. »Es gibt nur mehr oder weniger gute Trickser.«

»Du kennst dich überraschend gut damit aus.«

»Man hört so einiges«, versuchte Maud, das Ganze abzutun. »Ich habe Ihnen doch gesagt, dass die Handleserei nur Rauch und Spiegel war.«

»Versuch nicht, mir auszuweichen.« Wenn sie erst einmal Feuer gefangen hatte, war Lady Christabel nicht zu bremsen. »Könntest du eine glaubwürdige Séance abhalten oder nicht?«

»Wofür brauchen Sie ein Medium?«

»Miss Spranklin will eine Séance, um mit Lady Blackmores Geist zu sprechen.« Lady Christabel tippte sich mit dem Zeigefinger an die Wange. »Eine bessere Gelegenheit, den Mörder in die Enge zu treiben, finden wir nicht.«

»Ich verstehe überhaupt nichts mehr.«

»Gibt es eine bessere Möglichkeit, einen Mörder zu entlarven, als die Ermordete sprechen zu lassen?«

Stichhaltige Beweise wären nicht schlecht, dachte Maud, aber sprach es nicht aus.

»Aber dafür müssten wir sicher sein, wer der Mörder ist.«

Dass ihr Argument ein gutes war, erkannte Maud, als Lady

Christabels Gesicht sich verdüsterte und sie den Kopf und die Schultern hängen ließ.

»Ich habe zwei Menschen im Verdacht. Das grenzt es etwas ein.« Dann machte ihre Ladyschaft eine wegwerfende Geste mit der Hand. »Dafür ist später noch Zeit. Miss Spranklin kommt gleich hierher, um dich auszufragen. Das müssen wir vorbereiten.«

Es wurde ja immer schöner. Maud kniff sich in die weiche Haut des Oberarms und zuckte zusammen. Leider träumte sie nicht, sondern erlebte gerade, wie ihr Lügengebäude in sich zusammenbrach.

»Eine Séance erfordert Vorbereitung«, sagte sie schließlich, weil Lady Christabel sonst wohl keine Ruhe geben würde. »Und Material, das wir nicht haben.«

»Wir müssen uns mit dem behelfen, was wir zur Hand haben.« Je länger sie davon sprach, desto mehr begeisterte sich ihre Ladyschaft für das Thema. »Du bist doch findig.«

Maud seufzte. Wenn ihre Ladyschaft ahnte, wie viele Tricks sie kannte, würde sie gewiss keine Ruhe geben. Wieder einmal erschien es ihr klüger, nachzugeben, bevor Lady Christabel Verdacht schöpfte.

»Ich kann es versuchen.«

»Großartig.« Lady Christabels graue Augen leuchteten auf. »Du weißt schon, dass ich mehr darüber erfahren möchte.«

»Das war in einem anderen Leben.« Eines, das Maud nur zu gern vergessen wollte, aber das Schicksal schien andere Pläne mit ihr zu haben. »Ich werde es Ihnen irgendwann erzählen.«

»Ich möchte es auf jeden Fall erfahren, aber jetzt ist nicht die Zeit dafür«, sagte ihre Ladyschaft mit deutlichem Bedauern. »Sag mir, wie ich dir helfen kann.«

Maud zögerte. Wollte sie wirklich zurück? Wollte sie wahrlich wieder etwas tun, dem sie für immer abgeschworen hatte? Oder fürchtete sie sich vor der Faszination, die das Geistersehen stets auf sie ausgeübt hatte?

»Eine glaubhafte Séance benötigt Vorbereitung.« Sie seufzte. »Ich brauche Kerzen, Kreide, einen runden Tisch und einen Stock.«

Lady Christabel schrieb das alles nieder.

»Den Zettel müssen Sie bitte verbrennen, nachdem wir alles haben.« Maud lächelte gequält. »Niemand soll erfahren, was ein Medium nutzt.«

Ihre Ladyschaft nickte eifrig. Maud konnte ihr auf dem Gesicht ablesen, wie viele Fragen sie gern gestellt hätte, und bewunderte sie dafür, das nicht zu tun.

»Informationen. Ich muss so viel wie möglich über die Teilnehmer wissen.« Sie schlug die zur Faust geballte linke Hand in die Handfläche der rechten. »Wie überaus ärgerlich, dass ich das Tagebuch nicht retten konnte.«

»Wir wissen auch ohne es sehr viel über die Gäste und die Familie.« Lady Christabel deutete auf ihr Journal. »Wenn Miss Spranklin uns verlassen hat, stellen wir alles zusammen, was wir erfahren haben.«

Als hätte sie nur auf das Stichwort gewartet, klopfte es an der Tür. Maud und ihre Ladyschaft wechselten einen Blick. Maud nickte.

»Herein.« Lady Christabel atmete laut aus, bevor sie sich in Positur stellte und die gelangweilte Dame gab.

»Danke, dass Sie mir die Gelegenheit gewähren.« Miss Spranklin trat herein, den Blick nur auf Maud gerichtet. »Sie haben wahrhaftig die Gabe?«

Maud verhielt einen Moment. Jetzt war der Zeitpunkt für die Entscheidung gekommen. War sie stark genug in ihrem neuen Leben verwurzelt, um die Vergangenheit hereinzulassen? Ihre Ladyschaft sandte ihr einen aufmunternden Blick zu und lächelte.

»Es liegt in meiner Familie.« Maud senkte vorgeblich bescheiden den Kopf. »Nur aufseiten der Frauen und selbst dort überspringt die Gabe eine Generation.«

»Wie haben Sie es bemerkt?«, fragte Miss Spranklin lauernd. Die Gesellschafterin war keine der Leichtgläubigen, die so verzweifelt waren, dass sie nach jedem Strohhalm griffen, sondern schien eher kritisch zu sein. »Wie alt waren Sie da?«

Maud lächelte. Fragen wie diese hatte sie bestimmt einhundertmal mit Patrick geprobt. Er hatte ihr die Antworten eingetrichtert und sie nachts geweckt, um ihr so eine Frage zu stellen.

»Als Kind träumte ich von meiner Großmutter, die mir etwas sagen wollte.« Mauds Stimme klang rauer und tiefer, auch das hatte sie mit Patrick einstudiert. »Sie streckte die Hand nach mir aus, aber ich konnte sie nicht verstehen.«

Eine einzelne Träne lief ihre Wange hinunter. Zuerst war es ihr schwergefallen, auf Anhieb zu weinen, denn auf Manchesters Straßen hatten heulende Mädchen wenig Aussichten zu überleben. Doch je mehr sie es übte, desto besser gelang es ihr.

»Und dann?« Miss Spranklin zwinkerte nicht einmal mit den Augen, sondern starrte Maud an. »Was ist geschehen?«

Zu Mauds Vergnügen schaute auch ihre Ladyschaft sie vollkommen gebannt an.

»Am nächsten Tag erhielten wir die Nachricht, dass Großmutter in der Nacht verstorben war.« Maud wischte sich die

Träne ab. »Ich habe niemandem davon erzählt. Meine Großmutter hat mich gewarnt, dass die Gabe nicht nur ein Segen sei.«

An dieser Stelle machte sie immer eine Pause, um den Zuhörern Gelegenheit zu geben, sich das vorzustellen: Ein kleines Mädchen, verängstigt von einem Wissen, das es nicht verstehen kann, vollkommen allein, weil es sich niemandem anzuvertrauen wagt.

»Wie entsetzlich.« Die Gesellschafterin tupfte sich mit einem blütenweißen Taschentuch die Augen trocken. »Aber die Gabe hat sich Bahn gebrochen, nicht wahr?«

Maud nickte nur. Sie gab vor, zu gerührt zu sein, um reden zu können. Lady Christabel reichte ihr ein Glas Wasser, als hätten sie es abgesprochen.

»Die Träume kamen häufiger. Großmutter schien mir etwas sagen zu wollen, was ich nicht begriff.« Nun klang ihre Stimme wie die eines verängstigten Kindes. »Sie wurde wütend und ich fürchtete mich davor, schlafen zu gehen.«

»Sie Ärmste.« Beinahe tat es Maud leid, Miss Spranklin anzulügen, die eine freundliche Frau voller Mitgefühl zu sein schien. Aber es hatte in ihrer Vergangenheit viele gute Menschen gegeben, die sie belogen und betrogen hatte. Und heute geschah es für einen wichtigen Zweck: die Entlarvung eines Mörders.

»Meine Mutter begriff sofort, was mir geschah«, erzählte Maud die alte Lügengeschichte. »Sie brachte mich zu einer weisen Frau, die mir half, meine Gabe zu verstehen.«

»Warum arbeitet eine Frau mit Ihren Fähigkeiten als Zofe?«, fragte Miss Spranklin und wirkte verärgert. »Es ist Vergeudung eines Talents, eines Geschenks.«

Aus dem Augenwinkel sah Maud, wie Lady Christabel sich ein Lächeln verbiss. Ihre Ladyschaft konnte sich glücklich schätzen, dass sie bisher keinen geliebten Menschen verloren hatte und nicht der Verzweiflung anheimgefallen war, die einen in die Hände von Geistersehern und Scharlatanen trieb.

»Die Toten, Mylady, die Toten sind fordernd und oft wütend.« Maud taumelte und ließ sich dann schwer auf einen Stuhl fallen. »Ich konnte es nicht mehr ertragen. Einer von ihnen war so bösartig, ich fürchtete um mein Leben.«

»Das hört man oft«, bekräftigte Miss Spranklin mit einem Nicken. »Die Geister neiden uns unser Leben.«

Selbstverständlich hört man solche Geschichten immer wieder, aber es sind wenige, die sie sich ausdenken und verbreiten. Der Kontakt über die Brücke ins Totenreich muss gefährlich sein, damit die Kunden gut zahlen, hat Patrick gepredigt. Ich musste leiden bei jeder Séance, um sie glaubhaft zu machen.

»Maud, wärst du dennoch bereit«, flüsterte ihre Ladyschaft, als wäre sie ebenfalls zutiefst beeindruckt, »hier eine Séance zu geben? Trotz der Gefahren?«

»Wenn Sie das wünschen, gewiss.« Maud lächelte tapfer. »Allerdings dürfen keine Ungläubigen am Tisch sitzen. Ihren Willen zu überwinden, dafür fehlt mir jetzt die Kraft.«

Zu viele Menschen sollten nicht am Tisch sitzen, das machte es schwer, sie zu kontrollieren und den Überblick zu bewahren.

»Könnten Sie wirklich mit Lady Blackmore sprechen?« Miss Spranklins Stimme klang so flehend, dass Maud wieder wusste, warum sie die Séancen aufgegeben hatte. Von Tag zu

Tag hatte sie es mehr gehasst, verzweifelte Menschen zu belügen, nur damit Patrick und sie Geld verdienten. »Bitte, ich konnte mich nicht von ihr verabschieden.«

»Ich kann nicht versprechen, dass sie sich offenbaren wird.« Maud seufzte. »Aber ich werde alles versuchen, sie im Totenreich zu finden und zu uns zu bitten.«

»Ein Versuch reicht mir.« Nun nahm Miss Spranklin Mauds linke Hand zwischen ihre kalten Hände und hielt sie fest. »Ich bin Ihnen so dankbar.«

»Wir benötigen Zeit zur Vorbereitung«, mischte sich Lady Christabel ein. »Maud muss sich zurückziehen, um Kraft zu sammeln. Außerdem müssen wir die anderen informieren.«

»Selbstverständlich.« Miss Spranklin ließ Mauds Hand sinken und gab sie dann frei. »Ich kümmere mich um die anderen Gäste. Wie viele Menschen müssen wir sein?«

»Ideal wären sechs, aber im Notfall reichen auch vier.« Maud setzte alles auf eine Karte, denn sie wollte auf jeden Fall Mr Warren am Tisch haben, den sie im Verdacht hatte, das Tagebuch an sich genommen zu haben. »Ein Mann muss dabei sein.«

»Sie, Lady Christabel und ich«, überlegte Miss Spranklin laut. »Lord Sinclair will ich nicht dabeihaben, also werde ich Mr Warren fragen.«

»Mrs Ruteledge ist für die Séance angereist.« Lady Christabel nickte Maud zu, die das mit einem Blick bestätigte. »Wir sollten sie ebenfalls fragen.«

»Lord und Lady Montgomery sollten wir außen vor lassen. Ich werde mich darum kümmern.« Miss Spranklin lächelte schief. »Damit sind wir vollständig.«

Maud überlegte, ob sie die Dienstboten ins Spiel bringen sollte, aber sie konnte sich nicht vorstellen, dass die Herrschaften gemeinsam mit ihnen am Tisch sitzen wollten.

»Wo sollen wir uns treffen?«, fragte Miss Spranklin mit leuchtenden Augen.

»Wir sollten die Bibliothek wählen. Geister schätzen Bücher.« Reichte das als Argument oder sollte sich Maud noch mehr überlegen?

»Maud und ich bereiten den Raum vor. Benachrichtigen Sie bitte die anderen Gäste.« Lady Christabel genoss es sichtlich, alles zu organisieren, aber Maud fürchtete sich vor dem Moment, wo ihre Ladyschaft sich besann und Maud nach ihrer Vergangenheit befragte.

»Wir sollten uns noch vor dem Abendessen zusammensetzen, sonst fürchte ich, dass die Skeptiker gewinnen und die Atmosphäre negativ beeinflussen.« Das hätte Maud nicht besser sagen können. »Reicht Ihnen eine Stunde zur Vorbereitung?«

Maud konnte nur nicken.

»Eines noch, Miss Spranklin, haben Sie ein Bild von Lady Blackmore?«

»Leider nicht.« Die Gesellschafterin kämpfte gegen die Tränen. »Wir müssen den Kontakt ohne ein Foto erreichen. Schaffen Sie das?«

»Mit einem Bild als Anker wäre es leichter«, antwortete Maud salbungsvoll, »aber es wird gehen.«

»Ich danke Ihnen. Ich danke Ihnen.« Miss Spranklin griff Mauds Hand und schüttelte sie.

Sofort, nachdem Miss Spranklin gegangen war, wandte

sich Lady Christabel zu ihr um: »Du kannst dir denken, wie viele Fragen ich an dich habe.«

»Ich wollte Ihnen alles erzählen«, sagte Maud und fuhr sich mit der Hand durchs Haar. Eine bernsteinfarbene Strähne löste sich und fiel ihr ins Gesicht. »Aber ich wollte es auch hinter mir lassen und vergessen.«

»So sehr ich darauf brenne, alles zu erfahren, das muss warten.« Lady Christabel seufzte. »Maud, bist du sicher, dass dir eine Séance gelingen wird? Meinst du, wir werden auf diesem Weg den Täter finden?«

»Wenn unser Täter an Geistererscheinungen glaubt, kann es gelingen.« Maud sprach mit mehr Zuversicht, als sie fühlte. »Lord und Lady Montgomery lehnen das ab. Von Mr Warren wissen wir es nicht, nur Mrs Ruteledge ist eine Spiritistin.«

»Mr Warren und Mrs Ruteledge haben sich gestritten.« Lady Christabel tippte sich mit dem Finger an ihre Wange. »Das spricht dagegen, dass er für sie kämpfen würde.«

»Es kommt mir vor wie ein Puzzle, bei dem ein wichtiges Teilchen fehlt, und ich kann das Bild nicht erkennen.« Maud verzog das Gesicht. »Wenn wir nur herausfinden könnten, wie alles zusammenhängt. Wir müssen mehr wissen, bevor wir die Séance durchführen.«

»Mir geht es ebenso. Irgendwie spielt dieser Mord am anderen Ende der Welt eine bedeutsame Rolle.« Ihre Ladyschaft seufzte. »Ich habe hin und her überlegt, aber nur einen Weg entdeckt, wie wir mehr darüber herausfinden können.«

Kapitel 24

»Was ist Ihr Vorschlag, Lady Christabel?«, fragte Maud und schaute sie fragend an. »Haben Sie eine Idee außer der Séance?«

Christabel zog eine Grimasse, weil es ihr wahrhaftig nicht schmeckte, was sie zu tun beabsichtigte, aber sie war so viele Varianten im Kopf durchgegangen und immer wieder auf diese Lösung gestoßen.

»Wir sollten dem Inspector alles berichten, was wir wissen.« Auch wenn es ihr viel lieber gewesen wäre, den Gentlemen von Scotland Yard den Täter auf einem Silbertablett zu servieren. Sehr oft hatte sie sich diese Szene im Kopf ausgemalt. Die Überraschung in Inspector Normans Augen, sein verlegenes Stammeln, weil er von einer Amateurin überflügelt worden war – auf all das musste sie nun verzichten. Christabel seufzte und verabschiedete sich von der lieb gewonnenen Vorstellung.

»Ich hätte Wetten darauf abgeschlossen, dass Sie sich einen Wettkampf mit dem Inspector liefern, wer als Erster den Mordfall aufklärt.« Ihre Zofe, deren Vergangenheit wohl noch mysteriöser war, als Christabel es vermutet hatte, lächelte leicht. »So kann man sich täuschen.«

»Glaub mir, ich hätte sehr gern triumphiert, aber es steht zu viel auf dem Spiel.« Christabel suchte nach einem Funken Hoffnung. »Ich fürchte, er ist der Einzige, der mehr über den Mord in Australien herausfinden kann. Nur so können wir erfahren, ob Mrs Ruteledge wahrhaftig ein Motiv hat, Lady Blackmore zu töten.«

Noch immer fiel es ihr schwer, sich ihre Heldin als Mörderin vorzustellen, aber die vergangenen Tage hatten einen Großteil dazu beigetragen, die Autorin für Christabel zu entzaubern. Allerdings fürchtete sie, einen zu voreiligen Schluss zu ziehen. Nur weil Mrs Ruteledge wegen Australien gelogen hatte, musste das nicht bedeuten, dass sie – auf welche Art und Weise auch immer – in den Mord verwickelt gewesen war.

»Wir sollten uns beeilen«, drängte Maud. »Wenn wir mit Inspector Norman sprechen und den Raum präparieren wollen, drängt die Zeit.«

Wie geheimnisvoll das klang: den Raum präparieren. Christabel konnte es kaum erwarten, an der ersten Geisterbeschwörung ihres Lebens nicht nur teilzunehmen, sondern diese zu gestalten. Da fiel ihr eine Frage ein, die sie unbedingt vorher beantwortet haben musste.

»Maud, du ... du hast nicht wirklich eine Gabe, oder?«

»Oh doch.« Nun lächelte Maud. »Ich habe die Fähigkeit, Menschen an das glauben zu lassen, was ich ihnen zeige.«

»Wie hast du es genannt? Es ist alles nur ›Rauch und Spiegel‹, nicht wahr?«

»Und die Bereitschaft, daran zu glauben.« Maud zog die Nase kraus, sodass ihre Sommersprossen sich einander annäherten. »Wir können nur hoffen, dass unsere beiden Verdächtigen keine Skeptiker sind.«

»Komm.« Christabel ging zur Tür. »Wenn ich mich nicht irre, residiert der Inspector in der Bibliothek. Jedenfalls bis fünf Uhr. Dann fahren der Constable und er ins Dorf, um dort zu essen.«

»Sie kennen seinen Tagesablauf erstaunlich genau.«

»Maud.« Christabel spürte, wie Röte ihren Hals emporstieg. Das Wärmegefühl kannte sie nur zu gut. »Übertreib es nicht.«

»Haben Sie den Zettel dabei?«, fiel ihre Zofe sofort wieder in die Rolle einer Dienstbotin zurück. Wie viel von dem, was Maud ihr erzählt hatte, war wohl die Wahrheit?

»Selbstverständlich.« Christabel grübelte einen Moment, bevor sie weitersprach. »Maud, gleichgültig, was deine Geschichte ist, ich werde dich nicht im Stich lassen.«

»Danke.«

Den Rest ihres Weges legten sie schweigend zurück, beide in ihre Gedanken versunken. Christabel seufzte auf, als sie sich ausmalte, wie der Inspector ihren Vorschlag ablehnen und als äußerst unsinnig verwerfen würde. Aber zu spät, sie hatte die Entscheidung getroffen, ihn in ihre Pläne einzuweihen, und konnte nur hoffen, dass er bereit und willens war, ungewöhnliche Wege zu gehen. Außerdem hatte sie einen Trumpf in der Tasche, mit dem sie den Mann von Scotland Yard gewiss überzeugen konnte.

~

»Inspector Norman. Auf ein Wort.« Christabel stürmte sofort nach dem Anklopfen durch die Tür, was den Inspector und Constable Fudge sichtlich überraschte. Die beiden Männer standen über den Schreibtisch gebeugt, auf dem Papiere wild verstreut lagen.

»Lady Mowgray. Miss Gulliver.« Inspector Norman hatte sich schnell wieder gefangen und schob die Zettel zusammen, wohl damit Christabel keinen Blick darauf werfen konnte. »Was kann ich für Sie tun?«

»Sie stellen die falsche Frage.« Nur mühsam konnte Christabel ihren Triumph verbergen. Auch wenn sie sich von ihm Informationen erhoffte, sollte er erst einmal erfahren, wie viel sie herausgefunden hatte. »Es muss heißen, was wir für *Sie* tun können.«

Sie lachte ihm ins Gesicht. Schließlich hatte sie ein wichtiges Beweisstück entdeckt, mit dem sie die Täterin überführen konnten. Dem Inspector würde sein überhebliches Grinsen im Hals stecken bleiben.

»Gewiss, Lady Mowgray.« Er verneigte sich. Sie konnte nicht sagen, ob er die Höflichkeitsgeste spöttisch oder ehrlich meinte. »Nehmen Sie bitte Platz.«

Er deutete auf die Sitzgruppe. Obwohl Christabel kaum noch an sich halten konnte und ihm ihren genialen Plan mitteilen wollte, zügelte sie ihre Ungeduld. Graziös ließ sie sich nieder und legte die Knöchel übereinander.

»Was können *Sie* für mich tun, Mylady? Sie machen mich neugierig.« Wenn der Inspector sie so prüfend musterte, fühlte Christabel sich zurückversetzt in ihre Kinderzeit. Damals hatte der Hauslehrer sie stets so angesehen, wenn sie wieder einmal ihre Hausaufgaben nicht erledigt hatte. »Haben Sie den Täter überführt?«

»Sie brauchen gar nicht dermaßen von oben herab zu sein.« Sie zog den Zettel aus ihrer Tasche und wedelte damit vor der Nase des Polizisten herum. »Maud und ich haben etwas gefunden, das Licht ins Dunkel bringt. Etwas, was Ihnen nicht gelungen ist.«

Aus dem Augenwinkel sah sie, wie ihre Zofe die Augen verdrehte, entschloss sich aber, das zu ignorieren. Stattdessen hielt sie weiterhin das Papier hoch, gerade eben außerhalb der Reichweite des Inspectors. Der lächelte nur.

»Falls Sie mir mitteilen wollen, dass Mrs Ruteledge in ihrer Jugend am anderen Ende der Welt in einen Mord verwickelt war, bin ich beeindruckt. Sicher gibt ihr das ein gutes Motiv für den Mord.«

»Wie? Was? Woher?«, stammelte Christabel und ließ den Zettel fallen. »Wenn Sie das wissen, warum nehmen Sie die Lady nicht fest?«

Sichtlich neugierig trat Maud näher an sie beide heran. Christabel konnte den Ausdruck auf dem Gesicht ihrer Zofe nicht deuten.

»Wofür soll ich sie verhaften? Für einen Mord, für den sie bereits ihre Strafe verbüßt hat?« Inspector Norman seufzte. »Denn dafür, dass sie Lady Blackmore umgebracht hat, habe ich nicht einmal Indizien.«

Christabel konnte den Inspector nur staunend anstarren. Die Autorin war eines der Mädchen, die füreinander gemordet hatten? Sie hatte vermutet, dass Mrs Ruteledge eine Verwandte der jugendlichen Täterin war, aber doch nicht eine der Mörderinnen. Andererseits passte das natürlich perfekt: Wer einmal mordete, schreckte gewiss vor dem zweiten Mal nicht zurück. Sie war so verblüfft, dass sie die Frage des Inspectors beinahe überhört hätte.

»Oder haben Sie einen Beweis dafür gefunden, dass Mrs Ruteledge Lady Blackmore ermordet hat?«

»Nein, das habe ich nicht«, musste Christabel eingestehen.

Wie gelang es dem Polizisten nur immer, dass sie sich naiv und nutzlos fühlte? »Ich halte sie oder Mr Warren für den Täter.«

»Welches Motiv hätte Mr Warren?« Der Inspector fuhr sich mit den langen, schlanken Fingern durch sein hellbraunes Haar. Auf einmal sah er müde und erschöpft aus. »Und warum sollte Mrs Ruteledge Lady Blackmore töten, eine Frau, die sie kaum kannte?«

»Der Mord in Australien gibt Mrs Ruteledge ein starkes Motiv«, mischte Maud sich ein. Christabel war ihrer Zofe dankbar, dass sie ihr zur Seite sprang. »Ein Mord, um ein anderes Verbrechen zu verstecken. So wie Lady Sapphire auf Blackwell Castle.«

»Ich stimme Ihnen zu, es ist ein starkes Motiv, aber wie soll ich das dem Ankläger und dem Richter verkaufen?« Er hob die Hände. »Wieso sollte jemand nach dreißig Jahren erneut töten?«

Das war leider eine berechtigte Frage. Bis vor zehn Minuten war Christabel sich sicher gewesen, dass Maud und sie das Verbrechen gelöst hatten. Nun schwanden ihre Gewissheiten wie Schnee in der Sonne, alles nur durch die Fragen, die Inspector Norman stellte.

»Mrs Ruteledge hatte Angst, dass ihr Geheimnis ans Licht kommt«, sagte Maud mit rauer Stimme. »Der Wunsch, die Vergangenheit hinter sich zu lassen, ist ein nicht zu unterschätzender Antrieb.«

»Wie Sie wohl wissen.« Der Inspector und ihre Zofe wechselten einen so vertrauten Blick, dass Christabel sich ausgeschlossen fühlte. »Sicher ist es unangenehm, wenn ein Geheimnis ans Licht gezerrt wird, aber dafür einen Mord zu begehen …«

»Mrs Ruteledge war sehr aufgebracht, als Lady Blackmore dunkle Andeutungen von sich gab.« So einfach wollte Christabel ihre Verdächtige nicht aufgeben. Je länger sie jedoch darüber nachdachte, desto wackeliger erschien ihr ihre Theorie. »Obwohl … natürlich würde man sie sofort verdächtigen, sobald die Geschichte mit dem alten Mord herauskommt. Das wäre zu einfach.«

»Warum sollte ein Verbrechen immer kompliziert sein?«, widersprach Maud. »Wir haben mit Mrs Ruteledge jemanden, der Motiv, Mittel und Gelegenheit vereint. Nun müssen wir sie nur überführen. Und dafür haben wir ja bereits die passende Idee.«

»Erneut machen Sie mich neugierig.« Der Inspector musterte sie fragend. »Planen Sie wieder einen Einbruch in ein Zimmer?«

Christabels Wangen brannten, aber sie würdigte diese Anspielung auf ihr erstes Treffen auf Blackwell Castle keiner Antwort. Stattdessen sagte sie: »Maud hat Erfahrungen als Geisterseherin …«

»Ich weiß«, unterbrach sie Inspector Norman mit wissendem Lächeln. »Der Ruhm von Mystic Modesty ist selbst nach London gedrungen. Sie waren eine der Besten, Miss Gulliver.«

»Danke.« Maud neigte den Kopf. »Obwohl das ein zweifelhaftes Kompliment ist.«

Christabel stutzte und fragte sich, warum Inspector Norman mehr über Mauds Vergangenheit wusste als sie. Aber das war eine Frage, die sie später klären musste.

»Wie gesagt«, redete Christabel weiter. »Maud kann eine Séance durchführen, Miss Spranklin möchte unbedingt, dass eine umgesetzt wird, und Mrs Ruteledge glaubt an Geisterbeschwörungen. Ahnen Sie, worauf ich hinauswill?«

»Ich habe einen Verdacht, was Sie planen.« Der Inspector schnaubte, während Constable Fudge nur den Kopf schüttelte. »Glauben Sie wirklich, Mrs Ruteledge wird sich verraten? Ich fürchte, dafür ist sie zu klug.«

Das erschien Christabel zwar als berechtigter Einwand, aber sie wollte ihre Idee nicht aufgeben. Zum einen hatte sie sich immer schon einmal gewünscht, Teil einer Séance zu sein; zum anderen war sie sich sicher, dass die Autorin darauf hereinfallen würde, denn schließlich glaubte sie daran.

»Ohne eingebildet klingen zu wollen, Inspector«, sagte Maud gelassen, »Sie würden sich wundern, wie viele kluge Menschen auf Mystic Modesty hereingefallen sind. Ich kann sehr glaubhaft sein.«

»Vor allem, wenn Sie uns das fehlende Puzzleteilchen präsentieren, Inspector Norman.« Langsam gewann Christabel wieder Oberwasser. »Wir wissen nur Bruchstücke von dem damaligen Geschehen. Je mehr Maud erfährt, desto besser kann sie ihre Rolle spielen, nicht wahr?«

Ihre Zofe nickte nur.

»Sie muten mir einiges zu, Mylady.« Inspector Norman blies die Wangen auf und stieß einen leisen Pfiff aus. »Meine Vorgesetzten werden sich vor Lachen kugeln, sollten wir keinen Erfolg haben.«

»Haben Sie eine bessere Idee?«

»Leider nein.« Er zögerte. »Aber das bedeutet nicht, dass ich Ihre schlechte Idee unterstützen muss.«

Kapitel 25

»Was soll ich tun, Maud?«, fragte Lady Christabel eifrig. »Wie kann ich dir helfen?«

»Wissen Sie, wie ein Pentagramm aussieht?«

»Selbstverständlich.« Ihre Ladyschaft schnaubte empört. »Auch wenn ich nicht an Geister glaube, habe ich genügend Spukgeschichten gelesen.«

Maud musste sich das Lachen verkneifen, wie engagiert Lady Christabel bei der Sache war und es gleichzeitig zu bedauern schien, dass sie nur Hilfstätigkeiten ausüben konnte. Maud könnte schwören, dass ihre Ladyschaft sich bereits als geheimnisumwittertes Medium gesehen hatte. Allerdings hatte sie ihr den Zahn ziehen müssen. Die Tricks für eine glaubwürdige Séance lernte man nicht innerhalb von einer Stunde.

»Dann zeichnen Sie bitte mit Kreide Pentagramme auf die Tischdecke.« Mrs Terrell hatte murrend eine dunkelrote Tischdecke herausgesucht, eine schwarze war auf Carrack Manor nicht zu finden. »Verteilen Sie die Kerzen im Zimmer und ziehen dann die Vorhänge zu.«

Maud krabbelte unter den Tisch, um die präparierte Kerze an den Platz von Mrs Ruteledge zu stellen. Dann verteilte sie Schalen mit Salbei, den sie anzünden würde, kurz bevor die Séance begann. Sie sah sich in der Bibliothek um und rümpfte die Nase. Der Raum wirkte einfach zu gemütlich und nicht geheimnisvoll genug. Die Kerzen würden helfen und auch der Salbei, aber ob es ihr gelingen würde, Mrs Ruteledge zu überzeugen?

Was konnte sie noch tun, um dem Ganzen einen mystischen Anstrich zu geben? Patrick hätte es gern gesehen, wenn sie bei den Séancen Tiere geopfert hätten: Raben, Tauben oder Kaninchen, ja selbst Kätzchen hatte er vorgeschlagen.

»Das Blut gibt deiner Vorführung mehr Tiefe und Bedeutung«, versuchte er Maud dazu zu bringen, sich seiner Meinung anzuschließen. »Die Menschen glauben nun einmal daran, dass man ein Leben für ein Leben geben muss.«

Obwohl sie sich viel zu oft von ihm hatte überreden lassen, zog Maud hier eine Grenze. Sie würde kein Tier töten, nur um ihrer Lüge mehr Glaubhaftigkeit zu geben. Nachdem Patrick erkannt hatte, wie ernst es ihr damit war, hatte er das Thema nicht mehr zur Sprache gebracht. Naiv, wie sie damals gewesen war, hatte sie gedacht, er hätte es aus Liebe getan.

Sollte sie heute von ihrer Position abweichen und einen Vogel opfern? Nein! Bei einem guten Trick kam es nicht auf die Effekte an, sondern auf deren Glaubwürdigkeit.

Ich bin es, mit der die Séance steht und fällt. Wenn ich nicht an meine Gabe glaube, werden die anderen es auch nicht tun. Auch wenn es lange her ist, dass ich das letzte Mal Geister beschworen habe, sollte ich keine Schwierigkeiten haben, mich einzufinden.

Sie holte tief Luft und bedauerte, keinen schwarzen Gaze-Schleier zu besitzen. Der hatte ihr immer den Ruch des Mysteriösen gegeben. Nun musste sie das eben allein durch ihre Worte und ihre Stimme schaffen.

»Maud, kann ich dir bei den Tricks helfen?« Aufregung klang aus Lady Christabels Stimme. »Sag mir, was zu tun ist.«

»Wir sind so gut wie fertig.« Kaum hatte sie ausgesprochen, bemerkte Maud die Enttäuschung ihrer Ladyschaft. Lady Christabel hatte wahrscheinlich geheimnisvolle Riten und verborgene Falltüren erwartet. »Geben Sie mir bitte die Kreide.«

Obwohl sie sich geschworen hatte, nie wieder eine Séance durchzuführen, beherrschte Maud die dafür notwendigen Vorbereitungen im Schlaf. Sie zog mit Kreide magisch aussehende Symbole um die Pentagramme, auf denen sie später die Kerzen verteilen würde.

»Sie können die Gäste rufen.« Maud atmete noch einmal tief ein und aus. »Es hat keinen Sinn, noch länger zu warten.«

~

Die Vorhänge waren zugezogen, der brennende Salbei verbreitete seinen würzigen Duft und Maud stand hinter dem hohen Stuhl, den sie sich ausgesucht hatte. Nach und nach kamen die Gäste in die Bibliothek und warteten auf ihre Anweisungen. Sie hatte vergessen, wie gut es sich anfühlte, diese Macht zu besitzen.

»Nehmen Sie bitte Platz.« Maud achtete darauf, dass Mrs Ruteledge den Stuhl einnahm, den sie für die Autorin vorgesehen hatte. »Ergreifen Sie die Hand Ihres Nachbarn und konzentrieren sich auf das Licht der Kerzen.«

»Lord und Lady Montgomery lassen sich entschuldigen.« Miss Spranklin tippelte aufgeregt zu einem Stuhl und setzte sich. Erwartungsvoll sah sie Maud an. »Ihre Trauer ist zu tief, als dass sie nun schon mit der lieben Verstorbenen reden möchten.«

»Falls sie uns mit ihrer Anwesenheit beehrt.« Mr Warren verzog das Gesicht zu einem schiefen Grinsen und schlenderte gelangweilt zu dem Platz neben ihr. Mrs Ruteledge suchte sich mit gesenktem Kopf den Stuhl, der am weitesten von Maud entfernt war.

»Für wen ist der sechste Stuhl?«, fragte Miss Spranklin. Ihre Stimme klang hoch vor Aufregung. »Ist er für den Geist?«

»Nein.« Maud lächelte. »Inspector Norman hat sich bereit erklärt, das männliche Prinzip zu stärken.«

Mr Warren und Mrs Ruteledge zuckten zusammen, als sie den Namen des Polizisten nannte, sagten aber nichts.

Inspector Norman, der vor der Tür auf sein Stichwort gewartet hatte, kam herein, nickte allen zu und setzte sich auf den Stuhl neben Maud. Sie lächelte ihm kurz zu und konzentrierte sich dann wieder auf ihre Arbeit.

»Lady Christabel, wenn Sie bitte die Kerzen anzünden.« Während ihre Ladyschaft ein Licht nach dem anderen entzündete und sich dann setzte, löschte Maud die Gaslichter, die den Raum erhellt hatten. Nun hatte die Bibliothek eine geheimnisvolle Atmosphäre, die sie nutzen konnte. Langsam, sehr langsam schritt sie zu ihrem Stuhl und war sich sehr wohl bewusst, dass alle am Tisch sie beobachteten.

Genauso gelassen nahm sie Platz und legte ihre Hände in die von Lady Christabel und Inspector Norman. Ruhig zählte sie bis dreißig und wartete auf die Zeichen von Unruhe, die gewiss gleich auftauchen würden.

Mr Warren hüstelte, Miss Spranklin scharrte mit den Füßen, nur Mrs Ruteledge starrte weiter auf die Zeichen vor sich auf dem Tisch.

»Ich werde mich nun bemühen, die Brücke zur Geisterwelt zu betreten.« Mauds Stimme klang hohl, als spräche sie durch ein Glas. Unendlich viele Stunden hatte Patrick sie gezwungen, das einzuüben. »Sie müssen nur eines beachten: Unterbrechen Sie den Kreis niemals, unter keinen Umständen. Zu Ihrer und zu meiner Sicherheit.«

Als sie gewiss war, alle Aufmerksamkeit auf sich gezogen zu haben, ließ sie Lady Christabels Hand los und zog an dem verborgenen Seil, das eines der Fenster öffnete, und ein Windhauch ließ die Kerzen flackern. Selbst Lady Christabel und Inspector Norman, die Bescheid wussten, zuckten zusammen.

»Ist jemand hier? Möchte jemand uns eine Nachricht überbringen?« Mauds Stimme wechselte zwischen den Tonlagen. »Wir bitten um ein Zeichen.«

Nichts geschah.

»Wir bitten um ein Zeichen!«, wiederholte sie drängender. »Ich öffne die Brücke für jeden, der uns ein Signal gibt.«

In dem Moment wackelte der Tisch und ein hohles Klopfen ertönte.

»Jemand will mit uns reden«, quietschte Miss Spranklin. »Lady Blackmore, sind Sie es?«

Maud schloss die Augen und warf den Kopf hin und her. Als sie die Augen wieder öffnete, war nur das Weiße in ihnen zu sehen.

»Ein Mann und eine Frau begehren Einlass«, sagte sie mit ihrer normalen Stimme. »Sie kommen von weither und insistieren. Soll ich ihnen Zugang gewähren?«

»Blödsinn«, schnaubte Mr Warren, aber wagte es nicht, den Kreis zu durchbrechen.

»Ja, bitte, ich möchte hören, was die Geister zu sagen haben«, wisperte Lady Christabel, so wie es abgesprochen war.

»Mit wem wollt ihr reden, ihr Geister?« Maud rollte mit dem Kopf und schloss erneut die Augen. Sie bewegte den kleinen Finger und zog so an dem Docht, dass die Kerze vor Mrs Ruteledge erlosch. Die Autorin stieß einen erschreckten Aufschrei aus.

»Wini, wir sind es. Trevor und Juliet.« Mauds Stimme klang wie ein Hauch aus fernen Tiefen. »Wir haben dir vergeben, vergib nun dir selbst.«

»Nein! Nein! Das kann nicht sein.« Mrs Ruteledge wollte ihre Hände aus denen ihrer Nachbarn zerren, aber es gelang ihr nicht. »Nein! Lassen Sie mich!«

»Wini, du warst ein Kind, wir vergeben dir«, wiederholte Maud mit sanfter Stimme. »Aber den neuen Tod, für den wirst du brennen!«

Nachdem sie die Worte geschrien hatte, zuckte sie wild und ließ sich schließlich auf den Tisch fallen.

»Weh mir, es sind rachsüchtige Geister«, rief sie, nachdem sie sich halb aufgerichtet hatte. »Sie wollen die Wahrheit.«

»Hören Sie auf«, presste Mrs Ruteledge hervor. »Beenden Sie die Scharade. Ich wollte sowieso gestehen, ich ertrage die Schuld nicht mehr.«

Maud verspürte Enttäuschung, wie leicht es gewesen war, ein Geständnis zu erreichen. Ein Teil von ihr hatte gehofft, dass sie mehr ihrer Fähigkeiten einsetzen musste, dass sie nach langer Zeit wieder ausprobieren konnte, wie gut sie als Mystic Modesty war. Aber es ging hier nicht um sie, sondern um Gerechtigkeit.

»Winifred, schweig!«, herrschte Mr Warren die Autorin an. »Sag kein Wort mehr ohne deinen Anwalt.«

»Lass es gut sein, Gerald.« Mrs Ruteledge ließ den Kopf hängen, ihre Stimme klang müde. »Ich muss zu dem stehen, was ich getan habe.«

»Bitte holen Sie die Montgomerys, Mr Warren«, bat Inspector Norman. »Auf dem Weg nach draußen machen Sie bitte das Licht wieder an.«

Mr Warren nickte und warf Mrs Ruteledge einen Blick zu, die ihn ignorierte.

»Aber was ist mit Lady Blackmore?«, rief Miss Spranklin. »Bitte geben Sie mir eine Gelegenheit, mit ihr zu reden.«

»Es tut mir leid.« Maud hob entschuldigend die Hände. »Es war mir nicht möglich, mit ihr in Verbindung zu treten.«

Daraufhin brach die Gesellschafterin in Tränen aus und stürmte hinaus. Maud und Lady Christabel folgten ihr, denn gewiss wollte der Inspector sie nicht dabeihaben. Als sie die Tür erreicht hatte, rief der Lady Christabel und sie zurück.

»Auch wenn ich es ungern eingestehe, haben Sie nicht unwesentlichen Anteil an der Aufklärung des Falls«, sagte er mit einem Stoßseufzer. »Daher dürfen Sie bleiben.«

Lady Christabel lächelte und öffnete den Mund. Doch der Inspector gebot ihr mit einer Geste zu schweigen.

»Ich habe nichts davon gesagt, dass Sie reden dürfen.«

Selbstverständlich forderten diese Worte ihre Ladyschaft heraus, die tief Luft holte.

»Lady Christabel, wir möchten doch beide wissen, was dahintersteckt«, griff Maud ein, bevor ihre Ladyschaft etwas sagte, was sie später bereuen würde.

»Mrs Ruteledge, Sie haben das Recht zu schweigen«, begann der Inspector, wurde aber von der Autorin unterbrochen: »Ich kenne die Regeln. Ich verzichte auf einen Anwalt. Lassen Sie es uns hinter uns bringen! Endlich!«

Nach diesem Ausbruch sackte sie zusammen. Tränen glitzerten in ihren Augen, aber ihre Stimme klang ruhig, als sie weitersprach: »Erinnern Sie sich an die Anspielung, die Lady Blackmore während des Abendessens gemacht hat?« Die Autorin kämpfte mit den Tränen. »Nein, ich muss korrekt bleiben. Alles fing mit dem furchtbaren Brief an.«

»Auch ich habe so einen Brief erhalten.« Lady Christabel sprach leise und sanft. »Alles nur allgemeine Anschuldigungen, wie ein Stochern im Nebel.«

»Das mag in Ihrem Brief so gewesen sein, in meinem wurde mein bitteres Geheimnis gelüftet.«

»Sie sind eines der Mädchen, das in Australien das Ehepaar ermordet hat.« Es war die einzig treffende Erklärung für den Mord. »Waren es Ihre Eltern?«

»Um Himmels willen.« Mrs Ruteledge lächelte schief. »Meine entsetzliche Tat verfolgt mich ohnehin schon. Wäre ich eine Elternmörderin …«

»Was ist damals geschehen?«, fragte nun der Inspector, auf dessen Gesicht sich nicht ablesen ließ, was er dachte. »Ich kenne die Akten, würde es aber gern von Ihnen hören, um es zu verstehen.«

»Wie sollen Sie es begreifen, wenn ich selbst es nicht erklären kann.« Mrs Ruteledge zuckte mit den Schultern. »Es war wie ein Fieber. Der Tod erschien uns als einzige Möglichkeit, zusammenbleiben zu können. Himmel, ich war ein überspanntes Kind.«

Sie sah über Lady Christabel und Maud hinweg, als erwartete sie dort Rettung. In dem Moment wurde die Tür aufgerissen und Lord Montgomery, seine Ehefrau und Mr Warren stürmten herein.

»Sie mörderisches Biest!«, brüllte Lord Montgomery. »Sie haben meine Schwester ermordet.«

Er sprang auf und rannte mit großen Schritten quer durch den Raum, im Begriff, Mrs Ruteledge an die Gurgel zu gehen. Lady Montgomery hielt ihn an seinem Oberarm im vergeblichen Versuch, ihren vor Wut schäumenden Ehemann aufzuhalten.

»Bitte, Mylord, mäßigen Sie sich«, donnerte Inspector Norman und trat Lord Montgomery in den Weg. »Mrs Ruteledge wollte uns gerade mitteilen, was geschehen ist.«

»Was machen alle diese Menschen hier?«, tobte Lord Montgomery weiter. »Lady Christabel, verschwinden Sie mit Ihrer Zofe. Das ist eine Familienangelegenheit.«

»Es tut mir leid, Mylord, aber nun ist es eine Angelegenheit von Scotland Yard«, bot ihm Inspector Norman die Stirn. »Alle Anwesenden haben meine Erlaubnis zu bleiben, um Licht ins Dunkel zu bringen.«

Der Lord zog eine Schnute wie ein verzogenes Kind, nahm aber auf dem Sessel Platz, während Lady Montgomery und Mr Warren sich auf das Sofa setzten.

»Warum haben Sie Lady Blackmore getötet?« Auch wenn eine Zofe zu schweigen hatte, konnte Maud einfach nicht mehr an sich halten. »Warum stehen Sie nicht einfach zu Ihrer Vergangenheit? Sie haben Ihre Strafe verbüßt.«

Kaum hatte sie die Frage ausgesprochen, wurde ihr bewusst,

wie heuchlerisch sie war. Wie konnte Maud sich anmaßen, andere Menschen zu verurteilen, die über ihre Vergangenheit schwiegen? Hölle und Hinkebein! Musste das Leben ihr immer wieder vor Augen führen, welche Fehler sie gemacht hatte? Immerhin hatte sie niemanden ermordet, aber auch zu viel Leid beigetragen.

»Es war eine Affekthandlung.« Mrs Ruteledge zitterte, ihr Gesicht war grau und sie schien einem Zusammenbruch nahe zu sein. »Erst die furchtbaren Briefe, dann ihre Anspielungen beim Abendessen. Ich wusste mir keinen Ausweg mehr.«

»Das, meine liebe Winifred, dürfte nur eine Seite der Medaille sein.« Unvermutet mischte sich Mr Warren ein, der bisher geschwiegen hatte. »Dein neuer Verleger hätte dich fallen gelassen wie eine heiße Kartoffel, wäre die Geschichte an die Öffentlichkeit gedrungen.«

Wenn Blicke töten könnten, wäre von dem Verleger nur ein Häufchen Asche zurückgeblieben. Urplötzlich wirkte Mrs Ruteledge nicht mehr wie eine arme Sünderin, sondern wie eine Furie, deren Lebenszweck die Rache war.

»Ich sage kein einziges Wort mehr ohne meinen Rechtsbeistand.« Sie kniff die schmalen Lippen zusammen und reckte das Kinn vor. »Meinetwegen können wir gehen, Inspector.«

»Führen Sie Mrs Ruteledge ab, Constable.« Der Inspector bedeutete seinem Untergebenen mit einem Kopfnicken, dass er seiner Anweisung folgen sollte.

»Ich begleite sie.« Mr Warren legte den Kopf schief. »Noch ist sie meine Autorin.«

»Was für ein entsetzlicher Skandal.« Lady Montgomerys Stimme drohte zu versagen. »Clifford, bitte bring mich auf mein Zimmer.«

»Selbstverständlich, meine Liebe.« Lord Montgomery reichte seiner Frau den Arm, auf den sie sich schwer stützte. Er neigte ihnen den Kopf zu. »Lady Christabel, Miss Gulliver, Sie entschuldigen uns.«

Den Inspector würdigte er weder durch Blick noch durch Worte. Nachdem sich die Tür hinter Lord und Lady Montgomery geschlossen hatte, atmeten die Verbliebenen spürbar auf.

»Ich hatte sie von Anfang an in Verdacht«, meldete sich Lady Christabel zu Wort. »Schon, als sie so unfreundlich auf meine harmlose Anfrage reagierte.«

Maud musste sich das Lachen verbeißen, denn dafür war die Situation wirklich zu tragisch: eine Lady ermordet, die andere auf dem Weg ins Gefängnis – und alles wegen bösartiger Briefe und Geheimnisse der Vergangenheit.

»Großartige Inszenierung, Miss Gulliver. Ich sehe, Sie haben nichts vergessen.«

Maud schüttelte heftig den Kopf, aber zu spät, wie sie an dem Blick bemerkte, den Lady Christabel ihr zuwarf.

»Was für eine tragische Geschichte«, sagte Maud schnell, um Lady Christabel abzulenken. »Wissen Sie, ob die beiden Frauen noch Kontakt miteinander haben?«

»Nein. Das war eine Auflage ihrer Verurteilung.«

»Wie überaus traurig.« Lady Christabel trommelte mit den Fingern gegen die Wange, wie sie es oft tat, wenn sie nachdachte. »Sie begehen einen Mord, weil sie sich nicht trennen wollten, und sind nun für immer separiert.«

»Und nun erhält Mrs Ruteledge doch noch die höchste Strafe«, fügte Maud hinzu. »Hat sie nicht aus dem ersten Mord gelernt?«

»Mord zieht häufig Mord nach.« Der Inspector seufzte. »Auch wenn ich jetzt die Täterin verhaftet habe, fühlt es sich trotzdem an, als fehlte mir ein wichtiges Puzzlestück.«

Maud wechselte einen Blick mit ihrer Ladyschaft.

»Das geht uns auch so«, sagte Lady Christabel schließlich. »Irgendwie bleibt der Eindruck, das Geständnis ist nicht die ganze Wahrheit.«

»Dem Gesetz ist Genüge getan.« Inspector Norman verbeugte sich. »Es war mir erneut eine Freude, Lady Christabel, Miss Gulliver.«

»Vielen Dank.« Lady Christabel schien noch mehr sagen zu wollen, atmete aber nur laut aus.

»Eines noch, Miss Gulliver.« Er nickte ihr zu. »Patrick Fletcher sitzt immer noch im Gefängnis und hält Sie für tot.«

Als er davonging, hätte Maud schwören können, dass er breit grinste.

»Maud! Was hat das zu bedeuten?«

»Lady Christabel, das erkläre ich Ihnen auf der Fahrt nach Hause. Jetzt müssen wir der Gerechtigkeit Genüge tun und den wahren Täter wissen lassen, dass wir Bescheid wissen.«

KAPITEL 26

Obwohl es Christabel schier verrückt machte, nicht zu wissen, was Maud alles vor ihr verbarg, musste sie sich in Geduld üben. Erst einmal stand die Aufdeckung des wahren Täters im Vordergrund, alles andere musste eben warten.

»Hätten wir es nicht dem Inspector sagen müssen?«, fragte ihre Zofe. »So kommt sie davon, ohne für den Mord zu büßen.«

»Er hätte uns nur darauf hingewiesen, dass wir keine Beweise haben.« Christabel lächelte. »Und er hätte sich sehr geärgert, weil er niemanden verhaften kann.«

Sicher, auch sie wünschte sich, dass die Gerechtigkeit siegte, aber die Hintermänner des Verbrechens hatten es einfach zu schlau eingefädelt. Zwar gab es Indizien, die in ihre Richtung wiesen, aber das würde vor Gericht niemals ausreichen. Christabel hatte lange überlegt, ob es nicht klüger wäre, alles mit der Verhaftung von Mrs Ruteledge enden zu lassen, aber das ließ ihr Gerechtigkeitssinn nicht zu.

Nachdem Maud und sie weder im Frühstückszimmer noch im Dining Room fündig geworden waren, gingen sie zum Salon. Hier entdeckten sie die Gesuchte, sogar in Gesellschaft ihres Mitverschwörers. Sie saß auf dem Sofa, ein Glas Brandy in der Hand, während er sich an der Bar bediente. Was ihnen beiden gemeinsam war, war der Ausdruck äußerster Zufriedenheit auf ihren Gesichtern.

»Lady Montgomery, Mr Warren, könnten wir Sie kurz sprechen, bitte?« Christabel hoffte, dass weder ihr Gesichtsausdruck noch ihr Tonfall verraten würden, mit welcher Absicht sie hierhergekommen war.

»Es tut mir leid, liebe Lady Christabel, aber …« Lady Montgomery verschränkte die Hände wie zum Gebet, »durch die furchtbaren Ereignisse muss ich mich sammeln und kann mich nicht mit Ihnen unterhalten.«

»Und dabei geht Ihnen Mr Warren zur Hand?« Christabel hatte die Scheinheiligkeit dermaßen satt. »So wie er Ihnen bei der Planung des Mords aus zweiter Hand geholfen hat.«

Aus dem Augenwinkel bemerkte sie, wie ein Lächeln über Mauds Gesicht huschte, bevor ihre Zofe den Kopf senkte. Christabels Worte schlugen ein wie eine Bombe. Lady Montgomery verging das Lächeln und der Verleger ließ das Glas fallen. Dann jedoch wechselten die beiden einen Blick und entspannten sich sichtlich.

»Was wollen Sie uns damit sagen?« Mr Warren klang gelassen, denn gewiss wusste er, dass Christabel nichts in der Hand hatte. »Überraschen Sie mich.«

Mit dem wieder gefüllten Glas in der Hand schlenderte er zum Sofa und setzte sich neben Lady Montgomery, die ihn liebevoll ansah.

»Lassen Sie mich Ihnen die Idee eines Kriminalromans präsentieren.« Christabel ging vor dem Sofa auf und ab, die Hände hinter dem Rücken verschränkt. »Eine Geschichte über Habgier und Intrigen.«

»Was soll der Unsinn?« Überraschenderweise klang Lady Montgomery nun überhaupt nicht mehr wie eine verschüchterte Maus. »Ich muss mir das nicht anhören.«

»Mylady«, sagte Maud mit sanfter Stimme. »Sie wissen, wie schnell Gerüchte in London reisen.«

»Will Ihre Zofe mir etwa drohen?« Die vorher so zusammengekauerte Lady hatte sich aufgerichtet, erhob sich und stolzierte mit finsterer Miene auf Maud zu. »Besitzen Sie wirklich die Dreistigkeit, Gulliver?«

Christabel trat ihr in den Weg. Das süßliche Parfüm von Lady Montgomery stieg ihr in die Nase. Oder war das der Geruch von Angst? Die Lady besaß nicht den Mut, Christabel zur Seite zu schieben, sondern starrte sie nur voller Zorn an.

»Wir drohen Ihnen nicht, wir zeigen Ihnen nur die Konsequenzen auf, sollten Sie uns nicht zuhören.«

»Was für eine bodenlose Unverschämtheit«, knurrte Lady Montgomery, wurde aber durch Mr Warren unterbrochen, der ebenfalls aufgestanden war und ihr seine Hand auf den Unterarm legte. »Lass es gut sein, Gwendolen. Beweisen können die Ladys uns nichts. Sie wollen nur erfahren, ob sie richtig kombiniert haben, nicht wahr?«

Mit sanftem Druck führte er die widerstrebende Lady Montgomery zurück zum Sofa. Nachdem die Dame sich hingesetzt hatte, blieb er neben ihr stehen wie ein Wächter.

»Chapeau.« Christabel zog einen imaginären Hut. »Sie haben mich durchschaut.«

Sie suchte Maud mit ihrem Blick, die ihr aufmunternd zunickte. Christabel holte tief Luft.

»Wir haben erstens …«, zählte sie an ihren Fingern ab, »eine verarmte Lady und zweitens eine unangenehme Erbtante. Drittens haben wir einen Verleger und viertens seine Erfolgsautorin, die ihn für die Konkurrenz verlassen will.«

»Und wenn schon.« Mr Warren zuckte mit den Schultern. »Die letzten beiden Bücher von Mrs Ruteledge haben sich ohnehin schlechter verkauft. Soll sie doch gehen.«

»Maud?« Christabel ließ ihre Zofe ins Rampenlicht treten.

»Als Sie mit Mrs Ruteledge stritten, ging es nicht um Geld allein.« Maud ließ sich durch die bösen Blicke von Lady Montgomery nicht einschüchtern. »Es drehte sich um Dankbarkeit. Sie haben sie als Autorin entdeckt und ihr zu Ruhm verholfen.«

»Ich bin gewiss nicht der erste Verleger, dem das passiert, und ich werde nicht der letzte sein.« Beinahe musste Christabel ihn bewundern für die Gelassenheit, mit der er sich ihren Anschuldigungen stellte. »Kommt noch eine Pointe?«

»Ich weiß nicht, wann und wie Ihre Kindheitsfreundin Lady Montgomery und Sie den Plan austüftelten, aber ich kenne seine Grundzüge.« Christabel wandte sich Lady Montgomery zu. »Das Wort ›bisherig‹ in den Briefen hat Sie verraten.«

»Ich höre mir das nicht länger an.« Lady Montgomery sprang auf, stürmte aus dem Raum und schlug die Tür hinter sich zu.

»Gwendolen. Man muss ihr Temperament einfach lieben.« Mr Warren sah ihr nach. »Leider verpasst sie dadurch eine spannende Geschichte.«

Er lächelte Christabel zu und setzte sich auf die Stelle, auf der zuvor Lady Montgomery gesessen hatte. Dann nahm er ihr Glas und trank einen Schluck.

»Wie lange sind Sie bereits ein Paar?«, stellte Christabel die Frage, die sie beschäftigte. »Ich hatte schon bei unserem ersten Zusammentreffen einen Verdacht, konnte es aber nicht glauben.«

»Ich dachte, wir verbergen es gut. Wir lieben uns seit unserer Jugend.« Mr Warrens Gesicht wurde weich, als er davon sprach. »Ich hätte alles für Gwendolen aufgegeben, aber sie konnte nicht aus ihrer Haut. Sie hat den langweiligen Clifford geheiratet, der das besaß, was mir fehlte.«

»Geld und Titel«, stellte Maud fest. »Sie haben sie trotzdem weiter geliebt?«

»Pech für Gwen, dass er das Geld durch dumme Geschäftsentscheidungen verloren hat. Aber der Titel bleibt ihr.« Er fixierte Maud aus seinen dunklen Augen. »Man kann sich nicht aussuchen, wie sehr man liebt.«

»Also hat Ihre Geliebte geheiratet, um Besitz und Geld zu haben, und hat dann alles verloren.« Auf eine bittere Art konnte Christabel verstehen, warum Lady Montgomery die Schwester ihres Mannes aus dem Weg haben wollte. »Aber sie hatte eine Schwägerin, die mehr Mittel besaß, als sie je aufbrauchen könnte.«

»Bisher ist Ihr Plot ohne Fehler.« Er prostete ihr zu.

»Woher wussten Sie von Mrs Ruteledges Vergangenheit?«

»Oh, das war pures Glück.« Langsam ließ der Alkohol seine Aussprache schleifender werden. »Ein Freund von mir besuchte Australien und kam mit der Geschichte zurück. Er wusste nicht, auf was für Gold er gestoßen war.«

Christabel musste eine Pause einlegen. Es erschöpfte sie, mit jemandem zu sprechen, der so kaltblütig über Mord redete. Bedeutete ihm seine Autorin denn gar nichts? Sie hatten lange Jahre zusammengearbeitet. Dann fuhr sie fort und wollte das Ganze einfach nur noch hinter sich bringen.

»Lady Montgomery schrieb die lavendelblauen Briefe, um Mrs Ruteledge nervös zu machen, nicht wahr?« Es war alles so offensichtlich, aber leider nicht zu beweisen. »Außerdem konnte sie sich darauf verlassen, dass Lady Blackmore sich sofort auf deren Geheimnis stürzen würde.«

»Winifred wurde von ihren Schuldgefühlen aufgefressen. Deshalb wollte sie an dieser albernen Séance teilnehmen.« Mr Warren lachte laut auf. »Sie wollte Abbitte leisten.«

»Warum haben Sie Ihr Wissen nicht dazu genutzt, Mrs Ruteledge dazu zu zwingen, in Ihrem Verlag zu bleiben?«

»Erpressung liegt mir nicht.« Sein Gesicht verzog sich zu einem höhnischen Grinsen. »Außerdem ist eine Autorin, die als Mörderin verurteilt wird, um einiges mehr wert als eine, die schlecht schreibt.«

Schweigen trat ein. Christabel musste erst einmal verdauen, mit welcher Kälte der Verleger über einen geplanten Mord sprach. Ihr Gerechtigkeitsempfinden suchte nach einer Möglichkeit, ihn dafür zu verurteilen. Aber ihr Verstand sagte ihr, dass es keine Beweise gab, und selbst mit einem Geständnis wäre es schwer, ihn eines Verbrechens zu überführen.

»Warren, es ist genug.« Lady Montgomery hatte die Tür lautlos geöffnet und war ins Zimmer geschlüpft. »Ich weiß nur zu gut, wie sehr du eine gelungene Geschichte liebst, aber Clifford und ich wollen zum Anwalt. Nachdem Ednas Mörderin gefasst ist, wird ihr Testament freigegeben.«

Für einen Moment war Christabel sprachlos, dann stieß sie hervor: »Sie beide verdienen einander. Ich kann nur hoffen, dass es eine höhere Gerechtigkeit gibt, vor der Sie sich verantworten müssen.«

»Seien Sie nicht melodramatisch, Kindchen.« Lady Montgomery

musterte sie aus verengten Augen. »Wer reich ist, kann leicht auf dem hohen Ross sitzen.«

Christabel öffnete den Mund, aber da zog Maud sie hinter sich her.

»Lassen Sie es gut sein, Lady Christabel.« Ihre Zofe schubste sie aus der Tür. »Wenn wir noch länger mit denen reden, ärgern Sie sich und die freuen sich.«

»Aber man muss etwas tun. Die beiden kommen mit einem Doppelmord davon.«

»Doppelmord?«

»Mrs Ruteledge wird bestimmt hängen für den Mord an Lady Blackmore.« Christabel zog die zur Faust geballte Hand vor den Mund, als wollte sie ihre Worte dämpfen. »Wir sollten die Wahrheit erzählen.«

»Dann wird uns Lady Montgomery wegen Rufmord anklagen«, sagte Maud und hob die Hände. »Wir können nichts beweisen. Unsere Koffer sind bereits im Automobil. Den Zug erreichen wir, ohne uns beeilen zu müssen.«

»Aber die arme Mrs Ruteledge«, beharrte Christabel. »Sie wird für etwas verurteilt, das sie zwar getan hat, aber eigentlich war sie nur eine Marionette.«

»Sie hat Lady Blackmore umgebracht, obwohl es andere Möglichkeiten gab«, sagte Maud entschieden. »Sie hat sie, ohne zu zögern, erstochen.«

»Was hätte Mrs Ruteledge tun können?« Obwohl die Autorin überhaupt nicht so gewesen war, wie Christabel sie sich vorgestellt hatte, wünschte sie sich dennoch, dass ihr Gerechtigkeit widerfuhr. »Mr Warren und Lady Montgomery haben sie zu der Tat getrieben.«

»Sie hätte zu ihrer Vergangenheit stehen und beichten können.«

»Damit lieferst du mir ein wunderbares Stichwort.« Christabel lächelte ihre Zofe an. »Wer ist Patrick Fletcher? Was für ein Geheimnis verbindet dich mit ihm?«

»Erst packen wir Mouser und ihr Baby ein, dann erfahren Sie die ganze Wahrheit und nichts als die Wahrheit.«

Kapitel 27

»Heraus mit der Wahrheit, Maud.« Lady Christabel hatte kaum im Zugabteil Platz genommen, als ihre Neugier ihr keine Ruhe mehr ließ. »Du hast versprochen, mir dein Geheimnis zu erzählen.«

Maud seufzte. Mehr als drei Jahre hatte sie versucht, ihrer Vergangenheit und Manchester zu entkommen, aber nun musste sie sich wohl allem stellen.

»Es ist eine lange und keine schöne Geschichte.«

»Wir haben Zeit bis Lentune Hall.« Lady Christabel zog die Vorhänge im Abteil zu. »Nun kommt niemand auf die Idee, uns und die Katzen zu stören.«

Maud rutschte auf ihrem Sitz hin und her, aber ihr war bewusst, dass sie das Unabwendbare nur hinauszögerte.

»Meine Familie war arm, meine Mutter starb bei der Geburt meiner vierten Schwester, was meinem Vater das Herz brach.«

Das klang besser, als zu sagen, dass es ihren Vater zu einem Säufer gemacht hatte, der seine Kinder verprügelt und ihnen kaum Geld zum Leben gelassen hatte.

»Als ich dreizehn Jahre alt war, ging ich in die Wäscherei. Jemand musste Geld verdienen.« Maud schauderte bei der Erinnerung an den Gestank nach Chemikalien und die feuchte Hitze, die einem den Atem nahm. An die Angst, den Rest ihres

Lebens dort verbringen zu müssen. »Mit neunzehn lernte ich Patrick kennen.«

Obwohl sie Lady Christabel wahrlich schätzte, konnte sie ihr nicht erzählen, wie furchtbar die Jahre in der Wäscherei gewesen waren. Sie wollte nicht von dem Vater sprechen, der betrunken von einer Kutsche überfahren worden war, oder von ihren Geschwistern, die in ein Waisenhaus gekommen waren, obwohl Maud dafür gekämpft hatte, dass die Familie zusammenblieb. Sie war alt genug gewesen, um sich zu Tode zu schuften, aber nicht alt genug, um für ihre Schwestern zu sorgen.

»Er war überaus charmant und klug und zeigte mir eine Welt, von der ich nichts ahnte.« Maud lächelte, als sie sich in ihren Erinnerungen verlor. »Er war mein Geliebter und mein Lehrer.«

»Wie hast du ihn kennengelernt?«

»Patrick war auf der Suche nach einem Medium, nachdem ihm das letzte davongelaufen war. Das hätte mir zu denken geben sollen.«

»Du warst jung und verzweifelt.« So viel Mitgefühl hätte Maud von ihrer Ladyschaft nicht erwartet. »Patrick bot dir einen Ausweg. Ich hätte ebenso gehandelt.«

»Von ihm und George und Jack habe ich alle Tricks gelernt. Wie man seine Stimme verstellt, wie man Seufzer erzeugt und wie man Kerzen verglimmen lässt.« Es kam Maud vor, als wäre es unendlich lange her, dass sie das eingeübt hatte. »Schlösser knacken zu können, war nur ein Nebenbei.«

»Die Fahrkarten, bitte«, unterbrach der Schaffner ihr Gespräch, was ihr nur recht war. Sie war müde und fühlte sich erschöpft durch die Erinnerungen. »Sind das etwa Katzen?«

»Sie gehören zu mir.« Lady Christabel sprach dermaßen von oben herab, dass der Mann keine weiteren Einwände erhob. Nachdem der Schaffner gegangen war, erzählte Maud weiter.

»Zuerst gefiel es mir sogar, in die schönen Häuser der reichen Menschen zu gelangen. Patrick meinte, es wäre nur gerecht, dass wir ihnen ihr Geld nahmen, denn sie stahlen es von den Armen wie uns.«

»Aber dann?«, fragte Lady Christabel, nachdem Maud schwieg. »Was ist geschehen?«

»Ich konnte die Verzweiflung der Menschen nicht mehr ertragen. Die entsetzliche Hoffnung, dass ich ihnen helfen könnte, ihre Liebsten zu erreichen.« Tränen rannen ihre Wangen hinab. Maud wischte sie mit dem Handrücken ab. »Da begann ich, Hilfe zu suchen. Und fand Catriona und Finlay Gallach.«

»Die Namen habe ich noch nie gehört. Oder gelesen.«

»In unserer Gemeinschaft waren die beiden sehr bekannt – und gefürchtet. Sie haben ihre Tochter verloren und versucht, über spiritistische Sitzungen Kontakt zu ihr zu bekommen.« Erneut musste Maud sich die Tränen abwischen. »Als das scheiterte, wechselten sie die Seiten und jagten Scharlatane. Überaus erfolgreich.«

»Vom Saulus zum Paulus, sozusagen.«

»Ja. Catriona und Finlay arbeiteten mit der Polizei zusammen. Für Patrick waren sie der Feind und er fürchtete immer, dass sie sich bei uns einschleichen würden.« Maud lächelte. »Niemals hätte er erwartet, dass ich sie hole.«

Erneut musste sie schweigen, gefangen in bitteren Erinnerungen. Ihre Ladyschaft legte ihre Hand auf Mauds. Der Stoff der Handschuhe fühlte sich seltsam kühl an.

»Nachdem ich Catriona und Finlay gerufen hatte«, Maud holte tief Luft, »wurden wir alle verhaftet. Patrick, George und Jack kamen vor Gericht, ich bin gestorben.«

»Was? Wie bitte?« Lady Christabel schreckte auf. »Was meinst du damit?«

»Nun, ich kam ins Frauengefängnis und habe mir dort das Fleckfieber geholt, sodass ich noch vor meinem Prozess gestorben bin.« Sie lächelte über den erstaunten Ausdruck auf dem Gesicht ihrer Ladyschaft. »Nur wenige Menschen waren in die Scharade eingeweiht, aber dennoch erschien es mir klüger, Manchester zu verlassen.«

»Wie bist du nach Lentune Hall gekommen?« Lady Christabel starrte Maud auf eine Art und Weise an, die es sie bereuen ließ, die Wahrheit erzählt zu haben. »Von Manchester ist es weit weg.«

»Das war Zufall«, antwortete Maud und zuckte mit den Schultern. »Ein Polizist, der mit Catriona und Finlay arbeitet, kam aus Aldersworth und schlug mir vor, dort mein Glück zu versuchen.«

»Warum bist du nicht nach London gegangen? Ich denke, in einer großen Stadt kann man besser verschwinden als in einem Dorf.«

»Nicht, wenn man sich in der kleinen Gemeinde der Spiritisten und Geisterbeschwörer bewegt.« Maud seufzte. »In jeder Saison hatte ich Sorge, dass jemand mich erkennen könnte. Und dann kamen die hier.«

»Mystic Modesty«, las Lady Christabel den Zettel, den Maud ihr überreicht hatte. »Ist Modesty dein wahrer Name?«

»Oh nein, ich heiße wirklich Maud, allerdings nicht Gulliver.«

Sie lächelte. »Mich ›Mystic Modesty‹ zu nennen, war eine Idee von Patrick.«

»Warum hast du ihn …« Lady Christabel zögerte einen Moment, »… verraten? Warum hast du ihn nicht einfach verlassen?«

Die Frage hatte Maud befürchtet und sich vorher überlegt, wie sie darauf antworten könnte. War es wahrhaftig klug, ihrer Ladyschaft alles zu erzählen? Hatte sie überhaupt noch eine Wahl, nun, da sie ihre Beichte begonnen hatte?

»Ich bin ein paarmal davongelaufen. Die ersten beiden Male bin ich freiwillig zurückgekehrt, weil ich Patrick liebte, weil ich meinte, nicht ohne ihn leben zu können.«

»Maud, es tut mir so leid. Wenn ich das geahnt hätte, hätte ich dir niemals vorgeworfen, dass du nicht weißt, was Liebe ist.«

»Vielleicht war es keine Liebe, sondern Besessenheit.« Maud hielt kurz inne. Es schmerzte immer noch, sich an die schlimmen Zeiten zu erinnern. »Mit jedem unglücklichen Menschen, den wir belogen und betrogen, starb meine Liebe ein bisschen mehr. Also bin ich erneut davongelaufen.«

Bei der Erinnerung daran, was Patrick ihr angetan hatte, nachdem er sie eingefangen hatte, begannen ihre Hände zu zittern. Sie faltete sie, um sich zu beruhigen.

»Aber für ihn war ich seine Geldquelle. Also hat er seine Freunde ausgeschickt, um mich zurückzubringen.«

»Du musst mir nicht alles erzählen, wenn es zu sehr schmerzt.«

»Patrick hielt viel von Bestrafungen. Er hat damit über seine Männer und auch mich geherrscht.«

»Warum …?«

»Wieso ich auf so einen Mann hereingefallen bin?« Maud stieß laut ihren Atem aus. »Ich war allein, er war charmant. Und das kleinere Übel.«

Und sie hatte sich Hals über Kopf in ihn verliebt. In sein schräges Lächeln, seine wilden Ideen, wie sie zu Geld kommen und der Armut für immer entkommen könnten. Als sie erkannt hatte, wie er sie benutzen wollte, war es zu spät gewesen. Da war sie ihm bereits verfallen gewesen und hätte alles für ihn getan.

»Warum hast du mir nicht davon erzählt?«

»Weil ich alles hinter mir lassen und neu beginnen wollte.« Sie überlegte einen Moment, ob es damit genug wäre, aber dann entschloss sie sich, die Wahrheit zu sagen. »Außerdem fürchtete ich, dass Sie mich entlassen, wenn Sie meine Vergangenheit kennen würden.«

Lady Christabel seufzte. »Kennst du mich so schlecht?«

»Mylady, Sie haben eine Nachricht von einem Inspector Norman.« Rowe kräuselte angeekelt die Lippen, dass jemand aus dem Haushalt, dem er vorstand, mit derartigen Subjekten zu tun hatte. »Er wollte auf Sie warten, wurde aber zu einem Fall gerufen.«

Als er »Fall« sagte, meinte Maud, dass der Butler gleich sein Abendessen von sich geben würde, was ihr ein diebisches Vergnügen bereitete.

»Geben Sie schon her, Rowe!« Lady Christabel schnappte

sich den Zettel von dem schmalen Silbertablett. »Und seien Sie nicht so voreingenommen gegenüber der Polizei.«

»Wenn Sie meinen, Mylady.«

»Ach so, bitte lassen Sie Maud und mir Tee in den kleinen Salon bringen.«

Der Butler lief rot an, als wollte ihn gleich der Schlag treffen. Dass eine Zofe gemeinsam mit ihrer Ladyschaft Tee im Salon trank, musste in seinem Weltbild wie das Ende der guten Sitten wirken.

»Sehr wohl, Mylady.« Die Worte kamen gepresst hervor. »Ich werde dem Hausmädchen Bescheid sagen.«

»Danke, Mr Rowe.« Maud konnte einfach nicht an sich halten. Die Situation war zu köstlich und sie musste jede Minute davon genießen. »Ich hätte gern ein Stück Battenberg-Kuchen, wenn das möglich ist.«

Rowe presste die Lippen zusammen, seine Nasenflügel blähten sich, aber er bewahrte die Fassung. Ohne ein Wort stolzierte er in die Küche.

»Ich hätte gern ein Stück Battenberg-Kuchen, wenn das möglich ist«, wiederholte Lady Christabel und prustete los. »Maud, du bist großartig.«

»Ich tue, was ich kann.« Maud konnte kaum fassen, wie wenig erschüttert ihre Ladyschaft über das Vorleben ihrer Zofe gewesen war. Sie musste zugeben, dass sie Lady Christabel unterschätzt hatte.

Nachdem sie auf dem Sofa Platz genommen hatte, öffnete Lady Christabel die Nachricht. Neugierig blickte Maud, die auf einem der schmalen Stühle saß, sie an. Ihre Ladyschaft brach in lautes Lachen aus.

»Maud, das Leben kann gerecht sein.«

»Bitte machen Sie es nicht so spannend.«

»Verehrte Lady Christabel«, las ihre Ladyschaft vor und legte eine Kunstpause ein. »Da ich Ihre Neugier kenne und schätzen gelernt habe …«

Maud kicherte, denn Lady Christabels Hals und Wangen waren bei diesen Worten leicht gerötet.

»Wenn du noch einmal lachst, erfährst du nie, was Inspector Norman mir geschrieben hat.«

»Ich schweige.« Maud senkte den Blick und kreuzte die Knöchel, ganz wie es sich für eine Lady gehörte.

»Da ich Ihre Neugier kenne und schätzen gelernt habe, möchte ich Sie über den Abschluss der Ermittlungen informieren.« Lady Christabel rümpfte die Nase. »Sehr steif, sein Schreibstil.«

»Mylady.«

»Lady Blackmore hat ihr gesamtes Vermögen Herbert Henry vererbt. Ihre Gesellschafterin erhält ein hohes Salär, damit sie sich um den Hund kümmert.« Lady Christabel sah auf und grinste breiter, als es sich für eine Lady schickte. »Nach dem Tod des Hundes erhält Miss Spranklin weiterhin ihr Geld, das restliche Vermögen dient dem Aufbau eines Heims für Hunde.«

Maud brach in lautes Lachen aus, sodass sie überhörten, wie das Hausmädchen klopfte. Es brachte ihnen Tee und Gebäck, selbstverständlich keinen Battenberg-Kuchen, das verdankte Maud gewiss Rowe.

»Hier ist noch eine Nachricht für Miss Gulliver.« Enid reichte Maud einen Briefumschlag. »Sie ist gestern bereits eingetroffen.«

Obwohl Maud sich ärgerte, dass Rowe ihr die Nachricht verschwiegen hatte, ließ sie sich ihren Zorn nicht anmerken. Ohne Zögern griff sie nach dem rauen Papier. Nun, wo Lady Christabel ihr Geheimnis kannte, würde Maud die Nachrichten aus der Vergangenheit nicht mehr fürchten.

Sie riss den Umschlag an der kurzen Seite auf und schüttelte den Brief heraus. Ein Blatt, blütenweiß mit einem Hauch von Rose. Warum nur schlug ihr Herz plötzlich schneller? Patrick hatte ihr immer Maiglöckchenduft geschenkt, aber trotzdem weckte die Rose Erinnerungen, die Maud nur nicht zu fassen bekam. Sie faltete das Blatt auf.

Maud,
bitte hilf uns und komm nach Dunnington House.
Catriona braucht dich.
Bitte reise so schnell wie möglich nach Schottland.
Finlay

Nachwort: Fakten und Fiktion

Séancen und spirantische Zirkel waren in Großbritannien seit Queen Victorias Zeiten sehr beliebt. Der Glaube daran, mit den Toten in Kontakt treten zu können, trieb Blüten und gewährte begabten »Medien« eine sichere Einnahmequelle. Einer der bekanntesten Verfechter des Spiritualismus war der Autor Arthur Conan Doyle, während der Zauberer Harry Houdini alles daransetzte, Scharlatane zu entlarven. Letztlich zerbrach daran die Freundschaft zwischen dem Magier und dem Schriftsteller.

Vorbild und Namensgeberin der reisenden Urgroßtante Gertrude war die Schriftstellerin und Reisende Gertrude Bell, die sich wie Lady Christabel einem konventionellen Lebensweg verweigerte. Allerdings ging Gertrude Bell weit über Lady Christabels Rebellion hinaus und reiste allein in den Nahen Osten.

Wer mehr über abenteuerlustige Frauen längst vergangener Zeiten erfahren möchte, dem empfehle ich: Barbara Hodgson: Die Krinoline bleibt in Kairo. Reisende Frauen 1650 bis 1900.

Namensgeber für den kläffenden Hund war selbstverständlich Herbert Henry Asquith, der von 1908 bis 1916 britischer Premierminister war. Obwohl ein Liberaler, stand Asquith der Frauenwahlrechtsbewegung äußerst ablehnend gegenüber.

Lady Blackmore hat den Namen allerdings nicht aus Sympathie mit den Suffragetten gewählt, sondern aus Abneigung allem gegenüber, was nicht konservativ war.

Danke!

Auch bei dem »Geheimnis einer Zofe« konnte ich mich auf ein wunderbares Team verlassen.
Herzlicher Dank geht an Marie Wölk, deren Coverentwurf meine Erwartungen übertroffen hat. Selbstverständlich liebe ich die beiden Katzen, die den Titel flankieren.
Meine Lektorin Katrin Rodeit versetzt mich durch ihren wunderbaren Blick für Details immer wieder in Erstaunen. Außerdem stellt sie die richtigen Fragen, auch wenn ich mir manchmal wünschte, sie würde weniger genau hinsehen.
Claudia Heinen danke ich für das großartige Korrektorat, bei dem sie stets die Geschichte im Blick hat und auch dafür sorgt, dass die Figuren ihre Namen behalten.
Regina Merkel hat die allerletzte Version des Manuskripts mit kritischen Augen und viel Liebe für Maud und Lady Christabel gelesen. Herzlichen Dank!
Ein riesiges Dankeschön gilt den Bloggerinnen, die meine Geschichten und mich unterstützen. Ich weiß eure Arbeit und eure Liebe zu Büchern sehr zu schätzen. Ein besonderer Dank gilt meinem Launch-Team, dass der Zofe einen wunderbaren Start ermöglichte, namentlich Andrea Schmidt, Britta Schmeinck, Daniela Weigel, Franziska Dollinger, Ines Wiesner, Janina Reger, Julia Ehrenberg, Monika Schulze, Nadine Pratsch, Nicole Pichler, Sabrina Siebert, Sam Jacobs, Simone Möller, Sonja Werkowski, Stefanie Brandt, Steffi Odenthal, Susanne Langer und Susanne Keller.
Meine Musekater und die Nordpferde sorgen für die notwendige Ablenkung neben dem Schreiben. Danke!

Meinem Ehemann Matthias danke ich dafür, dass er akzeptiert, wie oft ich nicht ansprechbar bin, weil ich gerade im Edwardianischen England weile.

Und selbstverständlich danke ich den Leserinnen und Lesern meiner Geschichten. Maud, Lady Christabel und ich freuen uns sehr über Rezensionen oder Nachrichten.

Bereits erschienene Abenteuer von Maud und Lady Christabel

Band 1: **Tod eines Lords**

England, Frühling 1912. Geplant ist ein erholsames Wochenende auf dem Land, das die junge Lady Christabel von ihrem Kummer ablenken soll. Stattdessen stolpert sie über die Leiche des Sohns ihrer Gastgeber.
Unterstützt von ihrer weltklugen Zofe Maud begibt sich die begeisterte Leserin von Detektivgeschichten auf die Suche nach Motiv, Mittel und Gelegenheit.
Doch wie findet man einen Täter, wenn alle Anwesenden gute Gründe haben, das Opfer zu hassen?

ISBN: 978-3966986151

Band 2: **Lügen einer Lady**

London, Sommer 1912. Ihre unkonventionelle Tante Lavinia bittet Lady Christabel um Hilfe. Eine Freundin Lavinias ist dem Charme eines Lakaien erlegen, der ihr eine Kette gestohlen hat und sie nun damit erpresst.
Lady Christabel und Maud sollen versuchen, das Schmuckstück zurück zu stehlen. Nachdem Maud den Verdächtigen kennengelernt hat, kann sie nicht glauben, dass er zu einem Verbrechen fähig ist. Sie setzt alles daran, seine Unschuld zu beweisen – und bringt dadurch sich und Lady Christabel in Lebensgefahr.

ISBN: 978-3966986366

Christiane Lind: **Soweit uns Träume tragen**

Berlin, im Frühjahr 1912: Die Schauspielerin Paula und ihre Freundin, die Kostümbildnerin Luise, stehen am Beginn einer glänzenden Theaterkarriere. Von einem Tag auf den anderen zerplatzen ihre Träume: Sie verlieren Arbeit und Wohnung. Zu allem Überfluss taucht ein gefälschter Schuldschein auf.
Unerwartete Rettung bietet eine Einladung nach New York, verbunden mit zwei Erste-Klasse-Tickets für die Titanic. So lassen die Freundinnen ihr Leben in Berlin zurück und begeben sich mit einer Portion Hoffnung im Gepäck an Bord des luxuriösen Schiffs.
Doch die Vergangenheit holt sie auch auf der Titanic ein, denn die Vorfälle in Berlin wurden geschickt von jemandem eingefädelt. Und diese Person hat Paula bittere Rache geschworen. Wird es ihnen mithilfe neuer Freunde gelingen, sich zu gegen alte Feinde zu wehren?

ISBN: 978-3961113057

Christiane Lind: **Zeit des Mutes**

Deutschland, 1913: Als es Emmas Eltern endgültig zu viel wird, schicken sie ihre rebellische Tochter nach England, wo sie auf dem Landsitz Hazelwell Manor Manieren lernen und einen Ehemann finden soll. Tatsächlich kann Emma den jungen Lord Percival zur Heirat bewegen, doch die lieblose Ehe wird für sie zum Gefängnis.

In London trifft Emma auf das ehemalige Dienstmädchen Lucy, das inzwischen für die bekannte Frauenrechtlerin Lady Eleanor Ingham arbeitet. Lady Eleanor zeigt Emma den Weg auf, der auch für sie die Befreiung bedeuten könnte: Der Kampf um mehr Rechte für die Frau.

Zögernd schließt sich Emma den Suffragetten an, doch dieser Entschluss erfordert ihren ganzen Mut …

ISBN: 978-3964434036